Engelen van sneeuw

James Thompson

Engelen van sneeuw

Karakter Uitgevers B.V.

Oorspronkelijke titel: *Snow Angels*

Vertaling: Peter de Rijk

Opmaak binnenwerk: The DocWorkers, Almere
Omslagontwerp: Studio Jan de Boer
Omslagbeeld: Trevillion Images/Susan Fox

ISBN 978 90 452 0278 5
NUR 332

1

Ik ben in Hullu Poro – Het Dwaze Rendier –, de grootste bar annex restaurant in dit gebied boven de poolcirkel. Kortgeleden is de zaak gerenoveerd, maar nog altijd zijn de muren en het plafond met vurenhouten planken betimmerd, zoals bij een oude Finse boerderij. Neorustieke inrichting.

Hoewel het nog vroeg in de middag is, zijn er al een paar honderd mensen. De bar is druk en lawaaiig. Buiten is het min veertig, te koud om te skiën. De windvlagen die bergafwaarts razen zouden zelfs het geringste stukje blootgestelde huid meteen doen bevriezen. De liften zijn gesloten, en daarom wordt er nu al flink ingenomen.

Mijn vrouw Kate is bedrijfsleider van Levi Center, een complex van restaurants, bars, een hotel van tweehonderd kamers en een theaterzaal voor bijna duizend mensen. Hullu Poro is slechts een onderdeel van een enorm concern in het grootste skiresort van Finland. Kate heeft daar de leiding over. Ik ben trots op haar.

Kate staat achter de bar met Tuuli te praten, de barmanager. Ik luister hun gesprek af omdat ik politieman ben en Kate Tuuli misschien wil laten arresteren.

'Ik denk dat je met de voorraadlijst op de computer hebt zitten rommelen,' zegt Kate. 'Je hebt sterkedrank naar de andere verkooppunten overgebracht en gedaan alsof die uit andere bars was verdwenen, maar je hebt de flessen hierheen gebracht, de drank in deze bar verkocht en het geld in je zak gestoken.'

Tuuli glimlacht en antwoordt in het Fins. Kalm en welbespraakt uit ze een reeks kwaadaardige beschimpingen. Kate heeft geen idee op welke manieren Tuuli haar allemaal beledigt.

Kate is een meter zevenenzeventig lang en slank. Ze draagt een spijkerbroek en een kasjmier trui. Haar lange roodbruine haar is in een wrong geknoopt. Overal in de bar werpen mannen steelse blikken op haar.

'Spreek alsjeblieft Engels, zodat ik je kan verstaan,' zegt Kate. 'Als je niet kunt uitleggen waar die drank is gebleven, kun je vertrekken. Ik overweeg aangifte tegen je te doen.'

Tuuli's gezichtsuitdrukking verraadt niets. 'Je weet niet waar je het over hebt.'

Kate is een expert op het gebied van skiresortmanagement. De eigenaars van Levi Center wilden het complex uitbreiden, en daarom hebben ze haar anderhalf jaar geleden vanuit Aspen in de Verenigde Staten naar Finland laten komen om de veranderingen te begeleiden.

'Ik heb de data en tijden in het computersysteem gecontroleerd,' zegt Kate. 'De wijzigingen in de voorraad vonden steeds plaats op tijdstippen dat jij dienst had. Niemand anders kan dit gedaan hebben. Vorige maand is er voor zeshonderd euro aan sterkedrank zoekgeraakt. Je werkt hier nu drie maanden. Moet ik de andere twee maanden ook controleren?'

Tuuli denkt erover na. 'Als je me een week salaris en een aanbevelingsbrief meegeeft,' zegt ze, 'vertrek ik zonder bij de vakbond te protesteren.'

Kate slaat haar armen over elkaar. 'Geen ontslagvergoeding, geen brief. Als jij bezwaar maakt, doe ik aangifte.'

Tuuli laat haar vinger langs een fles Johnny Walker op de plank glijden. Uit de doffe glans in haar ogen maak ik op dat een gedeelte van de gestolen drank in haar keel is verdwenen.

Vertel mij wat over alcoholisten. Ze overweegt Kate met de fles af te tuigen. Ze kijkt naar me, en ik schud mijn hoofd. Tuuli haalt haar hand van de fles en probeert de verzoenende aanpak. 'Laten we gaan zitten en erover praten.'

Kate gebaart naar de uitsmijter bij de voordeur, die naar haar toe komt. 'Dit gesprek is voorbij,' zegt ze. 'Laat Tuuli haar spullen pakken en begeleid haar naar buiten. Ze mag niet meer in de bar komen.'

'Je bent een teringwijf,' zegt Tuuli.

Kate glimlacht. 'En jij bent werkloos. Je mag ook in geen enkele andere bar in Levi meer komen die van dit bedrijf is.'

Dat zijn de meeste. Het komt erop neer dat Tuuli verbannen wordt. Ze balt haar vuisten en klemt haar kaken op elkaar. '*Vitun huora.*' Vuile hoer.

Kate kijkt naar de uitsmijter. 'Haal haar hier weg.'

Hij legt een hand op Tuuli's schouder en leidt haar weg.

Als Kate zich naar mij toe draait, lijkt ze doodkalm. 'Ik moet nog wat dingetjes op kantoor doen, ik ben over een paar minuten terug.'

Tegen de bar leunend wacht ik op haar. Een toerist vraagt Jaska, de barkeeper: 'Hoe ver zitten we in het noorden?'

Jaska trekt het laatdunkende gezicht dat hij voor vreemdelingen bewaart. 'Jullie Australiërs zijn niet zo goed met...' Hij kan het woord niet vinden en valt terug op het Fins. '*Maantiede.* Als je een dag die kant op rijdt, kom je bij de Barentszzee, het einde van de wereld.' Hij wijst naar het westen.

'Sommige Finnen zijn ook niet al te goed in aardrijkskunde,' zeg ik. 'Die kant op is richting Zweden.' Ik draai me een kwartslag. 'De noordpool is die kant op.' Ik wijs naar het oosten. 'Rusland is daar. We zitten nu honderdvijftig kilometer binnen de poolcirkel.'

'Inspecteur Vaara en ik hebben bij elkaar op de middelbare school gezeten,' zegt Jaska. 'Hij haalde hogere cijfers dan ik.'

'Bedankt voor de les,' zegt de Australiër. 'Het valt niet mee om je te oriënteren als het de hele tijd donker is. Bent u van de politie?'

'Ja.'

'Drink wat van me, agent. Wat mag het zijn?'

'Lapin Kulta.'

'Wat is dat?'

'Bier. Honderd jaar geleden heerste er goudkoorts in het poolgebied, en de merknaam betekent "Het goud van Lapland".'

Jaska bereidt drankjes voor de toeristen en kletst over de skicondities. Morgen zou het moeten opwarmen tot min zesentwintig, wat nog altijd bitterkoud is, maar in elk geval kunnen de skiërs dan met de juiste kleding de pistes weer af glijden.

Het is goed dat ik me hier laat zien om de plaatselijke bevolking te ontmoedigen, die het nog wel eens leuk vindt om in dronkenschap toeristen in elkaar te slaan of op een andere manier lastig te vallen. Ik kijk naar de andere kant van de bar. Daar zitten de broertjes Virtanen, beslist kandidaten voor zulk gedrag. De kans is groot dat ze aan het eind van de avond met getrokken messen tegenover elkaar staan. Het kan niet lang meer duren of de ene zal de andere ombrengen, en de overlevende zal sterven van eenzaamheid.

Jaska geeft me mijn bier. *'Jotain muuta?'* Verder nog iets?

'Een gingerale voor Kate.'

Terwijl Jaska dat voor haar haalt, loop ik naar de tafel van de gebroeders Virtanen. 'Kimmo, Esa, hoe gaat het?'

De broers kijken schaapachtig. Ze worden nerveus van mijn aanwezigheid hier. 'Goed, Kari,' zegt Esa. 'Hoe gaat het met je prachtige Amerikaanse vrouw?'

Dat ik met een buitenlandse getrouwd ben, zorgt niet alleen voor wantrouwen en ophef onder de minder progressieve leden van onze kleine gemeenschap, maar ook voor jaloezie, vanwege Kates succes en schoonheid.

'Het gaat prima met haar. Hoe is het met jullie vader en moeder?'

'Ma kan niet meer praten na die beroerte, en… je weet hoe hij is, pa is nu eenmaal pa,' zegt Esa, terwijl Kimmo in dronkenschap instemmend knikt.

Esa, Kimmo en ik zijn in dezelfde buurt opgegroeid. Esa bedoelt dat hun vader al weken dronken is. Elke winter giet hij zich tijdens *kaamos*, de donkere periode, vol met goedkope Russische medicinale alcohol, en zelfs als het lente wordt is hij alleen maar relatief nuchter, vergeleken bij zijn alcoholische wintercoma. Ik vraag me af of hun moeder echt niet kan praten of dat ze alleen maar zo uitgeput is dat ze niets meer te vertellen heeft. 'Doe ze de groeten van me. En jullie houden je vanavond gedeisd.'

Kate komt uit de achterkamer. Ik krijg onze drankjes en we lopen naar een tafel in het niet-rokersgedeelte.

Ik zet haar gingerale op tafel voor haar.

'Kiitos.' Dank je. Ze spreekt nog geen Fins, maar de paar woorden en zinnen die ze kent, probeert ze wel te gebruiken. 'Ik zou wel een biertje lusten,' zegt ze, 'maar ik denk dat ik nog zeven maanden op mijn volgende moet wachten.'

Kate is zwanger van ons eerste kind. Ze heeft me dat twee weken geleden verteld, toen we onze verjaardagen vierden. We zijn op twee dagen na precies elf jaar na elkaar geboren, ieder aan een andere kant van de wereld.

Kate heeft haar harde façade afgelegd. Ze beeft. 'Tuuli is geen aangenaam persoon,' zegt ze.

'Ze is een dief. Waarom mocht ik haar niet arresteren van jou?'

'Het kleine bedrag dat zij heeft gestolen terughalen weegt niet op tegen de slechte pers die je krijgt na diefstal door een medewerker. Het zal als een lopend vuurtje rondgaan. Dat is ook de reden dat ik haar onder de ogen van Jaska heb ontslagen. Als anderen ook spullen stelen, zullen ze daarmee stoppen.'

‘Heb je morgen vrij?’ vraag ik. ‘Daar ben je wel aan toe.’

Kate weet een koket lachje op haar gezicht te brengen. ‘Ik ga skiën.’

Dat lijkt me een slecht plan, maar ik kan geen redelijk bezwaar bedenken. ‘Lijkt je dat nou echt verstandig?’

Ze pakt mijn hand. Voordat ik Kate ontmoette, hield ik niet van openlijk vertoon van genegenheid, maar inmiddels weet ik niet meer waarom. ‘Ik ben zwanger,’ zegt ze, ‘niet invalide.’

Feitelijk zijn we allebei lichtelijk invalide. Ik door een geweerschot, Kate door een skiongeluk, waarbij ze haar heup verbrijzelde. We lopen allebei mank. ‘Goed, ik ga wel ijsvissen.’

Ze sluit haar ogen even, stopt met glimlachen en wrijft over haar slapen.

‘Voel je je wel goed?’ vraag ik.

Ze zucht. ‘Toen ik voor het eerst in Finland kwam, om te solliciteren, was het zomer. De zon stond vierentwintig uur per dag boven de horizon. Iedereen hier leek heel gelukkig. Toen ontmoette ik jou. Ze boden me veel geld om Levi te runnen, wat een geweldige carrièresprong voor me was. De poolcirkel leek heel exotisch en een prachtplek om te wonen.’

Ze kijkt omlaag naar de tafel. Kate klaagt niet snel. Ik wil weten wat haar dwarszit, en daarom dring ik bij haar aan. ‘Wat is er veranderd?’

‘Nu het winter is, heb ik het idee dat er nooit een eind aan de kou en de duisternis komt. Ik begrijp nu dat mensen niet gelukkig waren, maar alleen maar dronken. Dat maakt me depressief. Het is vreselijk. Het lijkt eng om in Finland zwanger te zijn, en ik krijg heimwee naar Amerika. Ik weet niet waarom.’

Het is halfdrie ’s middags op 16 december. Tot Kerstmis zullen we geen daglicht meer zien, en dan nog niet meer dan een glimp. Ze heeft gelijk. Zo is het hier nu eenmaal in de winter. Een stelletje depressieve zware drinkers die in de eindeloze nacht zitten te kleumen. Kaamos is voor iedereen zwaar. Ik snap best dat ze zich kwetsbaar en angstig voelt terwijl ze hier zwanger is.

Mijn mobieltje gaat. 'Met Vaara.'

'Met Valtteri. Waar zit je?'

'In Hullu Poro met Kate. Wat is er?'

Hij zegt niets.

'Valtteri?'

'Er is iemand vermoord, en op dit moment kijk ik naar het lijk.'

'Wie is het, en waar zit je?'

'Ik ben er vrijwel zeker van dat het Sufia Elmi is, die zwarte filmster. Het ziet er niet fraai uit. Ze ligt in een veld bij Aslaks huis, een meter of dertig van de weg.'

'Is er iemand bij je?'

'Antti en Jussi. Zij zijn op de melding afgegaan.'

'Is er iets wat directe actie vereist? Een verdachte bijvoorbeeld?'

'Nee, ik denk het niet.'

'Zet dan de plaats delict af en wacht op mij.' Ik beëindig het gesprek.

'Probleem?' vraagt Kate.

'Zo zou je het kunnen zeggen. Er is iemand vermoord in een sneeuwveld op de rendierfarm van Aslak Haltta.'

'Je bedoelt op de plek waar wij elkaar ontmoet hebben?'

'Ja.'

Ze kijkt me aan, en ik zie in haar ogen dat ze het moeilijk heeft. 'Ik wil eigenlijk niet dat je weggaat,' zegt ze.

Het was niet tot me doorgedrongen hoezeer ze me nu nodig heeft, en ik wil niet bij haar weg. 'Ik ook niet. Kunnen we hier later over praten?'

Ze knikt, maar haar blik is somber als ik haar zoen bij mijn vertrek.

2

Als ik het duister in stap, voel ik de bijtende kou in mijn gezicht. Ik haal diep adem om mijn gedachten te ordenen, voel de haartjes in mijn neus bevriezen, kijk op mijn horloge. Het is acht minuten voor drie. Ik bel Esko Laine, de provinciale lijkschouwer, en zeg dat er iemand vermoord is en dat hij naar de plaats delict moet komen. Hij wil net naar de sauna gaan en klinkt lichtelijk aangeschoten. Hij is zeker niet blij.

Terwijl ik van de parkeerplaats van Hullu Poro wegrijd, slipt de auto op het ijs. Ik steek een sigaret op en draai het raampje open, ook al is het min veertig. Nicotine en kou zijn een goede combinatie om te kunnen denken.

In Finland wonen niet meer dan vijfenhalf miljoen mensen, maar er zijn veel geweldsmisdrijven. Per hoofd van de bevolking is het aantal moorden vrijwel even hoog als in de meeste Amerikaanse steden. De overgrote meerderheid van onze moorden vindt plaats in de relationele sfeer. We doden de mensen van wie we houden, onze echtgenoten, broers en zussen, ouders en vrienden, en dat gebeurt bijna altijd in alcoholische razernij.

Dit is anders. In een land dat zo gevoelig is voor racistische insinuaties als Finland is de moord op een bekende zwarte vrouw sensationeel nieuws. Zoiets is nog nooit voorgekomen. Als de actrice Sufia Elmi vermoord is, heb ik een groot probleem.

Finnen zijn heel gevoelig als het om rassenrelaties gaat, omdat velen van ons in het verborgene racisten zijn. Zoals ik Kate al eens uitlegde, gaat het niet om het openlijke racisme van de Amerikaanse soort waaraan ze gewend is, maar om een stil racisme. Het passeren van buitenlanders bij promoties, een algemene onverschilligheid en minachting. Ik heb het wel eens met de politiek vergeleken. Amerikanen bazelen voortdurend over politiek, maar slechts weinigen stemmen. Finnen praten zelden over politiek, maar zo'n tachtig procent gaat naar de stembus bij de presidentsverkiezingen. We praten niet over haat, we haten in stilte. Zo zijn we nu eenmaal. We doen alles in stilte.

Ik heb grappen gehoord over Sufia – plaatselijke ultraconservatievelingen die bier drinkend zaten te hinniken hoe graag ze die oogverblindende zwarte filmster een beurt zouden geven – maar nooit dreigende taal. Als we geluk hebben, is de moordenaar van Sufia een toerist en kunnen we culturele implicaties vermijden. Ik hoop dat het een Duitser is. Mijn bekrompen haat tegen Duitsers heb ik van mijn grootouders geerfd. Zij verachtten hen omdat ze in de Tweede Wereldoorlog de helft van Fins Lapland hadden platgebrand.

Mijn oma had tijdens de oorlog een Duitse soldaat gevonden die op een berghelling doodgevroren was en had hem omlaag gesleept om aan haar vriendinnen te laten zien. Ze zei tegen me dat dat de gelukkigste dag van haar leven was geweest. In mijn werk heb ik veel met die rotlui te stellen. Duitse toeristen stelen alles. Tafelzilver, peper-en-zoutstellen, toiletpapier.

In de kranten heb ik het een en ander over Sufia gelezen. Het schijnt dat ze een bescheiden carrière als filmsterretje in Finse films heeft opgebouwd en dat ze nu in Levi de winter doorbrengt. De eerste keer dat ik haar zag, betrapte ik mezelf erop dat ik haar aanstaarde. Eerst schaamde ik me, maar ik merkte dat ze die reactie bij iedereen opwekte, zelfs bij vrouwen.

Sufia droeg een cocktailjurk die haar spectaculaire borsten nauwelijks kon verbergen. Haar middel was zo smal dat ik mijn handen eromheen had kunnen vouwen, en haar hoge hakken accentueerden de slanke benen van een gazelle. Ze had een gave donkere huid en haar engelengezicht liet een combinatie van jeugdige onschuld en schoonheid zien. Haar ogen waren donker als obsidiaan en met haar voortdurend geamuseerde blik wist ze iedereen om haar heen te charmeren.

Sufia was een fysieke anomalie, zo mooi dat je niet kon geloven dat zo iemand kon bestaan. Maar wat een geschenk leek, had misschien de verkeerde soort aandacht getrokken en haar het leven gekost. De eerste aandrang die veel mensen in deze wereld hebben als ze met schoonheid geconfronteerd worden, is die te vernietigen.

Ik rijd van de weg het pad op dat naar Aslak Haltta's rendierfarm leidt, parkeer naast de surveillancewagen van Valtteri en maak me op voor een urenlang verblijf in de kou voor het onderzoek op de plaats delict. Op de achterbank van mijn Saab ligt een winteruniform. Een marineblauwe, dik gevoerde politieoverall moet me warm genoeg houden om mijn werk te kunnen doen. Ik trek hem over mijn spijkerbroek, trui en thermische ondergoed aan.

De buurt waarin ik ben opgegroeid begint aan de andere kant van de weg, zo'n tweehonderd meter hiervandaan. Tijdens het onderzoek zullen de bewoners zeker ondervraagd worden. Zonder twijfel zullen mijn ouders het gevoel krijgen dat ze van moord worden beschuldigd.

Vanaf het punt waar ik sta, zie ik alleen maar sneeuw. Valtteri's koplampen branden en belichten de plaats delict, en dus laat ik de mijne ook aan. De lichtstralen priemen door de duisternis, en ik zie Valtteri met Jussi, Antti en Aslak twintig meter voor me staan. Ik stap uit de comfortabele, warme auto en haal de twee viskoffertjes uit de kofferbak die ik als gereedschapskisten bij misdrijven gebruik.

Valtteri ploegt door de sneeuw naar me toe. De bovenste laag is hard bevroren, maar daaronder ligt poedersneeuw, waardoor hij strompelend loopt totdat hij bij de oprit komt. 'Ga er nog maar niet heen,' zegt hij.

'Is het zo erg?'

'Neem even de tijd om je voor te bereiden.'

Valtteri is een vrome laestadiaan, die naar mijn mening te sterk geobsedeerd is door zijn strikte revivalversie van de lutherse leer, maar hij is een beste kerel en een goed politieman. Als hij er gelukkig van wordt om acht kinderen te hebben en elke zondag en de meeste avonden naar de kerk te gaan, dan vind ik dat prima. Ik knip een zaklamp aan en loop naar de plaats delict toe.

Wanneer ik er nog zo'n vijf meter vandaan ben, zie ik een naakt lichaam in de sneeuw liggen. Ik ben er zeker van dat het Sufia Elmi is. Als ik zie wat haar is aangedaan, begrijp ik waarom Valtteri me waarschuwde. Ik heb al heel wat moorden onderzocht, maar zoiets gruwelijks heb ik nog nooit gezien. Ik zet de viskoffertjes neer en neem even de tijd om me voor te bereiden.

Afgaande op de sporen in de sneeuw lijkt het erop dat de moordenaar zijn auto geparkeerd heeft en Sufia toen heeft weggesleept of haar heeft gedwongen van de auto weg te kruipen. De sneeuw is ongeveer een meter diep, en ze is er tot de helft in weggezakt. Ze heeft zo liggen woelen dat ze een engel van sneeuw heeft gemaakt. Haar zwarte lichaam ligt ingebed in de witte sneeuw, die met rood bloed bevlekt is. Op sommige plaatsen is het bloed wel twee meter van haar vandaan gespetterd. Het lijk begint al af te koelen, en er vormt zich een zilverkleurig ijslaagje op de huid, waardoor die glanst.

Er stopt een auto op de weg. Ik neem aan dat het Esko de lijkschouwer is. Antti en Jussi, de agenten die het lijk hebben gevonden, staan te rillen, ook al zijn ze net als ik in zware winteruniformen met dikke mutsen en wanten gekleed. Veel nuttigs lijken ze niet te doen, en ze kunnen de plaats delict zelfs vervuilen door hier te blijven ijsberen om warm te blijven. Ik zeg tegen Jussi dat hij naar de plek moet lopen waar de oprit op de weg uitkomt en daar naar bewijsmateriaal moet zoeken. Als dat er ligt, zal het gemakkelijk te vinden zijn zodra hij zijn zaklamp op de maagdelijke sneeuw richt.

Antti is onze beste tekenaar.

Ik haal tekenpapier en een potlood uit een viskoffertje en geef hem de opdracht tekeningen van de plaats delict te maken, wat in deze bittere kou geen gemakkelijke taak is.

Hij stopt chemische verwarmingskussentjes in zijn handschoenen om te voorkomen dat zijn vingers stijf worden en begint te tekenen.

Esko komt naar me toe en knikt me gedag. Hij zegt niets. Ik zeg tegen hem dat hij in de buurt moet rondkijken.

Ik haal twee camera's uit de viskoffertjes – eentje met film en een digitale –, een paar flitsers en een taperecorder. De winter is hier een eindeloze nacht, maar de sneeuw reflecteert het kleine beetje licht dat er is en geeft alles een vaalgrijze tint. Ik gebruik een Leica M3 om analoge foto's van de omgeving te maken. Oude Leica's zijn solide gebouwd en gebruiken geen batterijen, zodat ze bijna nooit dienst weigeren in de kou.

Fotograferen in de sneeuw is niet eenvoudig. Als je lampen of flitsers onder een grotere hoek dan vijfenveertig graden gebruikt, is er door de schittering niets meer te zien. Je moet polarisatiefilters en lampen op sneeuwhoogte gebruiken. Ik geef de camera's aan Valtteri. 'Je weet wat je moet doen, hè?' vraag ik.

Valtteri knikt en begint de flitsers op te zetten. 'Ik was van plan om morgen met mijn zoons herten te gaan jagen,' zegt hij. 'Ik denk dat ik daar nu geen zin meer in heb.'

Ik ook niet. 'Maak foto's met beide camera's. De sneeuw moet zo veel mogelijk intact blijven, zodat er geen bewijs wordt vertrapt. Probeer dus in je eigen voetstappen te lopen.'

Ik wrijf in mijn gehandschoende handen om te proberen ze op te warmen. Het is zelden zo koud, zelfs hier vlak boven de poolcirkel, en dat geeft een merkwaardig gevoel. Het lijkt wel alsof de zintuigen zowel gestimuleerd als verdoofd worden. Lichaamsdelen die aan de kou blootgesteld worden beginnen eerst te branden, dan pijn te doen, en worden vervolgens gevoelloos. De tast- en reukzin verdwijnen. Mijn ogen tranen van de kou, en de tranen bevriezen op mijn wangen. Ik moet mijn ogen toeknijpen, zodat ik bijna niet meer kan zien. Niets beweegt, geen vogel fluit.

Het zou nu stil moeten zijn, maar de kou heeft een eigen geluid. De boomtakken zijn helemaal bevroren en kraken onder het gewicht van de sneeuw, alsof er gedempte geweerschoten klinken. De sneeuw is zo hard bevroren dat het oppervlak samentrekt en een kiezelstructuur krijgt. Het kraakt onder mijn voeten, zelfs als ik denk dat ik stilsta.

We zijn in een veld op zo'n dertig meter ten oosten van de hoofdweg. Twintig meter naar het noorden staat een schuur met een kooi ervoor voor zieke en werpende rendieren. Aslak bezit duizenden rendieren, waarvan hij heel behoorlijk kan leven. Zijn dure bakstenen huis, dat in ranchstijl is uitgevoerd, staat nog eens honderd meter naar het noordoosten. De kerstverlichting in de raampjes in de verte knippert. In het zuiden en westen liggen alleen kale velden en ijzige bossen.

Alles ademt hier isolement en verlatenheid. Het lijkt een ideale plek voor een moord. Ik stel me voor hoe de moordenaar van de hoofdweg afslaat, zijn motor afzet, zijn koplampen uitschakelt en een klein stukje op het pad tot stilstand komt. Het is bewolkt en in de donkere namiddag zijn geen maan of sterren te zien. De dichtstbijzijnde woningen liggen op een voetbalveld afstand in de ene richting en twee voetbalvelden in de andere. De moordenaar kon in alle rust en eenzaamheid zijn gang gaan. Als hij geluid hoorde of licht zag, hoefde hij alleen maar zijn auto te starten en weg te rijden voordat hij werd gezien.

Aslak kijkt naar Sufia, leunt op een geweer, rookt een sjekkie. Ik leid hem een paar meter van het lichaam weg en steek er zelf ook een op. 'Heb je iets gezien?'

'Niet veel. Ik ging naar buiten om de honden te eten te geven en zag koplampen. Ik ging weer naar binnen, pakte mijn geweer' – hij houdt een .12 kaliber Moss-pompgeweer omhoog – 'en ging hierheen om te zien wat er aan de hand was. Ik kwam hier net op tijd aan om een auto te zien wegrijden. Toen zag ik haar hier liggen. Ik had mijn mobieltje bij me en belde de politie.'

'Wat voor auto?'

Aslak lijkt onverstoorbaar. Ik ken hem al sinds ik nog een jongetje was. Hij is een rendierherder en een *Sami*, een oorspronkelijke Fin uit Lapland, iemand die zijn mannetje staat. 'Het was nogal ver weg, maar het was een personenauto.'

'Hoe lang geleden reed die weg?'

Aslak kijkt op zijn horloge. 'Tweeënvijftig minuten geleden.'

Ik kijk naar Valtteri. 'Heb je geen wegblokkades neergezet?'

'Het enige wat ik kon bedenken was jou bellen.'

'En ik vroeg je nog of er iets was wat directe aandacht nodig had.'

De eerste blunder. Als deze zaak verkeerd afloopt, krijgt niet alleen Valtteri de schuld, maar ik net zo goed, omdat ik de leiding heb. Hij schaamt zich diep en ik dring niet verder aan.

Valtteri en ik pakken een stel stokken en duwen die in de sneeuw. We wikkelen politielint af en zetten een paar meter van de bandensporen af, waarna we in een vierkant van tien meter rond het lichaam hetzelfde doen. Tussen het lichaam en de bandensporen zijn over een afstand van vijf meter voetstappen te zien. Die zetten we ook af, zodat we later wasafdrukken kunnen maken.

De oprit is al een paar dagen niet gebruikt, en er ligt een laag poedersneeuw op. Onder de juiste omstandigheden zijn bandensporen even nauwkeurig te identificeren als vingerafdrukken. Deze lijken duidelijk genoeg om de fabrikant en het model te achterhalen, maar misschien niet de specifieke banden. De voetafdrukken bevinden zich diep in de sneeuw en zullen niet veel opleveren, maar wellicht kunnen we een schoenmaat bepalen. Esko wacht tot we klaar zijn voordat hij met zijn onderzoek begint.

Sufia is haar schoonheid kwijt. Wat er van haar over is, verhaalt over een pijnlijke dood. Mijn eerste taak is om deze verschrikking gedetailleerd op te tekenen. Ik word er somber van en voel me er ook niet goed toe in staat, want de enige die zulk extreem leed zou kunnen beschrijven zou Sufia zelf zijn geweest. Valtteri begint te fotograferen. Om de paar seconden gaan de flitsers af en worden bloed, sneeuw en Sufia verlicht, en ik krijg het gevoel dat ik in een korrelige zwart-witfoto leef.

Ik schakel het opnameapparaat in en Esko pakt een notitieboekje en een pen. Terwijl ik een mondelinge beschrijving geef, maakt hij een schriftelijk verslag, om dezelfde reden dat Antti tekent terwijl Valtteri fotografeert. Zo wordt de kans dat er gegevens verloren gaan geminimaliseerd. Ik kniel in de sneeuw naast haar neer. 'Laat het me weten als ik iets mis.'

Hij knikt. Ik laat de lichtbundel van mijn zaklamp over haar lichaam glijden en begin.

'Algemene observaties. Een naakt vrouwelijk lichaam. Het slachtoffer is van Afrikaanse afkomst. Er zit een koord' – ik doe mijn handschoen uit en bevoel het – 'van zijde of soortgelijk synthetisch materiaal om haar hals, en alles wijst erop dat het is gebruikt om het slachtoffer in bedwang te houden. In een vijf meter lange lijn tussen de bandensporen en haar lichaam is de sneeuw omgewoeld. Het lijkt erop dat ze van de auto naar de plek waar ze nu ligt is gekropen of gesleept.'

'Ik denk gesleept,' zegt Esko.

'De sneeuw is tot vlak bij het lichaam en de sleeplijn onaangeroerd. Haar armen liggen in een hoek van vijfenveertig graden boven haar hoofd. Haar benen zijn gespreid en de platgeslagen sneeuw wijst erop dat ze om zich heen sloeg terwijl de moordenaar haar aanviel. Bewijs zoals andere wapens of haar kleding zou zeker zichtbaar zijn geweest als het er was geweest. Er is niets te zien. Het slachtoffer is verminkt. Haar gezicht is zwaar verwond, maar ik herken haar. Het is de actrice Sufia Elmi. De woorden *neekeri huora*, nikker hoer, zijn in haar buik gekerfd.'

Mijn ergste vrees wordt bevestigd. Deze moord is uit haat gepleegd. Het is moeilijk te geloven dat iemand haar zo diep gehaat kan hebben. Ondanks de woorden op haar buik blijft de vraag wat een dergelijke haat kan hebben opgewekt. Was het haar ras, haar schoonheid of iets anders?

'Een halveliterfles Lapin Kulta-bier is bij de hals afgebroken en met het kapotte uiteinde naar voren met draaiende, snijdende bewegingen in de vagina van het slachtoffer gestoken. Er zijn geen glasscherven van de kapotte fles te zien. Het slachtoffer is geslagen met een bot voorwerp, dat een kneuzing op haar voorhoofd heeft achtergelaten.'

Esko buigt zich naar me toe. 'Ze is tweemaal geslagen. Waarschijnlijk met een hamer.'

Ik knik. 'Waarschijnlijk met een hamer. Haar ogen zijn uitgestoken, misschien met de kapotte fles. Een dun stuk huid van haar rechterborst van circa zeven bij tien centimeter is weggesneden en ligt naast het slachtoffer, bij haar linkerschouder. Over haar onderbuik loopt een lange, diepe snee. Haar keel is doorgesneden. De scherpe insnijdingen wekken de indruk dat de moordenaar een wapen met snijvlak heeft gebruikt om die wonden toe te brengen, en niet de bierfles.'

'Hij heeft de reep huid van haar borst laten liggen,' merkt Esko op. 'Hij was niet op een trofee uit.'

'Er lijken ten minste drie voorwerpen te zijn gebruikt om het slachtoffer te verminken: een bot en zwaar voorwerp, zoals blijkt uit de twee slagen op het hoofd, en twee scherpe, waarvan er een de bierfles is en het andere een wapen met een snijvlak.'

'Ik gok op een gekarteld jachtmes,' zegt Esko.

'Heb ik iets gemist?' vraag ik.

'Ik denk het niet.'

Er glinstert iets in de lichtstraal van mijn zaklamp. Ik buig me verder naar haar toe. 'Wat is dat voor spul op haar gezicht?'

'Waar?'

Ik wijs op drie kleine strepen. 'Bij haar neus, op haar wang.'

'Ik weet het niet.'

'Denk je dat hij haar heeft bespuwd?'

'Het lijkt niet dik genoeg voor speeksel.'

'Het zou niet eens zichtbaar zijn geweest als ze blank was geweest. Het is nu al moeilijk te zien. Vergeet niet een monster te nemen om te laten onderzoeken. Verder nog iets?'

Esko schudt zijn hoofd. Hij pakt haar handen voorzichtig vast om te voorkomen dat de sneeuw onder haar gemanicuurde vingernagels wordt omgewoeld, onderzoekt ze en doet er plastic zakjes omheen. Hij neemt diverse bloedmonsters uit de sneeuw rond het lichaam en een monster van de vloeistof op haar gezicht. 'Luister,' zegt hij, 'ik weet niet hoe het verder moet, ik heb zoiets nooit aan de hand gehad. Dit wordt internationaal nieuws, en ik ben bang dat ik het verknal.'

Ik kan me zijn gevoel voorstellen. Het is al lang geleden sinds ik een gecompliceerd moordonderzoek heb uitgevoerd. Daar komt bij dat het bijna Kerstmis is en dat vier van de acht agenten vrijaf hebben. We hebben zelfs geen avondploeg meer; om de beurt kunnen we 's avonds worden opgeroepen. Zelfs de collega van de meldkamer heeft vrij. Het is een ideale periode om een moord te plegen. Iemand die hier woont zou dat weten, en dat baart me zorgen.

'We hebben bandensporen,' zeg ik, 'en het lichaam zal een hoop bewijs opleveren. We zullen deze zaak zeker oplossen.'

We knielen in de sneeuw en kijken elkaar een paar seconden aan, terwijl we niet weten wat we moeten zeggen. Vanuit de kooi voor de schuur kijkt een drachtig rendier ons ongeïnteresseerd aan. Aslak staat in de buurt een sigaret te rollen. Ik zou willen dat dit niet gebeurd was. Ik wil nu thuis zijn bij Kate, mijn hand op haar buik leggen en me ons kindje voorstellen dat in haar buik groeit. Ik kijk uit over het sneeuwveld. Aslaks huis is een donkere vlek in de verte. Bijna anderhalf jaar geleden ontmoetten Kate en ik elkaar in zijn achtertuin.

De Samen, de inwoners van Lapland, hebben hier veel last van vooroordelen, zoals de Eskimo's in Alaska. Elk jaar geeft Aslak op de langste dag een groot feest, waarop hij vrienden, buren en de prominenten in de dorpsgemeenschap uitnodigt. Misschien is het een manier om voor zichzelf en alle anderen te bewijzen hoeveel hij ondanks alle hinderpalen heeft weten te bereiken. Misschien is het zijn manier om te zeggen: krijg de klere maar, ik behoor tot het volk van de Samen en ik ben rijker dan jullie. Hij heeft zijn eigen zonnewendetraditie: een heel rendier op het spit roosteren, zoals anderen een wild zwijn roosteren. Ik heb verder nog nooit gezien dat iemand dat deed.

Kate en ik kwamen elkaar tegen op Aslaks feestje. Het was al laat, maar dit is het land van de middernachtzon, en vooral na een paar drankjes raak je het besef van tijd gemakkelijk kwijt omdat het steeds maar licht blijft. Het lijkt de hele nacht wel het begin van de avond. Ik hoorde een stem die Engels sprak en zag dat die van een lange roodharige aan de andere kant van het gazon was. Ze was de mooiste vrouw die ik ooit had gezien. Kate stond in een groep mensen met een meisje te praten dat Liisa heette en assistent-manager bij Levi Center was. Liisa en ik waren een tijdje daarvoor een paar keer met elkaar uit geweest, maar dat was niets geworden. Ik liep naar hen toe. Ze stonden dronken te giechelen.

'Kari, dit is Kate Hodges,' zei Liisa. 'Ze is in Finland om te solliciteren naar de functie van bedrijfsleider van Levi Center. Kate, dit is is Kari Vaara. Hij is hoofd van de politie hier. Zijn naam betekent *Rock Danger* in het Engels.'

Kate barstte in lachen uit. 'Rock Danger... Het lijkt wel een naam in een slechte film.'

Daar had ik nog nooit aan gedacht; ik moest ook lachen om het idee. 'Dat kan de naam inderdaad betekenen. *Kari* betekent rots, kras, ondiepte of rif. *Vaara* betekent heuvel, gevaar, risico of valkuil. Mijn naam zou dus ook *Reef Hill* of *Scar Pitfall* kunnen zijn. Hoe je het ook bekijkt, in het Engels klinkt het stompzinnig. Ik beloof je dat het in het Fins beter klinkt.'

'Je spreekt uitstekend Engels,' zei Kate.

'Kari is een slimme vent,' vertelde Liisa, 'hij spreekt ook Zweeds en Russisch.'

'Mijn Russisch is niet best,' zei ik.

'Ik vertelde Kate net over de zonnewende,' zei Liisa. 'Ik legde haar uit dat dit de langste dag is en ook de Finse Vlagdag, waarop we traditioneel naar de sauna gaan en om middernacht een groot vuur in de openlucht maken. Heb je daar nog iets aan toe te voegen?'

'De zonnewende markeert inderdaad de langste dag van het jaar en is bovendien een heidens festival van het licht,' zei ik. 'De christenen pasten het feest aan en maakten er een viering van de geboorte van Johannes de Doper van. Daarom heet het feest in het Fins *Juhannus*. Voor heidenen was het een intens magische nacht, vooral voor jonge vrouwen die op zoek waren naar een man, kinderen wilden of allebei. Het maken van een vreugdevuur wordt geassocieerd met ideeën over vruchtbaarheid, reiniging van de ziel en het uitbannen van boze geesten.'

'Rock Danger,' zei Kate, 'je klinkt als een ontwikkeld man.'

Ik glimlachte. 'Ik ben een goudmijn van nutteloze informatie.'

Kate trok Liisa een paar stappen van me weg. Ze fluisterden met elkaar. Ik stond in het midden van een groep dronkenlappen, die van papieren borden gegrild rendier en aardappelsalade stonden te eten, naar Kate te kijken en bedacht nog eens hoe mooi ze was. Zij en Liisa beëindigden hun gesprek en kwamen terug. 'Wat die heidenen betreft,' zei Kate, 'betekent dat dat vrouwen mannen bij de zonnewende mee uit kunnen vragen?'

'Daar ben ik zeker van,' zei ik.

Kate was door de alcohol overmoedig geworden en tijdens hun gesprekje had Liisa geprobeerd haar een zin in het Fins te leren. *'Komea mies,'* zei ze, *'lähtisitkö ulos ja pane minua syömään?'*

Haar uitspraak was apart, maar wat ze zei was duidelijk genoeg. Om ons heen barstten mensen in lachen uit. Ik begon te blozen. Ze bedoelde te zeggen: 'Knappe man, wil je vanavond met me uit eten?' Maar wat eruit kwam, was zoiets als: 'Knappe man, wil je uitgaan en me neuken voor het diner?'

Kates gezicht werd eveneens rood. 'Wat zei ik verkeerd?' vroeg ze.

Liisa vertelde het haar fluisterend.

Kate knipperde met haar ogen alsof ze zou gaan huilen. Ze liep van de mensen weg die nog steeds om haar stonden te lachen.

Ik ging achter haar aan. Ze draaide zich om en keek me beschaamd aan.

'Ik wil graag met je uit eten,' zei ik.

Toen zag ze de humor ervan in en wist een lachje tevoorschijn te brengen.

'Zo meteen wordt het vuur ontstoken,' zei ik. 'Wil je er samen met mij naar kijken?'

'Dat zou fijn zijn.'

Ze pakte mijn hand, wat me verbaasde. We liepen weg. 'Je loopt mank. Hoe komt dat?'

'Ik ben ooit neergeschoten. Hoe komt het dat jij mank loopt?'

'Ik ben gevallen.'

Terwijl we elkaars hand vasthielden, keken we zwijgend naar het vreugdevuur. Na afloop vroeg ik Kate of ze bij mij thuis nog wat wilde komen drinken.

'Waar woon je?' vroeg ze.

'Ongeveer een *poronkusema* hiervandaan.'

'Hoe ver is dat?'

'Een poronkusema is een Lapse afstandsmaat die "rendierpis" betekent. Een rendier kan niet plassen als het een slee trekt, en als je niet af en toe stopt om het dier te laten plassen, raakt zijn urinekanaal verstopt. Een poronkusema is ongeveer vijftien kilometer oftewel een halfuur rijden op een slee.'

'Je bent werkelijk een goudmijn van nutteloze informatie,' zei ze.

We gingen naar mijn huis. Zes weken later waren we verloofd. Negen maanden later waren we getrouwd.

Het is moeilijk te geloven dat deze plek, waar iets gebeurd is wat mij zoveel geluk heeft gebracht, nu het toneel van zo'n tragedie is. Ik keek weer naar Sufia's verminkte lichaam. 'Esko…'

'Ja?'

Ik moet de vraag stellen, maar ik ben bang om het antwoord te horen. 'In hoeverre is ze zich bewust geweest van wat haar is aangedaan, denk je?'

'Ze is zo zwaar toegetakeld dat ik dat zonder autopsie niet kan zeggen. Ik vraag me hetzelfde af. Toch had het nog erger kunnen zijn.'

'Hoe dan?'

Hij staat op en veegt de sneeuw van zijn broek. 'Ze had het kunnen overleven.'

Ik kijk naar Sufia, de engel van sneeuw. Haar gezicht verandert en ik zie Kate naakt en verminkt dood in een sneeuwveld liggen. De somberheid die ik eerder ondervond overvalt me weer, en voor het eerst in mijn leven vind ik het jammer dat Finland geen doodstraf kent.

3

De plaats delict is helemaal doorzocht. Sufia Elmi's lichaam is weggehaald. Hoewel we regelmatig naar Aslaks huis zijn gegaan om op te warmen, ben ik nog altijd tot op het bot verkild. Ik ben de laatste die vertrekt en sta in mijn eentje te huiveren. Ik kijk omhoog. De wind heeft de wolken verjaagd en ik zie de sterrenhemel. Er is nu genoeg licht om zonder mijn zaklamp te kunnen zien, en daarom schakel ik hem uit.

Het zwart-gele politielint lijkt niet bij een rendierfarm te passen. De plek waar het lichaam van Sufia lag, is nu een met bloed besmeurde kuil in de sneeuw, als een lege oogkas. De plek zal snel genoeg omgewoeld worden, zodra dieren uit het bos het bloed ruiken en een kijkje komen nemen. Het maakt niet uit. Het zal niet lang duren voordat verse sneeuw de kuil overdekt.

Jaren geleden, toen ik aan mijn doctoraalscriptie werkte, bracht ik als uitwisselingsstudent een semester in New York door. Wat me daar het meest opviel was de hemel. Op die plek van de wereld, ver van de Noordpool verwijderd, is de lucht flets en grijs, als een eendimensionaal universum. Hier is de hemel oneindig gewelfd en is er bijna geen vervuiling. In de lente en de herfst is de hemel donkerblauw of violet en duurt de zonsondergang uren. De zon verandert in een vage oranje bol die de wolken in rood-violette torens met zilveren randen transformeert. In de winter wordt het hemelgewelf van de grote kathedraal waarin wij wonen vierentwintig uur per dag door ontelbare sterren geaccentueerd. Finse luchten zijn de reden dat ik in God geloof.

Het is bijna tien uur 's avonds. Ik ben na vele uren in de kou zo stijf geworden dat ik me nog maar moeilijk kan bewegen. Mijn slechte knie is zo stijf dat ik mijn linkerbeen meer meesleep dan dat ik erop loop. Ik hink naar het eind van de oprit.

Aan de overkant van de weg ligt langs een smalle weg een buurtje van zestien huizen, Marjakylä geheten, Bessendorp. Ik loop de tweehonderd meter over het onverharde pad, zoals ik al zo vaak heb gedaan. De weggeschoven sneeuw van de sneeuwploeg heeft aan weerszijden muren gevormd, die me naar het dorp leiden. De mensen die hier wonen komen maar zelden hun buurt uit. Ze leven in hun eigen wereldje, jaar na jaar, in hun houten huisjes. Het enige wat verandert is hun leeftijd.

Ik ga alle huizen af en leg uit dat er een moord is gepleegd. Mensen trekken hun wenkbrauwen op en zeggen: '*Oho*', wat in onze taal verrassing uitdrukt, en zeggen dan dat ze niets hebben gezien. Terwijl ik langs de deuren ga, kom ik dichter bij mijn ouders en hun buren, de mensen uit mijn kindertijd.

Op het erf van Lange Paavo hangen werklampen waarvan het licht in de sneeuw weerkaatst wordt, zodat het effect van de snoeren met kerstverlichting die overal hangen verloren gaat. Ik tref hem aan in een schuur waar een petroleumkachel staat en waar hij zoals gewoonlijk met iets aan het prutsen is. Een tweetaktmotor met een slechte pakking stinkt naar brandende olie en ploft omdat een van de zuigers niet ontbrandt. Ik vraag waarmee hij bezig is. Een kledingpers, zodat zijn vrouw geen lakens hoeft te strijken. Hij heeft niets gezien.

Ik klop op de deur van de Virtanens. Door het raam aan de voorkant zie ik Pirkko, de moeder van Kimmo en Esa, in een leunstoel zitten. Ze beweegt niet. Ik probeer de deur, die open blijkt. Binnen ruikt het naar schimmel en urine. Ze zijn allebei niet aanspreekbaar. Pirkko niet omdat ze een beroerte heeft gehad, en haar man Urpo niet omdat hij laveloos op de keukenvloer ligt. Ik begroet Pirkko. In haar ogen zie ik een glinstering van herkenning, maar ze reageert verder niet, en daarom vertrek ik. Ik moet hun zoons over hen spreken.

Vervolgens probeer ik Eero en Martta. Ze zijn niet thuis; waarschijnlijk zijn ze aan het wandelen.

In een raam aan de voorzijde branden kerstkaarsen. Tiina en Raila nodigen me uit om binnen te komen, maar daar voel ik niets voor. Tiina is tweeënveertig jaar en anorectisch. Als gevolg daarvan zijn al haar tanden uitgevallen, en ze kan zich geen kunstgebit permitteren, maar ze heeft geleerd om zo te lachen dat je het niet ziet. Ze loopt het dorp rond achter een kinderwagen met een babypop erin, wat ze al doet sinds ze een tiener was.

Raila, Tiina's moeder, is alcoholiste. Twintig jaar lang was ze nuchter, tot het feestje voor haar veertigste verjaardag, toen ze besloot één borrel te nemen. De afgelopen dertig jaar heeft ze in een nachtmerrieachtige alcoholpsychose geleefd, gecombineerd met religieus fanatisme. Toen ik nog klein was, stond ze altijd voor ons huis naar het raam te wijzen en te gillen. Mijn moeder zei dan tegen me er niet op te letten en net te doen alsof het niet gebeurde. Ik vraag of ze vandaag onbekende auto's hebben gezien.

'Dit is een dag van grote droefenis,' zegt Raila. 'Mijn leven is een tranendal.'

Tiina toont haar wonderlijke glimlach. 'We zitten al de hele dag tv te kijken.'

Ik bewaar mijn ouders voor het laatst. Hun huis is nog hetzelfde als het twintig jaar geleden was, behalve dat er binnenin riolering is aangelegd. Geen ijskoude ochtendlijke uitstapjes naar het buitentoilet meer. Geen koude douches meer in een slecht verwarmd bijgebouw dat we met de buren deelden. Mijn vader en moeder hebben er jaren ruzie over gemaakt. Hij weigerde vanwege de kosten, hoewel hij altijd geld voor drank had, maar uiteindelijk wist ze hem te overreden.

Omdat het zo koud was in het bijgebouw waste ik me als jongetje wel eens twee weken niet als ze me er niet toe dwongen, en soms deed ik het zelfs in mijn broek omdat het zo'n pijn deed om in het ijskoude bijgebouw mijn broek naar beneden te doen dat ik het te lang ophield.

Er hangen zeker vijftien klokken aan de muren. Ik weet niet waarom mijn ouders het zo belangrijk vinden om de tijd te weten. Het syncopische getik van al die secondewijzers maakt me gek. Ze hebben nog geen kerstversiering opgehangen. Ze wachten altijd tot het laatste moment. We zitten in de keuken, waar ik ze uitleg geef over de moord.

'Mam, heb je vandaag iets vreemds gezien of gehoord?' vraag ik.

Mijn moeder werkt niet; mijn vader zou dat nooit goedvinden. Ze noemt me nog altijd bij mijn koosnaam uit mijn kindertijd. '*Ei Pikkuinen,*' nee, Kleintje, zegt ze.

'Wat zou je moeder in godsnaam hebben moeten horen?' vraagt mijn vader.

'Dat weet ik niet. Het is een normale vraag bij een moordonderzoek.'

Mijn vader is oké als hij nuchter is, maar als hij dronken is, wordt hij of euforisch of onuitstaanbaar. 'Denk je dat je moeder niets beters te doen heeft dan de hele dag bij het raam zitten kijken wat er buiten gebeurt?'

'Dat denk ik helemaal niet.'

'Dus jij denkt dat je moeder een negerin op Aslaks boerderij heeft vermoord?'

Ik vraag me af of hij zijn riem zal afdoen, zoals toen ik een jongen was. 'Nee, dat denk ik ook niet.'

Mijn vader komt nu met een van zijn favoriete uitdrukkingen. '*Haista vittu*', kuttenkop. Een kleurrijke manier om me te zeggen dat ik kan opdonderen. Zijn vertroebelde geest dwaalt naar een ander onderwerp af. 'Heb je nog iets van je broers gehoord?'

Mijn drie broers zijn allemaal het huis uit gegaan zodra ze oud genoeg waren. 'Al een tijdje niet.'

'Je zou toch denken dat ze op zijn minst eens zouden bellen, na alles wat we hebben doorgemaakt om ze op te voeden. En jou.'

Pa de martelaar. 'Het is bijna Kerstmis, dan zul je wel wat van ze horen.'

Mijn moeder vraagt me of ik iets wil eten, en ik realiseer me dat ik uitgehongerd ben. Ze warmt een restje *läskisoosi* op, vette jus, een lievelingsgerecht uit mijn kindertijd, gemaakt van varkensvleesreepjes die op bacon lijken maar dan minder zout, en schept die over gekookte aardappels.

Terwijl ik eet, kletst mijn moeder over de buren en over hoe goed het met mijn broer Timo gaat. Timo heeft zeven maanden in de gevangenis gezeten wegens illegaal drank stoken en sindsdien overcompenseert mijn moeder dat door over hem te praten alsof hij een heilige is.

Mijn vader koestert zwijgend een halfvol glas wodka. Ik herinner me dat mijn zus vandaag eenendertig jaar geleden is overleden; daarom gedraagt hij zich zo kloterig.

De kou kwam laat dat jaar, maar toen het zover was, sloeg die hard toe. Ik was negen en Suvi was acht. Mijn moeder was een onvervalste fokmerrie: vijf kinderen in zeven jaar. Mijn vader wilde gaan ijsvissen. Suvi en ik vroegen of we met hem mee mochten om te gaan schaatsen. Mijn moeder waarschuwde mijn vader dat het ijs nog te dun was, maar hij luisterde niet naar haar. 'Kari zal wel op Suvi letten,' zei hij.

Er was veel sneeuw gevallen, maar het was droge poedersneeuw. De wind had die van het meer af geblazen, en het ijs was zo glad en helder als glas. Die middag was er een heldere sterrenhemel, en op het ijs leek het wel dag. Mijn vader boorde een gat in het ijs en ging op een krat zitten vissen, zichzelf warm houdend met een fles Three Lions-whisky.

Ik probeerde op Suvi te letten. We schaatsten met grote snelheid naar het midden van het meer, maar ik hield haar hand vast. Ik hoorde een hard gekraak, voelde dat er aan mijn arm werd gerukt en weg was ze. Het duurde een moment voordat ik begreep wat er gebeurd was, en toen werd ik bang dat het ijs onder mij ook zou breken. Ik kroop naar de plek waar Suvi door het ijs was gezakt, maar ze gleed al weg. Het laatste wat ik van Suvi zag terwijl ze nog leefde waren haar knuistjes die zich aan het ijs probeerden vast te grijpen.

Ik was te bang om achter haar aan te gaan, en mijn vader was te dronken, en daarom deden we niets. Hij zat daar maar te janken, en ik rende weg om hulp te zoeken. Ze boorden gaten in het ijs en dregden eronder met visnetten. Het duurde niet lang; ze was niet ver weggedreven. Toen ze haar uit het water trokken, stond er een eerder verraste dan gekwelde blik op haar gezicht.

Ik ben altijd blijven denken dat mijn vader mij de schuld geeft van Suvi's dood. Misschien gebruikte hij daarom altijd zo snel zijn riem bij mij. Ik denk dat ik hem ook de schuld geef. Misschien geeft mijn moeder ons allebei de schuld. Ik eet het laatste beetje läskisoosi en leg mijn mes en vork op het bord. Mijn moeder zwijgt nu, ze lijken allebei in gedachten verzonken. Ik zeg tegen haar dat het heerlijk was en geef haar een afscheidsknuffel. Ik knijp mijn vader in zijn schouder en zeg dat ik snel weer langskom.

Op de weg terug naar mijn auto zie ik Eero en Martta dik ingepakt tegen de bittere kou van hun avondwandeling terugkomen. Eero is in de zeventig, goed gekleed, kwiek en schizofreen. Hij woonde bij zijn moeder totdat die twintig jaar geleden stierf, waarna hij Martta als zijn huishoudster in dienst nam. Of hun relatie seksueel van aard is blijft een mysterie, evenals de vraag waar hij het geld vandaan haalt om een huishoudster te betalen.

Afgaande op zijn uiterlijk zou je zeggen dat Eero homoseksueel is. Martta is een dwergachtige, gedrongen verschijning met grijs haar. Ik tref hen aan het eind van de weg, tegenover Aslaks oprit. Ze zijn hun hond aan het uitlaten, een jackrussellterriër die Sulo heet. Sulo heeft een blauw met rode trui aan en viltschoentjes. Ik vraag hen naar vandaag.

'Ik was vanmiddag met een vriend aan de telefoon toen ik een auto bij Aslak zag wegrijden,' zegt Eero.

Er is een telefooncel langs de weg. De telefoon doet het niet, en dat is al jaren zo. Eero staat urenlang in de kou met denkbeeldige vrienden te praten, soms zelfs zo lang dat zijn adem een ijslaagje op de hoorn vormt. Martta sneed het snoer steeds weer door, in de hoop dat Eero dan ophield met muntjes in het apparaat gooien. Uiteindelijk stopte de telefoonmaatschappij met repareren, maar ze lieten wel de telefooncel staan zodat Eero in de telefoon kon blijven praten.

'Wat voor auto?' vraag ik.

'BMW, BMW, BMW.'

Soms herhaalt hij dingen. Ik geloof hem niet helemaal. 'Welk model BMW?'

'Een nieuwe sedan, 3-serie, 3-serie.'

'Ken je die BMW's zo goed dan?'

'Ik hou van auto's.'

Eero heeft altijd al een ijzersterk geheugen gehad. Ik controleer nog eens of het echt wel klopt. 'Eero, kun je je 16 mei 1974 herinneren?'

'Reken maar.'

'Wat is er toen gebeurd?'

'Niets bijzonders. Het was een donderdag, warm. Er zaten twee catalogi bij de post. Je vader werd dronken en reed zijn fiets kapot.'

Dat herinner ik me nog. Ik ben onder de indruk. 'Wat voor kleur had die BMW?'

'Ik was aan het praten en heb daar niet op gelet. Een donkere kleur.'

'En was die nieuw?'

‘Tamelijk nieuw in elk geval.’
‘Zag je wie er achter het stuur zat?’
‘Te donker. Ik kon het niet zien, ik kon het niet zien.’
‘Goed. Heel erg bedankt.’ Ik buk me en geef Sulo een klopje. ‘Vind je het goed als ik terugkom om je er nog wat over te vragen?’
‘Natuurlijk,’ zegt Eero, ‘ik ben blij met het gezelschap.’
Martta pakt zijn hand. ‘Je bent altijd welkom in ons huis.’
Dit is een goed spoor. Ik stap hoofdschuddend de verijsde straat door en zie Eero voor me in het getuigenbankje.

4

Ik heb mijn oprit al een paar dagen niet geveegd, en als ik thuiskom moet ik het autoportier moeizaam door de sneeuw duwen om het open te krijgen. Ik ontgrendel de motorkap van de Saab en haal de accu eruit. Als ik dat niet doe, start de auto 's ochtends niet. Ik ga naar binnen, zet de accu in de gang op de grond, sluit de deur achter me en sluit de wereld buiten.

Zoals elke goede Fin trek ik mijn schoenen uit voordat ik iets anders doe. Kate vergeet soms de hare uit te trekken als ze binnenkomt, en dan moet ik het haar vragen. In de kamer je schoenen aan houden vind ik een barbaarse gewoonte. Vanuit de andere hoek van de kamer knipperen kerstboomlampjes me toe. De meeste Finnen zetten de boom pas vlak voor kerstavond op, maar Kate wilde het op zijn Amerikaans doen, dus de onze staat al. Ik moet toegeven dat het een vrolijk gezicht is.

Ik ben al eerder getrouwd geweest. Na mijn scheiding ben ik dertien jaar single geweest en heb ik flink verdiend, maar ik kon het geld nergens aan uitgeven, dus heb ik dit huis gekocht en mezelf met mooie spulletjes omringd. Kostbaar Deens lichthouten meubilair, een 32-inch flatscreen-tv waar ik bijna nooit naar kijk, stapels boeken en cd's en de nieuwe Saab op de oprit. Ik dacht dat ik gelukkig was, maar ik was alleen maar tevreden. Ik wist niet wat geluk betekende totdat ik Kate ontmoette. Of misschien was ik het vergeten. Nadat ik Sufia Elmi's toegetakelde lichaam heb gezien, lijkt mijn geluk ongepast.

Ik trek mijn dienstoverall uit, leg mijn pistool en portefeuille op de salontafel, haal een biertje uit de koelkast en laat me op de bank vallen. Kate komt de trap af in een slipje en een oversized T-shirt. Ze is bijna even lang als ik en is pezig met haar zestig kilo. Ze is negenentwintig en ondanks haar gehink beweegt ze zich gracieus en elegant. Ik ben veertig, word grijs bij de slapen en heb het postuur van de hockeyer die ik ooit was. In vergelijking met haar voel ik me lomp.

'Heb ik je wakker gemaakt?'

'Ik sliep niet. Ik wilde op jou wachten.'

Ze gaat naast me zitten, geeft me een zoen en pakt mijn mollige hand met haar slanke vingers beet. Haar ogen zijn rood en gezwollen.

'Alles goed?' vraag ik.

'Ik heb zitten lezen.'

Ik dring niet aan. Kaamos is voor iedereen zwaar. We worden allemaal depressief in dit jaargetijde. Daar komt bij dat ze zwanger is, en de hormonale verandering zal het zeker niet gemakkelijker maken.

'En hoe gaat het met jou?'

Ik weet niet waar ik moet beginnen. 'Sufia, het Somalische meisje in die slechte films, is vermoord.'

'Je ziet er niet goed uit,' zegt ze.

Ik wrijf over mijn gezicht in een poging de spanning weg te strijken. 'Iemand heeft haar verminkt en "nikker hoer" in haar borst gekerfd.'

Ze trekt haar benen onder zich op en slaat haar arm om me heen. 'Ik heb haar in Hullu Poro gezien. Ze was heel mooi.' Kates uitspraak van Finse woorden is zacht en merkwaardig, alsof een mus als een kraai probeert te krassen.

'Ik heb al eerder moorden en ernstige auto-ongelukken gezien, maar nooit zoiets als dit.'

'Heb je enig idee wie of waarom?'

Ik neem een slok bier. 'Een zedenmisdrijf, een racistisch misdrijf, misschien allebei. Dat is moeilijk te zeggen.'

Ze kijkt me aan en ziet hoe zwaar ik het heb. Ik wil niet dat ze het ziet, maar ik weet niet hoe ik het moet verbergen. 'Ik snap gewoon niet hoe iemand een ander zoiets kan aandoen.'

Ze drukt zich dichter tegen me aan. 'Wil je erover praten?'

We blijven een poosje zwijgend zitten.

'Was het echt op de plek waar wij elkaar ontmoet hebben?' vraagt ze.

'Het was in het sneeuwveld op ongeveer honderd meter voor Aslaks huis, tegenover Marjakylä. Nadat we de plaats delict onderzocht hadden, moest ik in de buurt waar mijn ouders wonen langs de huizen. Dat was een hele belevenis. Mijn vader deed het verdomme voorkomen alsof ik mijn moeder van moord beschuldigde.'

'En hij is altijd zo beleefd als ik hem zie.'

'Jij bent een vreemde. Hij is bang voor alles wat hij niet begrijpt. Hij voelt zich door jou geïntimideerd, en als jij bij hem bent gedraagt hij zich keurig om dat te verbergen.'

Ze denkt daarover na. 'Er is iets aan hem wat mij ook angst inboezemt. Hoe dronken was hij?'

'Behoorlijk dronken.'

Ze lijkt nu in mijn plaats boos te worden. Kates vader is inmiddels overleden, maar hij was een dronkenlap, dus ik hoef niets meer te zeggen. Kate heeft een moeilijke jeugd gehad. Ze is opgegroeid in Aspen in Colorado. Haar moeder stierf aan kanker toen Kate dertien was. Haar broertje en zusje waren op dat moment zeven en acht.

Door haar dood was haar vader helemaal gebroken, en hoewel hij niet wreed en handtastelijk was, zoals mijn vader, was hij niet veel thuis en bracht hij zijn avonden in kroegen door. Kate moest haar broertje en zusje grootbrengen, koken, schoonmaken en haar vader om geld smeken om boodschappen te doen.

Haar vader slaagde er in elk geval wel in nog iets goeds voor haar te doen. Hij werkte als liftonderhoudsmonteur in een skigebied en zorgde ervoor dat ze gratis skilessen en liftpassen kreeg. Zo werd ze een geweldige alpineskiër. Ze won in de loop der jaren diverse belangrijke wedstrijden en droomde ervan aan de Olympische Spelen mee te doen.

Toen ze op haar zeventiende aan een wedstrijd meedeed, ging ze met een snelheid van zo'n honderd kilometer per uur onderuit. Ze brak haar heup en lag weken met tractie in bed. Einde van de droom. Ze kon geen wedstrijden meer skiën en verloor het enige waar ze dol op was. Maar ze sloeg zich erdoorheen, kreeg een beurs voor een opleiding en wist een succesvolle carrière als manager in de skiresortbranche op te bouwen.

Als ik aan Kates familie denk, herinner ik me Suvi weer. Ik heb Kate nooit over haar verteld. Misschien ben ik bang dat ze mij ook de schuld voor Suvi's dood zal geven.

'Moet ik iets te eten voor je klaarmaken?' vraagt Kate.

'Ik heb bij mijn moeder gegeten.'

Ze slaat haar armen om me heen en kust me op mijn ogen. 'Laten we dan naar boven gaan.'

Kate pakt mijn hand beet en leidt me naar het bed. Ze kruipt naakt boven op me. Lange witte ledematen klemmen zich om me heen, lange rode haren hangen in mijn gezicht. Ondanks wat er vandaag is gebeurd verlang ik toch naar haar. Ik verlang altijd naar haar. Misschien wil ik het leven vieren nadat ik getuige ben geweest van de nasleep van Sufia's dood.

Het is nog niet te zien, maar als ik Kates buik kus, moet ik denken aan het kindje dat in haar groeit. Ze drukt haar mond op de mijne, laat haar tong over mijn lippen glijden. Ik voel dat ik een stijve krijg en hoor haar adem onregelmatig worden.

We vrijen met elkaar, en ik val in slaap. Ik weet niets meer, totdat Kate me opeens wakker schudt. 'Je had een nachtmerrie.'

Het beeld blijft voor me opdoemen. Ik was negen jaar, in de slaapkamer die ik met mijn broer deelde. Sufia Elmi zat in een stoel naast mijn bed. Mijn zus Suvi stond naast haar. Mijn vader trok mijn broek omlaag en sloeg me met een riem. Sufia en Suvi hielden elkaars hand vast en keken op. Sufia, die naakt en verminkt was, vormde woorden met haar lippen die ik niet kon verstaan.

'Wat droomde je?' vraagt Kate.

'Dat weet ik niet meer.'

'Ik had een prachtige droom,' zegt ze. 'Ik was zestien, voordat ik mijn heup brak. Ik deed mee aan een skiwedstrijd. Het leek wel alsof ik vloog.'

Ik zie tegen het ontwaken morgenochtend op en kijk op de wekker. Het is twee uur. Ik trek Kate dicht tegen me aan en probeer nog zo veel mogelijk te slapen.

5

De wekker gaat om halfzes. Kate verroert zich niet. Ik neem een sneetje roggebrood met worst en kaas en wacht op de koffie. Ik heb niet genoeg geslapen, maar het onderzoek moet van start.

Ik trek wollen sokken en een badjas aan, loop naar de achterveranda buiten en kijk naar de sterren, terwijl ik een sigaret rook en koffie drink. Van de rook heb ik geen last, maar de ijskoude lucht beneemt me de adem en maakt me aan het hoesten. De thermometer op de verandamuur staat op min tweeëndertig. Het wordt warmer.

Ik ga weer naar binnen en kleed me aan. Meestal draag ik een spijkerbroek en een trui, maar vandaag moet ik mogelijk officieel naar buiten treden, en daarom trek ik een pak aan. Ik rijd door verlaten, verijsde straten naar het werk.

Het is een echt provinciaal politiebureau. Zes hokken voor dronkaards en twee politiecellen, mijn kantoor en een ruimte voor de meldkamer, een centrale ruimte met een paar bureaus en computers voor wie er dienst heeft. Ik wil dat de moordrapportage voor de ochtendvergadering klaar is.

Ik ga aan mijn bureau zitten en schrijf het verslag, waarna ik het een tijdje laat rusten. Als ik een paar uur wacht voordat ik het in de Finse misdrijvendatabank invoer, zullen de kranten het niet meer kunnen meenemen en kan ik de mediastorm nog een dag uitstellen. Ik wil dat Sufia's ouders ingelicht worden voordat het rapport openbaar wordt.

Wat dat betreft vormen mobieltjes een probleem. Als mensen op een plaats delict aanwezig zijn of informatie over misdrijven en de bijzonderheden daarvan horen, bellen ze vaak de boulevardkranten om die informatie voor een klein bedrag te verkopen. Toen ik in Marjakylä langs de deuren ging, heb ik de naam van het slachtoffer niet genoemd. Alleen de agenten ter plaatse, Kate, Aslak, Esko en mijn ouders weten dat Sufia vermoord is. Ik heb hun op het hart gedrukt erover te zwijgen en zo is het me gelukt enig uitstel te forceren.

Ik download de foto's van de plaats delict van de digitale camera in het computersysteem, zodat we er tijdens de vergadering naar kunnen kijken, waarna ik het onderzoek officieel opstart.

Ik zou eigenlijk volgens de hiërarchie moeten handelen en de regionale politiecommandant moeten bellen, maar ik mag hem niet en besluit dat niet te doen. De nationale politiecommandant en ik hebben een gezamenlijk verleden, en daarom bel ik in plaats daarvan hem. Hij is er nog niet, dus ik vraag om zijn mobiele telefoonnummer en bel hem thuis.

Hij neemt op. 'Met Ivalo.'

'Met Kari Vaara in Kittilä. Sorry dat ik zo vroeg bel.'

'Ik ben me aan het scheren.'

'Het kan niet wachten, er is hier iets gebeurd wat je moet weten.'

Stilte.

'We zijn een moordonderzoek opgestart. Een jonge vrouw met de naam Sufia Elmi is ontvoerd en rond twee uur gistermiddag vermoord. Ze is een Somalische vluchtelinge en ook een filmsterretje, van het type dat voortdurend in de roddelbladen staat.'

'Kut.'

'Ja, maar het wordt nog erger. De moord heeft de kenmerken van een zedenmisdrijf, maar ook van een racistisch misdrijf. Het zou allebei kunnen zijn. Het meisje is echt afgeslacht. De moordenaar heeft "nikker hoer" in haar buik gekerfd.'

'Dat worden mediatoestanden.'

'Daarom bel ik je.'

'Heb je een verdachte?'

Ik hoor iets stromen. Hij staat te plassen terwijl we praten. 'Ik heb bandensporen en veel forensisch materiaal.'

'Ik kan een eenheid van Moordzaken uit Helsinki of Rovaniemi sturen. Je weet hoe het rond Kerstmis gaat; ik zal moeten kijken wie er beschikbaar is.'

Ik begrijp het nog niet. 'Dat hoeft niet, ik ben al goed op weg.'

'Dat geloof ik meteen, maar toch zou je misschien enige hulp kunnen gebruiken.'

Ik ben verrast. Tot nu toe heeft niemand ooit mijn vakbekwaamheid in twijfel getrokken. 'Bedankt, maar dat hoeft niet.'

Het geluid van stromend water stopt, zijn toilet loopt door. 'Weet je zeker dat je deze zaak wilt?'

'Waarom vraag je me dat?'

'Je zou daarover moeten nadenken.'

'Natuurlijk wil ik ermee verder.'

'Denk erover na. Misschien moet je deze zaak laten liggen.'

Finland is een provinciaal landje, maar die lui in Helsinki doen alsof ze mensen van de wereld zijn, terwijl wij hier in Lapland achterlijke boeren zijn. Soms noemen ze ons *poron purija*, rendierhappers.

'Het valt onder mijn competentie, het is mijn zaak.' Mijn stem wordt steeds luider. Ik probeer kalm te blijven.

'Dit gaat een hoop losmaken,' zegt hij, 'en we kunnen daar allebei veel last mee krijgen. Deze zaak zou te groot voor jou kunnen zijn.'

'Ik heb al andere moordonderzoeken gedaan.'

'Jaren geleden.'

Ik spreek hem bij zijn voornaam aan en probeer de persoonlijke benadering. 'Jyri, jij hebt me onderscheiden en me promotie gegeven. Zeg nou niet tegen me dat je denkt dat ik dit niet aankan.'

'Ik heb je onderscheiden voor je moed, niet om je vermogen misdrijven op te lossen.'

Ik wil tegen hem zeggen dat hij op kan rotten, maar houd me in.

'Ik heb je promotie gegeven omdat je het verdiende, maar ook omdat je door die kogel in je knie geen surveillance meer kon doen. Ik moest je promotie geven of je de laan uit sturen. Ik heb je een gunst verleend.'

Hij heeft me verdomme helemaal geen gunst verleend, ik had het verdiend. Ik was wijkagent in Helsinki en reageerde op een melding van een gewapende overval bij Tillander, de exclusiefste juwelier in de stad, in de Aleksanterinkatu in het hart van het winkelgebied in het centrum. Het was een prachtige zomermiddag.

Mijn collega en ik waren er snel en zagen twee dieven met rugzakken vol sieraden de winkel uit komen. Ze trokken pistolen en eentje schoot er op ons, waarna ze elk een andere kant uit vluchtten. Ik ging achter een van hen aan in een straat vol winkelend publiek en toeristen.

Opeens bleef de dief staan, draaide zich om en schoot. Ik had mijn pistool in mijn hand maar hij verraste me. Terwijl ik nog rende, werd ik in mijn linkerknie getroffen door een kogel, en die knie was met hockey op de middelbare school al vernield. Ik viel languit op de grond. Hij had verder moeten rennen maar om een of andere reden die ik me niet kan indenken, vond hij het nodig me om te brengen.

Toen hij op me afkwam, schoot ik als eerste op hem, en de kogel trof hem in zijn zij. Hij ging neer en een seconde lang zaten we op het trottoir naar elkaar te kijken. Hij hief zijn pistool op om nogmaals te schieten. Ik zei tegen hem dat hij zijn pistool moest laten zakken. Dat deed hij niet, waarop ik hem door zijn kop schoot.

Het bleek dat hij en zijn maat gangsters uit Estland waren. Ze waren met een dagcruise uit Tallinn naar Helsinki gevaren om een dagje uit roven te gaan. Ik neem aan dat ze erop rekenden na de overval op Tillander die avond met dezelfde boot weer naar huis te kunnen terugkeren.

'Als je mij van deze zaak haalt,' zeg ik, 'maak je tegelijk een eind aan mijn carrière. Dan kun je me net zo goed met ontslag sturen.'

'Je carrièrekansen eindigden toen je Helsinki voor Kittilä verruilde. Je hebt zelf om overplaatsing gevraagd, dus waarom klaag je er nu over?'

Na de schietpartij maakte het korps er een hele toestand van. Ze gaven me een medaille en ik werd tot rechercheur gepromoveerd. Later, toen ik tot inspecteur werd gepromoveerd, vroeg ik overplaatsing aan naar Kittilä, mijn geboorteplaats. Hij denkt dat dit voor mij een kwestie van trots is, maar dat heeft hij mis. Het gaat om mijn takenpakket. 'Je stuurt me nu meteen de laan uit of je blijft van mijn zaak af. Aan jou de keuze.'

Hij kan het risico met mij en de zaak nemen of zich van me ontdoen, en dan zal hij moeten uitleggen waarom hij een heldhaftig agent de bons heeft gegeven. Slechte pers. Ik wacht terwijl hij nadenkt.

'Oké, jij je zin. Maar als je alsnog besluit dat je een team van Moordzaken erbij wilt hebben, dan geef ik je dat graag. Het kan me niet schelen wie deze zaak oplost, als het maar snel gebeurt.'

'Akkoord.'

'Kan ik je nog ergens bij helpen?'

'Wil je Sufia Elmi's ouders opsporen? Laat een dominee en een collega naar hun huis gaan om hen op de hoogte te brengen van de moord.' In dit land krijgt de politie gezelschap van de lutherse geestelijkheid als nabestaanden geïnformeerd moeten worden. 'De autopsie zal later vandaag plaatsvinden. Ik wil graag dat de DNA-monsters binnen een etmaal geanalyseerd worden.'

'Afgesproken. Bel me met dagelijkse voortgangsrapportages. En Kari, dit is nu helemaal jouw verantwoordelijkheid.'

Ik hang op, zo kwaad dat ik nauwelijks nog kan ademen.

Om acht uur loop ik naar het algemene kantoor. Antti en Jussi, de enige surveillanten die ik nog heb omdat de anderen allemaal kerstvakantie hebben, zitten onderuitgezakt koffie te drinken. Hun uniformen zijn gekreukt. Antti ziet er zo stereotiep Fins uit dat het bijna lachwekkend is. Blond haar en een vollemaansgezicht. Jussi heeft donker haar, is zwaargebouwd en serieus. Ze zien er slaperig uit.

Valtteri ziet er ook moe uit. Misschien kon hij niet slapen nadat hij Sufia's lichaam had gezien. Hij heeft zijn pas nieuwe brigadiersuniform aan, gesteven en gestreken. Hij weet dat het een belangrijke dag is.

Ik ga tegen een bureau vol papieren aan staan. 'Ik denk dat jullie wel weten dat deze moord de grootste zaak is die ons bureau ooit op zijn bordje heeft gekregen. Wij zijn de rechercheurs en het hele land zal ons op de vingers kijken, dus we mogen geen fouten maken.'

'Ik heb nog nooit een moord onderzocht,' zegt Jussi.

'Je hebt toch de opleiding gevolgd? Doe wat je geleerd is.'

Toen ik bij het korps kwam, hoefde je alleen maar een paar maanden naar de politieacademie. Nu moet je een hbo-opleiding volgen om politieagent te kunnen worden. Antti en Jussi zijn jonge jongens van in de twintig: agenten die hun opleiding voltooid hebben.

'Daar komt bij dat we goede sporen hebben gevonden,' ga ik verder, 'dus zo moeilijk hoeft deze zaak niet te zijn.'

'Mijn wintervakantie begint overmorgen,' zegt Antti, 'dan heb ik twee weken vrij.'

'Niet meer. Je vakantie kan pas beginnen als deze zaak opgelost is.'

Zijn toon wordt iets luider. 'Waarom?'

'Omdat het jouw werk is. Anderen zijn al op vakantie en er is niemand om je te vervangen. Jullie hadden dienst, het is dus jullie zaak.'

'Ik heb vliegtickets naar Thailand.'

Hij maakt het me moeilijk omdat hij door de moord op Sufia met kerst geen Thaise hoeren kan neuken. 'Sorry,' zeg ik.

Ik dim de lampen, loop naar de computer en zet de powerpointpresentatie op een interval van tien seconden. Beelden van de plaats delict verschijnen op de muur.

'Gisteravond ben ik in Marjakylä langs de deuren gegaan. Voor iemand die daar woont zou het reuze eenvoudig zijn geweest Sufia te vermoorden, de tweehonderd meter naar de overkant van de straat te rijden en zijn huis weer in te duiken.' Ik geef Valtteri mijn notitieboek. 'Ik zou graag willen dat jij begint met alibi's controleren.'

Hij pakt een zaklampje en bladert erdoor. 'Je vader staat erin.'

'Die ook.'

Als er een dia van Sufia's gezicht en romp verschijnt, zet ik die stil. 'Er is sprake van verminking, waaronder een kapotte bierfles die in haar vagina is gestopt. Mogelijk heeft hij haar verkracht voordat hij haar op die plek achterliet en vermoordde. Haar ogen zijn uitgestoken, alsof hij niet wilde dat zij hem kon zien. Het zou kunnen betekenen dat hij zich schaamde. Hij heeft een stuk van haar borst afgesneden.'

Jussi trekt een gezicht vol walging en onderbreekt me. 'Wie zou er in godsnaam zoiets goors doen?'

'Misschien gaat het om een psychotische zedenmisdadiger die een hekel heeft aan vrouwen. We hebben in dit land nog niet veel met seriemoordenaars te maken gehad, maar je weet nooit. Als het er een is en hij uit de buurt komt, dan is dit waarschijnlijk zijn eerste moord, anders zouden we zijn werkwijze herkennen, en we kunnen mogelijk met tussenpozen meer moorden verwachten.'

'Er bestaat een kenmerkend profiel voor dit type seriemoordenaar, als het er een is,' zegt Antti.

'Klopt. Typische seriemoordenaars zijn mannen van tussen de twintig en dertig. Hun motieven zijn meestal seks, macht, dominantie en controle. Ze vallen ruwweg in twee categorieën: gestructureerd en ongestructureerd handelend. Het motief voor een gestructureerd handelende moordenaar is meestal verkrachting. Gestructureerd handelende moordenaars zijn in het algemeen bovengemiddeld intelligent en plannen hun misdaden zorgvuldig. Vaak ontvoeren ze hun slachtoffers, doden hen op de ene plek en laten de lichamen op een andere plek achter. Ongestructureerd handelende moordenaars worden vaak gemotiveerd door sadisme, zijn minder intelligent, begaan impulsieve misdrijven en laten de lichamen op de plaats van de moord achter. Voor beide typen geldt dat ze vaak een reeks van vijf of meer moorden plegen, met daartussenin een afkoelingsperiode. Het kan zijn dat een seriemoordenaar sinds zijn tienertijd of zelfs eerder door een seksmoordfantasie wordt geobsedeerd, maar dat hoeft niet. Als hij dan als volwassene het misdrijf pleegt, kan de moordenaar teleurgesteld worden door de werkelijkheid, zodat hij steeds weer nieuwe moorden moet plegen, waarbij hij telkens probeert meer voldoening uit een moord te putten.'

'Je weet er veel van,' zegt Jussi.

'Ik heb veel over seriemoordenaars gelezen toen ik aan mijn doctoraalscriptie werkte. Dit is een atypische moord. Ontvoering, drie afzonderlijke wapens, waaronder een fles die van tevoren kapot is gemaakt, en in het lichaam gekerfde woorden voldoen stuk voor stuk aan de voorwaarden voor een systematisch werkende, gestructureerd handelende moordenaar. Maar haar vermoorden en dan ter plekke achterlaten in plaats van op een andere locatie wijst weer op een ongestructureerd te werk gaande moordenaar. Ik zal in de misdrijvendatabank op zoek gaan naar soortgelijke moorden.'

'Hoe zit het met dat "nikker hoer"?' vraagt Jussi.

'Dat is ons probleem bij het vaststellen van het motief. We kunnen nog niet zeggen of deze moord door een gestoorde geest is gepleegd of misschien een racistische moord was die op het misdrijf van een gestoorde moest lijken. We moeten uitzoeken wat het precies was, zodat we ons op specifieke zaken kunnen richten. Misschien levert de autopsie nog iets op. Voorlopig blijven we bij de feiten en werken we met wat we hebben gevonden, totdat we de kring van mogelijke verdachten kunnen inperken. We beschikken over bandensporen en de Lapin Kulta-fles die hij in haar ogen en vagina heeft gebruikt. Ik heb een spoor dat naar de auto kan leiden. Eero Karjalainen beweert dat hij rond het tijdstip van de moord een BMW-sedan van de 3-serie van Aslaks oprit heeft zien wegrijden.'

Antti trekt zijn wenkbrauwen op. 'Eero?'

'Geen betrouwbare getuige, ik weet het, maar soms kan hij je verrassen.'

'Als hij een getuigenverklaring zou afleggen, zou de rechtbank zich een kriek lachen.'

'Zeker, maar de bandensporen zijn niet al te duidelijk. Als ze naar zes verschillende automerken verwijzen, waaronder een BMW, kunnen we ons op de BMW richten. Alle kleine beetjes helpen.'

'Heb je ook opdrachten voor ons?' vraagt Valtteri.

'Laten we hopen dat het niet iemand uit de buurt is,' zeg ik. 'Antti, zorg voor een lijst van toeristen die momenteel in Levi zijn. Richt je eerst op Amerikanen, omdat onder hen verreweg het grootste aantal seriemoordenaars voorkomt.'

'Er zijn duizenden toeristen in zes hotels en tientallen huisjes.'

'Inderdaad. Bel alle logeeradressen en laat die hun gastenlijsten mailen of faxen. Bel alle autoverhuurders. Vergelijk de verhuurde auto's met de lijst met toeristen. Verdeel de lijst in Finnen en buitenlanders. Voer de Finse burgers in de computer in om hun strafblad en het kenteken van hun auto op te vragen. Bel de grenspolitie en vraag de paspoortnummers van de buitenlanders. Verdeel de buitenlanders naar land, bel de ambassades en vraag van iedereen die een auto heeft gehuurd of ze een strafblad hebben. Dat zal minder lang duren dan je denkt. De Finnen kun je in een dag afhandelen.'

'Dat is toch zoeken naar een speld in een hooiberg?'

'Voorlopig nog wel.'

'Ga je nu mijn vakantie verpesten vanwege een dode nikkervluchteling?'

Ik kan gewoon niet geloven dat hij zoiets zegt. Ik probeer mijn woede onder controle te houden en reageer niet. Valtteri lost het probleem voor mij op. Hij staat op, beent door het kantoor en geeft Antti een klap in zijn gezicht.

Antti is sprakeloos. Zijn gezicht wordt rood van schaamte en nog roder door de klap.

'Ga maar op vakantie,' bijt Valtteri hem toe. 'Die zou wel eens langer kunnen duren dan je denkt.'

Antti kijkt me aan. Ik haal mijn schouders op en neem Valtteri in bescherming. 'Hij is jouw meerdere.'

Ik heb Valtteri nog nooit zijn kalmte zien verliezen, laat staan iemand zien slaan. Ik weet niet of hij het deed omdat Antti geen respect voor mij dan wel voor Sufia toonde. In elk geval is het een beroerde manier om een onderzoek te beginnen.

De spanning blijft nog even in de lucht hangen. 'Inspecteur,' zegt Antti. Hij noemt me altijd Kari. Hij probeert kennelijk te zeggen dat hij het meent. 'Ik was teleurgesteld dat mijn vakantie niet door kon gaan en zei iets wat ik niet meende.' Hij kijkt naar Valtteri alsof hij bang is dat hij hem weer zal slaan. 'Ik begrijp hoe belangrijk deze zaak is, en ik vind het prima om mijn vakantie af te zeggen om eraan te werken.'

Ik zou hem kunnen laten gaan als ik zonder hem kon, maar ik heb hem nodig, en ik wil niet dat hij een klacht tegen Valtteri indient. 'En in ruil voor mijn gunst dat ik je racistische opmerking door de vingers zie, waarin je suggereerde dat het slachtoffer in dit onderzoek vanwege haar huidskleur geen recht hoeft worden gedaan, zul jij er geen werk van maken dat Valtteri je een klap gaf omdat je je als een eikel gedroeg.'

Hij knikt.

'Ga jij daarmee akkoord, Valtteri?'

Hij gaat zitten en lijkt nogal overstuur. 'Ja.'

Ik probeer uit de moeilijke situatie te komen door te doen alsof er niets is gebeurd. 'Jussi, ga met de wasafdrukken van de bandensporen aan de slag. Dat is ons beste spoor. Maak gebruik van de databank om uit te zoeken welke merken en modellen in aanmerking komen. Dat hoeft niet veel tijd te kosten. Probeer ook zo veel mogelijk info over de schoenafdrukken te krijgen. Als je daarmee klaar bent, ga je Antti helpen. Over een dag of twee zullen we weten wie er in Kittilä en Levi een auto had die hem tot een mogelijke verdachte maakt.'

Jussi knikt.

'Begin je het te begrijpen, Antti?' vraag ik. 'Zo verdomd moeilijk is het allemaal niet.'

Hij knikt. 'Ik begrijp het.'

'Valtteri,' zeg ik, 'jij gaat de plaatselijke situatie inventariseren. Maak een lijst van bekende racisten en zedendelinquenten. Zoek uit waar ze geweest zijn. Dat hoeft ook niet veel tijd te kosten. Ik zal de productcode van de bierfles achterhalen, dan kun jij proberen uit te zoeken waar die is verkocht.'

'Goed.'

'De plek waar Sufia logeerde is een mogelijke tweede plaats delict. Ik zal uitzoeken waar ze verbleef, zal daar bewijs en vingerafdrukken verzamelen, en dan ga ik naar de autopsie. Daarna zal ik proberen uit te zoeken waar ze was toen ze werd ontvoerd. Nog vragen?'

Niemand heeft vragen. Het lichtbeeld van Sufia is nog steeds op de muur te zien. Ze staart ons met lege oogkassen aan. Ik knip de lampen aan.

6

Ik ga naar mijn kantoor. Valtteri komt achter me aan en gaat op de rand van mijn bureau zitten.

'Heb je het weer goedgemaakt met Antti?' vraag ik.

'Nee.'

'Ga je dat nog doen?'

'Nee.'

Ik neem het hem niet kwalijk. 'Wil je erover praten?'

'Nee.'

Ze kunnen het zelfs niet bij een biertje weer bijleggen, want Valtteri drinkt niet. Zijn religie verbiedt hem dat. Die verbiedt hem tal van dingen die voor de meesten van ons standaardvermaak zijn, zoals tv en dansen. Laestadianen leiden vaak een passief, tamelijk ascetisch leven. Ze blijven onder elkaar en mengen zich niet vaak onder mensen buiten hun kerk.

We hebben hier in Kittilä een grote laestadiaanse gemeenschap. Valtteri is achtendertig, twee jaar jonger dan ik, en heeft acht kinderen. Zijn vrouw is van zijn leeftijd en ziet eruit als vijftig. Vier jaar geleden hebben ze hun jongste kind gekregen. Hun religie verbiedt hun ook het gebruik van contraceptie, dus een van hen is onvruchtbaar of ze doen niet meer aan seks.

Voor zover ik weet, wil Valtteri niets anders dan politieman in de provincie zijn. Laestadianen nemen nooit aan wedstrijden deel, in welke vorm dan ook. Hij lijkt er tevreden mee deel uit te maken van zijn religieuze gemeenschap en zijn kinderen groot te brengen. We werken nu een paar jaar met elkaar, en hij is de kalmste persoon die ik ken. Behalve dan dat hij vandaag Antti heeft geslagen.

'Waarom wil jij dat ik onderzoek doe naar jouw vader?' vraagt hij.

'Mijn vader heeft niemand vermoord; het is gewoon iets wat we moeten doen. We betrekken iedereen in het onderzoek.'

'Zoals je al zei, heeft hij niemand vermoord. Ik zie geen reden om onderzoek naar jouw familie te doen.'

Ik snap niet waarom hij er zo'n punt van maakt. Misschien is het iets laestadiaans. Laestadianen doen vaak dingen die ik niet begrijp. Mijn ex-vrouw was laestadiaans opgevoed, maar ze keerde zich ervan af en haatte dat geloof. Ik begin te denken dat Valtteri iets over mijn vader weet. 'Iedereen.'

Valtteri zit er nog steeds mee in zijn maag.

'Waarschijnlijk was hij aan het werk.'

Mijn vader is barkeeper in een kroeg vlak bij het centrum. Hij heeft grote problemen met de drank, maar voor zover ik weet heeft hij nooit een druppel gedronken terwijl hij achter de tapkast stond. Ik heb me vaak afgevraagd of al die alcohol om hem heen hem niet doet kwijlen van verlangen terwijl hij drankjes aan zijn klanten verkoopt.

'De waarheid is dat mijn vader gisteravond dronken was en een rothumeur had, en dat ik hem daarom niet heb gevraagd waar hij was geweest, omdat ik geen ruzie met hem wilde. Het is gemakkelijker voor me als je dat even nagaat. Gaat dat lukken?'

'Geen probleem. Wist jij dat Antti zo'n racist was?'

'Antti was boos, en hij is niet erger dan de meesten van ons. Hij heeft het meisje niet vermoord; hij had dienst met Jussi.'

'Maar toch.'

'Weet je zeker dat je er niet over wilt praten?'

'Er is niets om over te praten.'

Valtteri praat nooit veel, dat is een van de redenen dat ik hem graag mag. Mijn telefoon gaat; hij loopt weg om me privacy te geven.

'Met Vaara,' zeg ik.

'Met Jukka Selin van de politie van Helsinki. Je vroeg om de ouders van Sufia Elmi van haar dood in kennis te stellen.'

'Ja.'

'Samen met een dominee heb ik ze bezocht. Het gesprek verliep niet goed. Ze willen met jou praten.' Hij geeft me hun namen, Abdi en Hudow, en hun telefoonnummer.

Ik bel hen meteen op. Een vrouw neemt op. Ik ben zenuwachtig en weet niet wat ik moet zeggen, en daarom begin ik gewoon maar te praten. 'Mevrouw, u spreekt met inspecteur Kari Vaara van de politie van Kittilä.'

'Anteeksi?' Pardon?

Zelfs dat ene woordje Fins is nauwelijks verstaanbaar. Ik herhaal wie ik ben.

'Sorry, ik haal man.'

Ik ben bang dat ze misschien zo slecht Fins spreken dat ze me niet zullen begrijpen. Haar man komt aan de lijn. 'Met Abdi.'

'Dag meneer, u spreekt met inspecteur Kari Vaara. Ik ben van de politie in Kittilä. Ik heb gehoord dat u met me over Sufia wilde praten.'

'Wat is er met haar gebeurd?'

Omdat ik nog altijd niet weet wat ik moet zeggen, herhaal ik wat hij al weet. 'Sufia is dood, meneer. Ze is vermoord.'

De seconden tikken in stilte weg. 'Wie heeft haar vermoord?' vraagt hij.

'Dat weet ik nog niet. Ik doe alles wat in mijn vermogen ligt om daarachter te komen.'

'Bent u verantwoordelijk voor het onderzoek?'

'Inderdaad.'

'Zoekt u het dan uit. Geef me uw telefoonnummer.'

Ik geef hem het telefoonnummer van mijn werk en mijn mobiele nummer.

'Mijn vrouw en ik komen met de auto uit Helsinki en zullen morgen arriveren om onze dochter te zien. En u.'

Ik bel Jaakko Pahkala. Ik ken hem al sinds ik agent in Helsinki was. Hij is freelancejournalist voor de krant *Ilta-sanomat* in Helsinki, en ook voor het roddelmagazine *Seitsemän Päivää* en het misdaadblaadje *Alibi*. Er is maar weinig dat Jaakko niet weet over het wel en wee van onze beroemdheden.

'Met Kari Vaara. Sufia Elmi is op vakantie in Kittilä. Weet jij waar ze logeert?'

'Ja, en dat zal ik je vertellen als jij mij vertelt waarom je dat vraagt.'

'Omdat ze dood is.' Het was niet mijn bedoeling zo bot te klinken. Deze dag verloopt niet zoals ik had gehoopt.

'Jezus,' zegt hij, 'wat erg. Hoe dan?'

Het klinkt niet alsof hij het heel erg vindt; hij lijkt eerder naar de bijzonderheden te snakken. Jaakko houdt van zijn werk. 'Ze is gisteren vermoord. Als jij me wilt helpen, zal ik jou de primeur geven en je het politierapport faxen voordat ik dat in het misdrijvenregister invoer.'

'Natuurlijk. Ze logeert in – ze logeerde in – Pine Woods Cottages.'

Ik ken dat hotel. Het ligt op loopafstand van de belangrijkste skipistes. Ik bedank hem en krijg zijn faxnummer.

'Ik kom met de avondvlucht,' zegt Jaakko.

'Dat hoeft niet. Ik kan je op de hoogte houden.'

'Tot gauw!' Hij hangt op.

Ik heb het gevoel dat Jaakko me nog heel wat last gaat bezorgen, maar nu weet ik tenminste waar Sufia logeerde. Ik pleeg nog een paar telefoontjes, regel een huiszoekingsbevel voor haar hotelkamer en dagvaardingen voor haar banktransacties en telefoonlogs en vertrek om te zien wat ik in Sufia's kamer te weten kan komen.

Ik ben moe, en daarom stop ik bij een tankstation, waar ik een grote beker koffie meeneem om weer helder te worden. Het tankstation ligt midden in een sneeuwveld waar een tweebaansweg doorheen loopt. Grote neonborden worden in het donker in de sneeuw weerkaatst, als kleurpotloodstrepen op een vel vuilwit papier. Ik sta tegen de auto geleund te roken en drink de gloeiend hete koffie, en dwars door de damp heen die van de beker af komt zie ik hoe de borden aan en uit flikkeren.

Mijn volgende adres is Pine Woods Cottages. Misschien is Sufia uit haar kamer ontvoerd, en met goed recherchewerk zou de moord mogelijk hier al opgelost kunnen worden. Ik loop naar het kantoor van de manager en krijg de sleutels, nadat ik hem heb verteld dat de kamer van Sufia als plaats delict moet worden aangemerkt en dat niemand er naar binnen mag, tenzij ik anders beslis. Hij zegt tegen me dat het kamermeisje er al vijf dagen niet heeft schoongemaakt omdat Sufia niet wilde dat er iemand in haar kamer kwam.

Ik haal de viskoffers met recherchemateriaal uit de kofferbak van mijn auto, blijf staan en kijk rond. Het zijn geen cottages; het is eerder een motel. Er zijn twaalf eenheden ondergebracht in één huis met een balkengevel. Het ziet er mooi uit. Een skivakantie in Levi is duur. Zelfs een hotel als dit doet een paar honderd euro per week. De liftpas en de skihuur kosten zo'n honderd euro, een biertje kost vijf euro. Als je iets wilt ondernemen, zoals een hondensledederit rond een rendierfarm met lunch inbegrepen – exotisch als je hier niet woont – dan kost dat honderdvijftig euro voor drie uur. Bij zulke prijzen verwachten toeristen dat ze kwaliteit krijgen.

Het is nu nog maar min veertien, en de skipistes zijn weer open. Ze worden verlicht door schijnwerpers die door het duister priemen, en vanaf Sufia's deur heb ik goed zicht op de pistes. Honderden zwarte stippen snellen van de bergen omlaag. Toch is er een zekere privacy hier. Ze zou hier best ontvoerd kunnen zijn, mits ze zich rustig hield en niet om zich heen schopte en schreeuwde. Een mes en de strop rond haar hals zouden voldoende zijn geweest.

Er zijn geen voetafdrukken in de sneeuw die in de richting van haar deur lopen. Het heeft gisteren rond het middaguur voor het laatst gesneeuwd, dus ze was hier al minstens twee uur weg voordat ze vermoord werd. Ik hoop dat ik hier een bende vol bloedsporen aantref, iets wat op een worsteling wijst. Als ik het bloed van de moordenaar kan typeren en een DNA-monster kan nemen, ben ik al een eind op weg om de moord op te lossen.

Er hangt een niet-storenkaartje aan de deur. Ik ga naar binnen en loop de hele kamer door. Die is ruim en mooi ingericht. Er is een zitgedeelte, een slaapkamer en een badkamer met een sauna. Ik zie overal lege bier- en sterkedrankflessen liggen. Misschien schaamde Sufia zich dat ze alcohol dronk omdat ze moslim was en wilde ze daarom niet dat het kamermeisje schoonmaakte voordat ze zelf de flessen had weggegooid.

Op een salontafel staat een overvolle asbak. Ik bekijk de peuken: het zijn allemaal Marlboro Lights. Ik neem even de tijd om dit te laten bezinken en me een beeld te vormen van wat hier gebeurd kan zijn. Er is niets kapot, er zijn geen bloedvlekken te zien. Het is alleen een beetje rommelig.

Ik pak de camera's en begin foto's te maken. In de lakens zitten spermavlekken, maar er is niets te zien wat naar de moord op Sufia zou kunnen verwijzen.

Op het nachtkastje naast het bed liggen twee boeken. Een ervan is *The Shock Doctrine: The Rise of Disaster Capitalism* van Naomi Klein. Een hoogdravend boek, en ook nog in het Engels. Sufia had vast en zeker een talenknobbel. Het andere boek is *Nalle ja Moppe: The Life of Eino Leino and L. Onerva*. Dat gaat over twee Finse schrijvers, die allebei vooral beroemd zijn vanwege hun poëzie. Het boek vertelt hun levensverhaal en hun knipperlichtrelatie. Een romantisch onderwerp, maar alleen interessant voor iemand met een intellectuele belangstelling.

Haar adresboekje ligt op het nachtkastje bij de andere boeken. Ik stop het in een plastic bewijszak. Ik had gehoopt haar portefeuille en mobieltje te vinden, maar het is beter dan niets.

Op tv zie je altijd dat de forensische onderzoekers alles met luminol bespuiten, waarna er – abracadabra – opeens onzichtbare bloedplassen verschijnen, de misdrijven opgelost zijn en de moordenaars voor het gerecht worden gebracht. In werkelijkheid reageert luminol met tal van chemicaliën, waaronder bleekmiddel, en kan het ander bewijsmateriaal vernietigen. Als de kamer professioneel gereinigd was voordat ik die had onderzocht, zou ik wellicht luminol gebruiken, maar voor mij blijft het een laatste redmiddel.

Ik neem vingerafdrukken van de deurknoppen, het bureau, de wastafel in de badkamer en alle andere oppervlakken waarop die blijven zitten en stop al het bewijsmateriaal in plastic zakken. Eerst de kleinste dingen, zoals schaamhaar en ander haar, van het bed en het toilet verzamelen. Dan richt ik me op de grotere zaken. Ik haal de vuile lakens van het bed en vouw ze naar binnen, zodat het bewijs intact blijft, waarna ik ze in een zak stop.

In een garderobekast vind ik een paar vuile slipjes in een wasmand, waarvan de meeste met spermavlekken. Ik stop de sigarettenpeuken en drankflessen in een zak. Als de vloer schoon is, ga ik een uur lang op handen en voeten over het tapijt, waarbij ik naar haren en vezels zoek. Ik houd daarbij een zaklamp in een schuine hoek zodat ze beter zichtbaar zijn.

Als ik klaar ben, kijk ik op mijn horloge. Over drie kwartier heb ik met Esko afgesproken voor de autopsie. Ik heb gemengde gevoelens over de opbrengst aan bewijsmateriaal. Er is hier niets te vinden wat een snelle oplossing van de zaak garandeert, maar wel een hoop dat me op weg kan helpen. Ik ga even op de rand van het bed zitten om me een beeld te vormen van degene die hier gelogeerd heeft. Er is hier flink in dronkenschap geneukt.

Moordslachtoffers hebben geen privacy meer. Al hun zwakheden en geheimen worden tegen het licht gehouden om hun recht te doen. Vanwege de omstandigheden van haar dood ben ik Sufia sinds gisteren langzaam maar zeker gaan idealiseren. Sufia, de engel van sneeuw. Dat was een vergissing; ik weet niets over haar. Om de waarheid te achterhalen moet ik haar zien zoals ze was. Deze kamer is een begin. Ik hoop dat de autopsie me meer zal vertellen.

7

Esko geeft me een kop koffie en zegt tegen de mortuarium-assistent dat hij Sufia's stoffelijk overschot moet halen. Terwijl we in de onderzoeksruimte wachten, kijk ik rond om de tijd te doden. Aan de muren hangen foto's van Esko's familie: de bruiloft van zijn dochter, een kiekje van hem en zijn vrouw tijdens een zomerse picknick. Ik bekijk een schaal met chirurgische instrumenten. Tussen de zagen en scalpels, beitels en tangen vind ik een tuinschaar. 'Waar is die voor?'

'We hebben een krap budget hier,' zegt hij. Een ribbentang van een medisch instrumentenbedrijf kost drie keer zoveel. Mijn patiënten zullen echt niet doodbloeden als er een ader beschadigd raakt door een niet geheel perfect instrument.'

Hij loopt naar de tafel toe en pakt een van de scalpels op. 'Discountwinkels zijn geweldig. Dit is een broodmes dat ik bij Anttila heb gevonden. Ideaal om dunne orgaanplakjes te maken. Dit mes heeft een veel groter snijvlak dan een scalpel en voor een fractie van de kosten behaal je er betere resultaten mee. Je moet aan dit soort spullen denken als je in de provincie een overheidsdienst leidt.'

De assistent, Tuomas, rijdt Sufia's lichaam op een brancard naar binnen. 'Moet ik iets doen?' vraagt hij.

Esko krabt aan zijn grijze baard. 'Verbreek de verzegeling van de zak en fotografeer het lichaam terwijl ik mijn koffie opdrink.'

De assistent ritst de zak open. Sufia ligt naakt en verminkt in glanzend zwart plastic gewikkeld, als een offerande aan een boze God op het glinsterende stalen altaar van de brancard.

Esko heeft donkere kringen onder zijn ogen. 'Ik neem aan dat jij ook niet veel hebt geslapen,' zeg ik.

'Ik ben helemaal kapot,' zegt hij.

Een interessante woordkeuze, gezien de staat waarin het lichaam van Sufia verkeert.

'Ik ben nu zeventien jaar provinciaal lijkschouwer,' zegt Esko, 'en ik heb nog nooit zoiets gezien, laat staan dat ik ooit voor een moordonderzoek sectie heb verricht op zo'n zwaar verminkt lichaam. Zoals ik je gisteren al vertelde, ben ik bang dat ik het zal verknallen. Ik heb tot diep in de nacht forensische tijdschriften zitten lezen omdat ik bang was iets te vergeten.'

'Dat zal niet gebeuren,' zeg ik.

De assistent is klaar met foto's maken. Hij gaat op een kruk in de hoek zitten en trekt zijn beschermende muts af. Sprietig blond haar valt in zijn gezicht. Hij begint een tijdschrift te lezen. Ik neem niet de moeite hem te begroeten. Ik heb in het verleden wel eens wat tegen hem gezegd, maar dan antwoordde hij nooit. Hij knikte slechts en ging verder met waar hij mee bezig was.

Esko onderzoekt het lichaam terwijl het nog in de zak ligt, voordat het schoongemaakt wordt. Hij schakelt een opnameapparaatje in en zegt dat hij het slachtoffer op basis van de gebitsgegevens heeft geïdentificeerd als Sufia Elmi, waarna hij haar ras, sekse, haarkleur en haarlengte en leeftijd noemt. Hij haalt de zakken om haar handen weg en schraapt onder haar vingernagels, waarna hij het schraapsel en de zakken zelf als bewijsmateriaal weglegt. Voor de DNA-analyse neemt hij monsters van haar lippen en in haar mond met wattenstaafjes, en hij vervolgt zijn monoloog.

'Er zit een koord met een enkele schuifknoop rond de hals, boven een rijtwond in de keel.' Hij tilt haar hoofd op en verwijdert de strop. 'De kneuzingen zijn niet diep, de slokdarm is niet verbrijzeld. Verstikking was niet de doodsoorzaak.'

Hij onderzoekt het lichaam op haren en vezels, op elk extern materiaal. De enige haren die hij aantreft zijn naar alle waarschijnlijkheid van haarzelf, tenzij de moordenaar van Afrikaanse komaf is, maar we hebben niet veel mensen met donkere huidskleur in Kittilä, of het nu om de plaatselijke bevolking of toeristen gaat. Hij pakt een paar vezels op, die mogelijk van haar verdwenen kleding afkomstig zijn.

Dan onderzoekt hij het lichaam met een UV-lamp om afscheiding te laten oplichten, waarna hij met een naald bloedmonsters neemt voor het toxicologisch onderzoek. Hoewel hij dat al heeft gedaan, neemt hij bloedmonsters van diverse delen van het lichaam. Een enkele druppel bloed van de moordenaar kan zijn identiteit onthullen. Hij vindt verder niets en begint met het onderzoek van haar verwondingen.

'Ik begin met haar ogen,' zegt Esko. 'Steekwonden in het hoornvlies, de iris, de sclera en het glaslichaam. Er is nog maar weinig oogvocht. Ongelijkmatige steekwonden duiden op een weinig precies gereedschap, en overeenkomende cirkelvormige wonden rond de ogen duiden op het gebruik van de kapotte bierfles, die nog altijd in de vagina van de overledene zit.'

Ik sta op en kijk in Sufia's oogkassen. Gisteren kon ze nog zien door die met bloed bevlekte gaten. Ik betrap me erop dat ik wens dat ik het advies van de commandant van de nationale politie had opgevolgd en me uit het onderzoek had teruggetrokken. Ik ga weer zitten, en Esko praat weer door.

'Onderzoek van de schedel laat een subcutaan hematoom aan de rechter- en voorzijde zien, een subarachnoïdale bloeding aan de rechterkant en kleine hemorragische zones in het *corpus callosum*.'

Dat betekent dat de twee zware klappen op haar hoofd zware kneuzingen en inwendige bloedingen hebben veroorzaakt.

'De keel is deels doorgesneden. De slokdarm, het inwendige van de halsslagader en de bovenste strottenhoofdzenuw zijn doorgesneden. Sterke compressie en doorklieving door één snede hebben een wond tot aan het ruggenmerg veroorzaakt, die door het lemmet is ingesneden.'

Esko zegt dat hij haar bijna heeft onthoofd.

'Om zonder te zagen zo diep door het kraakbeen te kunnen dringen moet het instrument scherp zijn geweest en een zekere lengte hebben gehad; het is dus geen scalpel geweest. Hij heeft een mes met gekromd lemmet gebruikt. De wond doet denken aan een vilmes. Ik zie een onregelmatige snijwond en oppervlakkig huidverlies op de rechterborst. De verwonding is min of meer vierkant en meet in de breedte tien centimeter en in de lengte elf. Door de manier waarop de huid van de borst is verwijderd, met twee uithalen in één richting in plaats van met een zagende beweging, wordt mijn mening over het snijgereedschap nogmaals bevestigd.'

Esko's onderzoek moet mij het verhaal van haar dood vertellen. 'Kun je me de volgorde van de mishandelingen aangeven?'

'Wacht tot ik klaar ben, ik probeer daarachter te komen.'

'De woorden "nikker hoer" zijn onder elkaar geschreven,' zegt Esko, 'met een reeks inkervingen op het middengedeelte van het lichaam, tussen de borsten en de navel. Elke letter is ongeveer zeven centimeter breed en vijf centimeter lang. Het schrift is zorgvuldig en de wonden zijn oppervlakkig. Als de moordenaar een gekromd lemmet had gebruikt en het mes bij het heft had vastgehouden, zou het lastig zijn geweest de woorden met de punt in het lichaam te snijden. Ik denk dat hij het mes bij de punt heeft vastgehouden, als een balpen. De woorden worden doorkruist door een ondiepe snede, onderbroken door andere verwondingen, die van de keel naar het bekkengebied loopt.' Hij draait haar om. 'Het lichaam is op andere plekken, op de dijen en billen, en eenmaal midden op de rug, door een lemmet met soortgelijke kenmerken ingekerfd.'

'Hoeveel tijd heeft het hem volgens jou gekost om "nikker hoer" in haar buik te kerven?' vraag ik.

Hij haalt zijn schouders op. 'Pak een scalpel en een vel papier en probeer het zelf uit.'

Ik pak een scalpel van het blad met instrumenten en een vel papier van een plank, houd het lemmet als een pen vast en kerf de letters erin, terwijl ik de tijd bijhoud. 'Negenenveertig seconden.'

Esko gaat verder met zijn opmerkingen. 'De romp is verminkt door een snijwond die nagenoeg recht door de buik loopt, waardoor de twaalfvingerige darm en het zachte buikweefsel doorsneden zijn. Het is een diepe incisie, die bijna tot aan de tussenwervelschijf tussen de tweede en derde lumbale wervel reikt.'

'Het lijkt wel alsof hij heeft geprobeerd haar doormidden te snijden,' zeg ik.

Hij denkt daarover na. 'Misschien wel.'

Hij onderzoekt haar schaamstreek en probeert de kapotte Lapin Kulta-fles uit Sufia's vagina te verwijderen, Maar die wil er niet uit. Hij geeft er met beide handen een ruk aan, en dan komt de fles eruit. Hij onderzoekt haar vagina en de wond die door de fles is veroorzaakt. '*Mitä vittua?*' Wat krijgen we nou? 'Moet je dit zien,' zegt hij.

Ik loop naar de andere kant van de brancard. Ik zie alleen maar een verminkte vagina. 'Wat is er dan?'

'Haar vagina is beschadigd,' zegt Esko, 'maar niet op de manier die je zou verwachten. Kijk nog eens goed.'

Ik buig me naar voren om te kijken, waarbij ik me ongemakkelijk voel, maar nu zie ik het. Haar clitoris en een deel van de kleine schaamlippen ontbreken. 'Denk je dat de moordenaar chirurg is?'

'Nee, ik denk dat haar familie dat heeft laten doen.'

Ik had het littekenweefsel niet gezien omdat Sufia's vagina met geronnen bloed besmeurd is en door de bierfles is verminkt. Ik ben geschokt, maar had dat niet moeten zijn. In de jaren negentig, toen we duizenden Somalische vluchtelingen in Finland opnamen om hen te helpen aan genocide te ontsnappen, heb ik al eens geprobeerd meer te weten te komen over de Somalische cultuur. Bij de overgrote meerderheid van de Somalische vrouwen is de clitoris als rite van de vrouwelijke volwassenwording besneden.

'Heb je ooit zoiets gezien?' vraag ik.

'Alleen op foto's. Dit wordt een type II-clitoridectomie genoemd. Doordat de *labia minora* en de clitoris ontbreken, heeft het voorste perineale weefsel een afwijkende vorm.'

'Het ziet er vreselijk pijnlijk uit.'

'Als medicus zou ik zeggen dat het krankzinnig pijnlijk is. Ze verwijderen de clitoris vanaf de basis, tot bij het bot.'

Ik denk aan haar hotelkamer en de met sperma bevlekte lakens en slipjes. 'Zou ze plezier beleefd kunnen hebben aan seks?'

'Niet het soort lichamelijk genot dat er gewoonlijk mee gepaard gaat.'

'Ben je nog iets te weten gekomen over de aanranding met de fles?'

'Niet veel. Hij heeft die draaiend en snijdend in haar geduwd. Er is sperma aanwezig, maar dat bewijst niets. De moordenaar heeft met die fles zoveel verwondingen veroorzaakt dat ik niet kan zeggen of ze al dan niet verkracht is. Ik vraag me af of hij even slim als wreed is. Mogelijk heeft ze een dag of twee voordat ze vermoord werd seksuele gemeenschap gehad.'

Het uitwendige onderzoek is voltooid. De assistent eet zijn appel op, gooit het klokhuis in de vuilnisemmer en legt zijn tijdschrift neer. Hij weegt en meet het lichaam. 'Een meter zeventig, vijftig kilo,' zegt hij.

Assistenten in een mortuarium zijn een merkwaardig slag mensen. Ze doen dit slecht betaalde werk vaak tientallen jaren. Ze leven in de koele stilte van het mortuarium, waar ze lijken heen en weer rijden en wassen. Ik vraag me af wat voor mensen het zijn. Terwijl de assistent Sufia's lichaam wegrijdt, neemt Esko even pauze. Hij en ik drinken nog een kop koffie. Hij lijkt in gedachten verzonken, en daarom zwijg ik, zodat hij alles op een rijtje kan zetten.

De assistent rijdt Sufia naar een schuine aluminium autopsietafel. De tafel heeft opstaande randen, kranen, goten en afvoeren om bloed en smerigheid weg te spoelen. De assistent wast het lichaam. Als er nog enig bewijs op haar was achtergebleven, dan wordt het nu door de gootsteen gespoeld. Hij legt een rubberen blok onder haar rug zodat haar borst omhoogsteekt. Zo kan ze gemakkelijker opengesneden worden.

Ik weet nog dat ik de eerste keer op hertenjacht ging. Mijn oudste broer Juha had mij met een paar van zijn vrienden meegenomen. Nadat jachthonden de hertenbok – een zespunter met witte staart – in het nauw hadden gedreven, lieten ze mij het schot afvuren omdat het mijn eerste keer was. De kogel trof doel achter de schoft en vloog dwars door het hart. Een perfecte dodelijke treffer. Juha gaf me een mes en vertelde me wat ik moest doen. Ik sneed de bok van het borstbeen tot de genitaliën open en stak mijn handen naar binnen om de organen eruit te trekken. Het was een ijskoude ochtend, en ik slaakte een zucht van genot toen ik de warmte in het dode dier voelde.

'Is werken met gekoelde lijken niet onaangenaam?' Ik heb al heel wat secties bijgewoond, maar dit was nog nooit bij me opgekomen.

'Je raakt eraan gewend, zoals aan alles. Gekoeld vlees is gemakkelijker om mee te werken. Warm vlees is zompig en moeilijker te snijden.'

Esko gaat weer aan het werk. Hij maakt een Y-vormige incisie van de ene naar de andere schouder en tot aan de onderkant van haar borstbeen. Hij trekt haar huid in flappen weg.

De borstflap hangt over haar gezicht zodat ik haar botten en spieren kan zien.

Hij verwijdert haar ribbenkast en haalt haar slokdarm en strottenhoofd los door slagaders en ligamenten door te snijden. Hij snijdt de aanhechtingen van de blaas, het ruggenmerg en het rectum door en schept haar inwendige organen er in één beweging uit. Hij pakt zijn broodmes en snijdt plakken van organen af om weefselmonsters te nemen.

'Hoe ziet haar lever eruit?' vraag ik.

'Zo zuiver als pas gevallen sneeuw.'

'Hoe zit het met haar longen?'

'Zo roze als op de dag dat ze werd geboren.'

Ik probeer Sufia te zien zoals ze was. 'Ik heb vandaag haar hotelkamer onderzocht, en overal lagen drankflessen en sigarettenpeuken.'

'Tenzij ze pas met die slechte gewoonten is begonnen, waren die niet van haar.'

'We krijgen binnen een etmaal de DNA-uitslagen. De zakken met bewijsmateriaal uit haar kamer liggen in de kofferbak van mijn auto. Als je klaar bent, sturen we die met jouw monsters meteen per vliegtuig naar Helsinki. Over een dag of twee weten we misschien al van wie ze zijn.'

Esko opent haar maag. De geur is bepaald niet aangenaam. Hij gooit de inhoud in een vuilnisbak. Daarna snijdt hij met een scalpel rond Sufia's hoofd, over haar voorhoofd, en van oor tot oor. Hij trekt haar huid in twee flappen weg. 'De klappen op het hoofd met het botte voorwerp hebben een breuk in het frontale cranium veroorzaakt,' zegt hij.

Met een elektrische Stryker-zaag opent hij haar schedel, waarna hij de bovenkant eraf haalt alsof hij haar hoed afneemt. Hij snijdt de verbinding van de hersenen met het ruggenmerg door en haalt ze eruit. Met het broodmes snijdt hij er plakken vanaf. Als hij klaar is, laat hij zich uitgeput in een stoel zakken. De assistent begint haar weer in elkaar te naaien.

'Dit meisje lijkt een kettingrookster te zijn die in een alcoholische misère leeft,' zeg ik, 'maar ze drinkt of rookt niet, dus ik denk dat ze een vriend heeft die dat doet.'

'Dat lijkt mij ook.'

'Ze heeft seks waar ze niet van geniet. Ze is seksueel verminkt, zowel toen ze nog leefde als toen ze stierf. Mogelijk zit daar een bepaalde symboliek in.'

'Zou kunnen.'

Ik denk erover na. 'Geef me eens een verslag van wat er volgens jou is gebeurd.'

'Dat is jouw afdeling.'

'Maar ik vraag het aan jou.'

Hij neemt even de tijd. 'Ik denk dat hij haar ergens ontvoerd heeft, haar met het mes geïntimideerd heeft en haar met de strop in bedwang heeft gehouden. Hij heeft haar snijwonden toegebracht om haar te onderwerpen. Misschien heeft hij haar ondertussen ook nog verkracht.'

'Het sperma. Weet je zeker dat je niet te weten kunt komen of het van hem was en of ze is verkracht?'

Hij haalt zijn schouders op. 'Ze is zo verminkt dat ik je niet meer kan vertellen. Kon ik dat maar. Ik begrijp het gewoon niet. Uit de manier waarop hij haar heeft afgeslacht maak ik op dat hij een bepaald doel voor ogen had, maar ik heb geen idee welk.'

'Laten we proberen daarachter te komen,' zeg ik. 'Wat is er volgens jou gebeurd voordat hij haar naar dat sneeuwveld meenam, en wat heeft hij gedaan nadat hij daar was aangekomen?'

'We weten wat hij daar heeft gedaan omdat er bloedsporen in de omringende sneeuw zijn aangetroffen. Hij heeft haar ogen uitgestoken, een deel van de huid van haar borst verwijderd, een diepe snee onder in haar romp gemaakt en de fles in haar vagina gestoken.'

'Ze is in elk geval een deel van de tijd bij bewustzijn geweest, omdat ze in de sneeuw heeft liggen woelen.'

Esko zwijgt een tijdje en verbergt zijn gezicht in zijn handen. 'Ik denk dat ik het weet,' zegt hij. Hij laat zijn handen zakken en kijkt me aan. 'Hij ontvoert haar met behulp van het mes en de strop. Misschien verkracht hij haar, misschien dwingt hij haar tot orale seks, misschien ook niet. In elk geval slaat hij haar met de hamer op haar hoofd bewusteloos. Hij rijdt met haar naar het sneeuwveld. Als hij haar de sneeuw in sleept, is ze nog steeds bewusteloos door de hersenschudding. Misschien denkt hij zelfs dat ze dood is, en dan gaat hij aan de slag. Hij snijdt een stuk huid van haar borst af, steekt met de fles haar ogen uit en stopt de fles in haar vagina. Daarna maakt hij een diepe snee in haar buik, misschien met de bedoeling haar doormidden te snijden.'

Ik begrijp waar hij naartoe wil. 'Dat kun je niet menen.'

'Jawel, ik meen het. Terwijl hij haar doormidden aan het snijden is, komt ze bij bewustzijn, en begint schreeuwend en tierend in het rond te maaien. Dat maakt hem zo bang dat hij haar de keel doorsnijdt om het karwei af te maken.'

'Jezus,' zeg ik. 'Dus toen ze bij kennis kwam, merkte ze dat ze blind was en doormidden werd gesneden? En op dat moment begon ze in het rond te slaan en maakte ze de engel van sneeuw?'

'De exacte volgorde van de gebeurtenissen kan ik niet bepalen, maar zo lijkt het gegaan te zijn. Voordat hij haar op Aslaks boerderij vermoordt, snijdt hij haar kleren door en ontkleedt hij haar – vandaar de snijwonden op haar lichaam – en schrijft hij met het mes "nikker hoer" op haar lichaam.'

'Dan rijdt hij haar naar de rendierfarm, sleept haar bewusteloos uit de auto en vermoordt haar. Dat klinkt als een vooropgezet plan,' zeg ik.

'Ja, zeker. Er zijn geen glasscherven op de plaats delict gevonden. Hij heeft de fles tevoren gebroken en die meegebracht.'

Ik probeer dit allemaal op me te laten inwerken. 'Hier is sprake van enorme haat.'

Esko knikt. 'Enorme haat.'

De assistent is klaar met dichtnaaien. Sufia's volgende bestemming is de rouwkamer.

8

Om negen uur ben ik terug op het politiebureau. Antti en Jussi zitten nog steeds aan hun bureaus. Ook zij hebben een lange dag gemaakt. Antti is makelaars aan het bellen en vraagt om huurderslijsten. Jussi zit met wazige ogen naar zijn computerscherm te staren. Hij kijkt naar me op. 'Ik heb iets voor je.'

'Ik ben een en al oor.'

'De banden van de auto die bij de moord zijn gebruikt waren Dunlop SP Winter Sport M3 DSST-sneeuwbanden, gemonteerd op 17-inch velgen.'

Ik geef hem een klapje op zijn rug. 'Dat is geweldig.'

'Dat is nog niet alles. Die band is een fabrieksoptie op de BMW 3-serie-sedan. Misschien heeft Eero het zich toch niet alleen maar ingebeeld.'

Er kunnen niet veel nieuwe sedans van de 3-serie in een plaatsje als dit zijn. De auto zal de sleutel tot de oplossing van de zaak zijn. 'Goed gedaan. De volgende stap is in het onlinekentekenregister te kijken. Zoek elke eigenaar van een 3-serie in Kittilä en Levi op, zowel particulieren als verhuurbedrijven. Morgen zullen we ze allemaal inspecteren om te kijken welke van die BMW's hetzelfde model Dunlop hebben.'

'Ik ben er al mee bezig,' zegt Jussi. 'O ja, de voetafdrukken waren maat vierenveertig.'

De doorbraak met de banden is veelbelovend, maar toch kan dit nog een hele kluif worden, en ik wil niet dat ze nu al op hun tandvlees gaan lopen. 'Luister, jongens,' zeg ik, 'Ik waardeer jullie grote inzet, maar misschien is het tijd om naar huis te gaan.'

Antti legt zijn hand op de hoorn van zijn telefoon. 'Nog even.'

Ik ga naar mijn kantoor. Voordat ik met iets anders begin lijkt het me beter de mogelijkheid te onderzoeken dat de moord op Sufia het werk van een seriemoordenaar is, hoe onwaarschijnlijk dat ook moge lijken. Ik ga achter mijn computer zitten en log in op het strafregister, waarbij ik vanuit de omringende landen naar buiten werk. Voortvluchtige seriemoordenaars in Finland: geen. Het is zelfs zo dat we in meer dan honderd jaar slechts één veroordeelde seriemoordenaar hebben gehad. Antti Olavi Taskinen doodde drie mannen door hen te vergiftigen en werd in 2006 tot levenslang veroordeeld.

Voortvluchtige seriemoordenaars in Zweden: geen. Ook daar slechts één veroordeling in het recente verleden. Thomas Quick, een kinderverkrachter, beging zijn eerste moord toen hij veertien was. Nadat hij in 1990 in een gesloten psychiatrische inrichting was opgenomen, bekende hij dertig moorden en in 2000 was hij inmiddels voor acht moorden veroordeeld. Voortvluchtigen in Noorwegen: geen. Denemarken: geen. Groenland: geen. En ook heel weinig in het verleden in die landen. Seriemoorden zijn een zeldzaamheid in noordse culturen.

Rusland kent een paar voortvluchtige seriemoordenaars, maar er lijkt op basis van de handelwijze geen verband te zijn. Ik kijk bij Duitsland en Japan, landen die erom bekendstaan dat seksueel afwijkend gedrag met een moordzuchtige component er nogal eens voorkomt. Ook daar zijn enkele voortvluchtigen, maar de misdaden passen niet in het profiel.

Ik bewaar de Verenigde Staten voor het laatst, omdat de lijst zo lang is. Circa vijfentachtig procent van de seriemoordenaars in de wereld is Amerikaan, en de afgelopen dertig jaar is het aantal met negenhonderdvijftig procent gestegen. Natuurlijk kan dit ook een weerslag zijn van de steeds nauwkeuriger misdaadstatistieken.

Volgens de meest behoudende schattingen zijn er in de Verenigde Staten voortdurend zo'n dertig seriemoordenaars actief. Sommige analisten beweren dat er misschien wel vijfhonderd vrij rondlopen. Ze baseren dit op een gemiddelde van tien tot twaalf moorden per moordenaar, dus vijfduizend onopgeloste moorden per jaar, en ze houden er rekening mee dat een behoorlijk percentage van de honderden of duizenden vrouwen die jaarlijks vermist raken het slachtoffer is van seriemoordenaars.

Door trefwoorden te zoeken probeer ik de Amerikaanse misdrijven met Sufia te verbinden, maar in de Verenigde Staten zijn zoveel vermoorde vrouwen wier ogen zijn uitgestoken of bij wie gebroken flessen in de vagina's worden gevonden dat dat tijdverspilling is. Het lijkt erop dat dit iets typisch Amerikaans is. De acteur Fatty Arbuckle werd er in 1921 van beschuldigd dat hij een vrouw had vermoord door haar met een Coca-Cola-fles te verkrachten. Als er Amerikaanse toeristen met een strafblad zijn, zal ik nog eens op geografische locatie zoeken om het zoekveld te beperken.

Per fax arriveren de logs van Sufia's mobiele telefoon en banktransacties van het afgelopen jaar. Antti komt binnen en legt ze op mijn bureau. Levering nog dezelfde dag. Zo zou een onderzoek altijd moeten lopen. Ik neem de tijd en kijk ze door. Sufia had contacten in de hoogste kringen. Ik tref de nummers aan van de minister van Buitenlandse Zaken van Finland, een prominent lid van Kokoomus, de Finse Conservatieve Partij, een paar andere politici en filmsterren en – de grootste verrassing van allemaal – het telefoonnummer van Jyri Ivalo, de nationale politiecommandant. Toen we elkaar vanochtend spraken, heeft hij niet gezegd dat hij Sufia kende. Ik vraag me af waarom.

Ik kijk verder in haar gegevens. Sufia heeft veel telefoontjes gekregen van een bepaald mobiel nummer, maar dat nummer zelf maar weinig gebeld. Ze heeft echter wel een aantal sms'jes naar het nummer gestuurd, en dat geeft mij de indruk dat het niet de bedoeling was dat ze het nummer direct belde.

Ze heeft slechts achttienhonderd euro verdiend met *The Unexpected III*, haar laatste film, en ze had geen andere inkomstenbron en geen vast woonadres. Ze heeft de afgelopen maanden contante stortingen van een particuliere bron op haar rekening ontvangen en heeft de huur van haar vakantiehuisje niet zelf betaald. Sufia Elmi werd onderhouden.

Ik bel Pine Woods Cottages en krijg het nummer van de creditcard die voor de betaling is gebruikt. Ik ga de gegevens na van de creditcard, de bankrekening en de mobiel. Er komt een naam tevoorschijn. Seppo Niemi.

Mijn ex-vrouw heeft me dertien jaar geleden voor Seppo verlaten. Seppo komt uit Helsinki. Hij is rijk en bezit hier een exclusief winterhuis, dat hij had gekocht voordat hij zich in mijn leven mengde. Hij bezoekt Levi niet vaak. We hebben elkaar sindsdien een paar keer in Hullu Poro gezien. We spreken elkaar nooit, maar als we oogcontact maken, wendt hij zijn blik af. Ik neem aan dat hij het huis aanhoudt omdat hij zichzelf er zo van probeert te overtuigen dat hij zich niet door mij laat intimideren.

Ik zoek hem zelf in het kentekenregister op. Hij heeft een BMW 330i. Ik ben perplex. Dit is zo bespottelijk dat ik niet weet of ik moet lachen of huilen.

Ik bel Jyri. 'Ik heb een verdachte,' zeg ik. 'Zijn naam is Seppo Niemi. Hij heeft geld op haar bankrekening gestort en haar huur betaald. De kans is groot dat de auto die bij het misdrijf is gebruikt een BMW 330i is, en hij heeft zo'n auto. Hoe moet ik hiermee doorgaan?'

'Bedoel je die rijke kerel uit Helsinki?'

'Ja.'

Hij denkt er even over na.

'Nog iets,' zeg ik. 'Ze kende veel prominente mensen, onder wie jou.'

'En wat dan nog? Ik heb een actief sociaal leven.'

'Ik vond alleen dat ik het moest zeggen.'

'Ik heb het een en ander over Seppo Niemi gehoord,' zegt Jyri. 'Iedereen is het erover eens dat hij een botte klootzak is. Pak hem op en behandel hem als een gevaarlijke verdachte.'

'Zonder hem eerst te verhoren?'

'Inderdaad. Neem hem te grazen. Arresteer hem eerst. En het is niet nodig om de media te melden dat Sufia prominente vrienden had.'

'Oké,' zeg ik.

'Hou me op de hoogte.' Hij hangt op.

Gezien de aard van het misdrijf is het wettelijk toegestaan om Seppo achter de tralies te zetten zonder eerst zijn alibi te controleren, maar uit Jyri's reactie maak ik op dat hij misschien zijn eigen redenen heeft om de verdachte op deze manier te arresteren. Ik vraag om een arrestatie- en huiszoekingsbevel en verzoek om toestemming om Seppo's telefoonlogs en financiele informatie op te vragen.

Ik ga terug naar de centrale ruimte, waar Jussi en Antti nog altijd druk bezig zijn. 'Ga maar naar huis,' zeg ik. 'Zorg dat je wat slaap pakt en dat je morgenochtend om acht uur weer aanwezig bent. We gaan een aanhouding verrichten.'

Antti's gezicht klaart op. 'Wie?'

Mijn mobieltje gaat. 'Met Vaara.'

'Met dokter Jukka Tikkanen van de spoedeisende hulp van het Kittilä Gezondheidscentrum. Uw vrouw heeft een ongeluk gehad.'

Mijn hart begint te bonzen en de telefoon trilt in mijn hand. 'Wat voor ongeluk?'

'Ze is bij het skiën gevallen en heeft haar linkerdijbeen gebroken.'

'Is alles goed met haar?'

'Gezien de omstandigheden wel.'

'Ik ben onderweg.'

Jussi en Antti staren me aan, zich afvragend wat voor slecht nieuws ik heb gekregen. 'Kate heeft haar been gebroken. Ik moet weg.'

Ik ren weg om mijn jas aan te trekken en herinner me Antti's vraag als ik hem dichtknoop. 'O ja, we gaan een zekere Seppo Niemi arresteren.'

Ik stop voor de ingang van de spoedeisende hulp en laat de Saab daar achter, al mag ik er niet parkeren. Een oude man zit buiten een sigaret te roken. Ik bots tegen zijn rolstoel aan en verontschuldig me. De automatische deuren schuiven te langzaam open. Duwen helpt niet. Er staat een rij voor de toegangsbalie. Ik moet eigenlijk een nummertje trekken en op mijn beurt wachten. Ik loop naar het loket en laat mijn politielegitimatie zien. 'Kate Vaara. Waar is ze?'

De receptioniste doet alsof ik er niet ben en blijft tegen de man praten die aan de beurt is. Ik sla met mijn hand op de balie. 'Nu.'

Ze lijkt boos te worden, maar trekt een ambtelijk gezicht en kijkt op haar computerscherm. 'Katherine Vaara ligt in kamer 207, inspecteur.'

Ik tref Kate aan in een ziekenhuisbed. Haar linkerbeen zit van de onderkant van haar voet tot hoog op haar heup in het gips. Haar toch al bleke huid lijkt nu van was, haar lippen heeft ze op elkaar geperst. Ze steekt haar armen naar me uit voor een omhelzing. Als ik die geef, drukt ze haar mond tegen mijn oor en hoor ik dat ze een snik onderdrukt. 'Ik wil naar huis,' zegt ze.

'Vertel me wat er is gebeurd.'

'Later.'

Ik kan de volgende vraag niet stellen, maar ze raadt mijn gedachten en helpt me. 'Ze hebben een echo gemaakt.' Ze zwijgt even en brengt een lachje op haar gezicht. 'Er is niet één baby, maar er zijn er twee.'

'Twee?'

'We krijgen een tweeling, en ze zijn alle twee gezond.'

Ik leg een hand op haar buik, overmand door blijdschap en opluchting. 'Kate, wat geweldig.'

Ze zegt niets. Ik kan niet zien of zij het ook geweldig vindt.

Ik stel een domme vraag. 'Alles goed met je?'

Kate doet heel erg haar best zichzelf onder controle te houden. 'Nee.'

'Heb je veel pijn?'

Ze schudt haar hoofd. 'Nu niet.'

'Mag je snel weer naar huis?'

'Dat weet ik niet.'

Ik zoek haar arts op. 'Ze heeft geluk gehad,' zegt hij. 'Ze heeft haar dijbeen gebroken, maar het ziet er niet zo slecht uit. Als de breuk dichter bij de heup zat of dieper was, zou ze een paar maanden hier in tractie hebben moeten liggen. Ze heeft al een pin in die heup. Als ze die weer had gebroken, was ze mogelijk voorgoed invalide gebleven. Ik zal haar ziekteverlof geven.'

'Kan ik haar meenemen naar huis?'

Hij haalt zijn schouders op. 'Natuurlijk.'

Kate krijgt krukken en we regelen de formaliteiten om het ziekenhuis te verlaten. Het kost haar moeite om met het gips op de achterbank van de Saab plaats te nemen. Op de terugweg naar huis probeer ik met haar te praten, maar dat kan ze nog niet aan.

Als we voor het huis stoppen, wil ze niet dat ik haar help. Ze zegt dat ze moet leren zich in haar eentje te redden. Ze wurmt zichzelf uit de auto. Ik leg een arm om haar heen, maar ze schudt die af en slaagt erin naar binnen te strompelen. Vanwege het gips lukt het haar niet op de bank te gaan zitten en dreigt ze voorover te vallen. Ik vang haar op en leg haar neer, en dan trek ik haar schoen uit.

Ze begint te huilen. 'Ik ben gevallen. Ik nam een steile piste de berg af, vol stenen en bomen, kwam op een verijst stuk en ging verdomme opeens onderuit.'

Dit moet traumatisch voor haar zijn. Het herinnert haar natuurlijk aan hoe ze als tiener haar heup had verbrijzeld. Ik ga naast haar op de grond zitten zodat ik haar haar kan strelen terwijl ik luister.

'Ik gleed op mijn kont en knalde tegen een groot rotsblok aan en brak mijn been en ik kon me niet bewegen. Ik was doodsbang dat ik de baby had gedood en ik lag daar wel drie kwartier voordat er een andere skiër langskwam en het duurde nog eens een halfuur voordat ze met een sneeuwscooter kwamen om me mee te nemen.'

Ik probeer haar hand vast te houden, maar ze schudt die los.

'En toen kwam ik in het ziekenhuis, waar de verpleegsters geen Engels tegen me wilden spreken, en ik wist niet wat er gebeurde en of de baby nog in leven was, en terwijl ze me onderzochten reden ze me rond alsof ik een beest was. En toen kwam ik te weten dat er twee baby's zijn.'

'Kate, ze spreken waarschijnlijk gewoon geen Engels.' In werkelijkheid gaan ze waarschijnlijk met iedereen zo om. Soms zijn Finnen zo.

'Ze hadden me niet zo mogen behandelen.'

'Je hebt gelijk. Dat hadden ze niet mogen doen, maar ben je er niet blij mee dat je een tweeling krijgt?'

'Natuurlijk wel, maar daar gaat het niet om.'

Ze knijpt haar ogen dicht en de tranen van machteloze woede glijden over haar wangen.

'Verdomme!' Ze slaat met haar vuist op het glas van de salontafel. 'Verdomme!' Ze slaat nogmaals. De keer daarop schreeuwt ze. 'Godverdomme!' Bonk. 'Godgloeiende godverdomme!' Bonk.

'Hou daarmee op, Kate, het is gevaarlijk.'

Nu schreeuwt ze uit alle macht. 'En nu kan ik niet meer gaan skiën!' Bonk. 'En ik kan niet meer naar mijn werk!' Bonk.

'Hou op, Kate.'

'En ik kan geen Fins spreken!' Bonk.

Ik wil haar niet met fysiek geweld bejegenen, maar ik wil ook niet dat ze zichzelf iets aandoet, en daarom overweeg ik het. 'Kate, hou daarmee op, verdomme.'

Ze stopt en barst in huilen uit. 'Het spijt me, Kari, ik baal hier zo vreselijk van. Ik kan niets doen en zit nu vast in dit huis.'

Ze tilt haar gebroken been met beide handen op en legt het op de salontafel. Ze laat het te hard vallen, en het glas breekt door het gips. De scherven vliegen in het rond. Door het gewicht van het gips dat door de tafel heen slaat schiet ze naar voren en valt op de grond. Ze breekt haar val met haar rechterhand, die in het gebroken glas op het tapijt terechtkomt. Als ze de hand voor zich houdt, stroomt het bloed langs haar arm.

Ik scheur mijn witte shirt aan de voorkant doormidden. Ik ruk het af en wikkel het strak rond haar hand, en dan neem ik haar in mijn armen. Ze drukt haar gezicht tegen mijn schouder aan. Haar borst gaat op en neer en nu begint ze met hevige snikken te jammeren. We blijven zo een paar minuten zitten, totdat ze wat gekalmeerd is. Het bloed is door mijn shirt heen gelekt en druipt op het tapijt.

'Ik wil niet terug naar het ziekenhuis,' zegt ze. Ze begint opnieuw te snikken.

Ik wikkel het shirt van haar hand. Er zitten een paar glasscherven in. Ze heeft een stuk of tien snijwonden, maar geen ervan hoeft gehecht te worden. Ik haal ontsmettingsmiddel, een pincet en verband uit de badkamer. Ze krimpt ineen als ik het glas eruit pulk, maar ze huilt niet meer.

Ik verbind haar hand. 'Alles komt goed,' zeg ik. 'Je blijft een paar weken thuis en dan kun je weer aan het werk. Over een paar weken mag het gips eraf. Een paar maanden nadat de baby's zijn geboren kun je de piste weer op.'

'Maar ik kan helemaal niets doen. Ik kan niet werken, kan het huishouden niet doen, kan geen boodschappen doen.'

'We komen er wel uit. Ik regel wel iemand om je te helpen.'

Het duurt niet lang of ze valt van uitputting in slaap. Ik bel een buurvrouw uit bed, leg uit wat er gebeurd is en vraag haar 's ochtends bij Kate langs te gaan. Ik ruim het glas en bloed op, maak de woonkamer weer in orde, haal ons bed uit elkaar en draag het naar beneden. Ze wordt zelfs niet wakker van de elektrische schroevendraaier als ik het bed weer in elkaar zet. We hebben een kleine badkamer naast de hal, dus ze hoeft zich nu in elk geval geen zorgen meer te maken over de trap.

De wekker geeft twee uur aan. Ik zal niet veel nachtrust meer krijgen. Ik pak haar op, leg haar in bed en kruip naast haar onder de lakens. Kate opent haar ogen. 'Hoe is het gegaan met je moordonderzoek?' vraagt ze.

'Er is een doorbraak.'

'Wie heeft het gedaan?'

Het is al laat en ik wil er niet over praten. Ook wil ik haar nu niet van streek brengen. 'Ik vertel je er morgen wel over.'

9

We vertrekken in twee surveillanceauto's. Antti en Jussi in de ene, Valtteri en ik in de andere. Het begint te sneeuwen. Onderweg breng ik Valtteri op de hoogte van het bewijs tegen Seppo en mijn gesprek met het hoofd. 'Dus je gaat Seppo Niemi arresteren,' zegt hij. 'De wegen des Heren zijn inderdaad ondoorgrondelijk.'

Verder gaat hij er niet op in. Het is een onderwerp dat mensen niet bij me ter sprake brengen.

We stoppen bij Seppo's winterverblijf. Het is groter dan mijn huis en staat op een perceel van bijna een hectare. Het heeft veel geld gekost. We parkeren achter een grijze BMW 330i. Ik stap uit en kijk met een zaklamp naar de banden: Dunlop Winter Sport. Valtteri vraagt om een takelwagen om de auto naar de politiegarage te slepen. We lopen met zijn vieren naar de deur en ik klop aan.

Mijn ex-vrouw Heli doet open. Ik heb haar in geen dertien jaar gezien, sinds ze me voor Seppo verliet. Ik lag een paar dagen in het ziekenhuis nadat ik was neergeschoten. Ze is me nooit komen opzoeken en nam de telefoon niet op. Toen ik thuiskwam, waren haar spullen verdwenen. Ze weigerde me ooit weer te zien of zelfs met me te praten. Na een paar weken kreeg ik per post de scheidingspapieren.

Ze zweet en is gekleed in een strak trainingspakje. Er is technomuziek te horen. We hebben haar gestoord bij haar fitnesstraining. Toen we nog bij elkaar waren, zag ze er altijd goed uit. Ook toen al werkte ze daar hard aan. Het is moeilijk het beeld van het meisje met wie ik getrouwd was te verenigen met de vrouw die voor me staat. Een combinatie van diëten, training en boulimia heeft haar tol geëist. Ze is iel en ziet er oud en vermoeid uit. Ze lijkt ondervoed, een fitnessfeeks met gebleekt haar en een zonnebanktint, niet meer dan een schim van de knappe vrouw die ze ooit was.

Ze schudt haar hoofd en knijpt haar ogen toe, alsof ik een geestverschijning ben. 'Dag Kari, wat voert jou...' – ze kijkt rond – 'en je vrienden hierheen?'

'Ik heb een arrestatiebevel voor Seppo Niemi en een huiszoekingsbevel voor dit perceel. Wil je ons doorlaten?'

Ze verroert zich niet. 'Neem je me in de maling of zo? Waarvoor wordt hij gearresteerd?'

'Dat zal ik Seppo zelf meedelen.'

Ze lacht me uit. 'Als je wilde weten hoe het met me gaat, was het gemakkelijker geweest een kop koffie te komen drinken.'

'Sorry, wil je ons doorlaten?'

'Dit is een grap. Je besodemietert de boel. Ga toch naar huis, Kari.'

Ze probeert de deur dicht te slaan, maar ik strek mijn armen uit. De deur vliegt weer open en slaat tegen de binnenmuur aan. 'Ik vroeg of u ons wilde doorlaten, mevrouw.'

Ze lijkt angstig en zet een stap naar achteren. We dringen met zijn vieren naar binnen. 'Valtteri, zorg dat ze hier blijft,' zeg ik.

Hij gaat over op laestadiaans. '*Jumalan Terve Heli.*' God groet je, Heli.

Er staat een paar herenschoenen op de vloer in de hal. Ik pak ze op. Maatje vierenveertig. Ik kijk rond: kostbaar meubilair, allerlei kostbaarheden. Een pakje Marlboro Lights op een tafeltje. Antti, Jussi en ik trekken onze wapens en zoeken de benedenverdieping af naar Seppo, waarna we gezamenlijk naar boven gaan. Ik open een slaapkamerdeur. Hij ligt naakt in de foetushouding met open mond te slapen, met de dekens afgeworpen en zijn handen rond zijn pik. Antti en Jussi komen binnen en we gaan om hem heen staan. Ik doe handboeien om zijn polsen en hij schrikt wakker.

'Seppo Niemi, je bent aangehouden.'

Zijn gezicht is een en al angst en slaperige verwarring. Als hij me herkent raakt hij in paniek. 'Nee, jij niet.'

Ik glimlach naar hem. 'Jawel.'

'Aangehouden waarvoor?'

'Denk je dat dit een Amerikaanse politieserie is? Straks wil je ook nog dat ik je op je rechten wijs. Je krijgt informatie op basis van de wet, binnen de tijd die volgens de wet is toegestaan.'

We kijken elkaar even aan. Ik denk dat we het allebei moeilijk vinden om ons aan de situatie aan te passen. 'Mag ik me aankleden?' vraagt hij.

'Ik kan je niet toestaan dat je nu iets aanraakt, omdat ik een huiszoekingsbevel voor dit perceel heb en niet wil dat je bewijs in het ongerede brengt. We halen een deken voor je uit de auto.'

'Dus je sleept me naakt uit mijn bed en stopt me in de cel zonder dat je me wilt vertellen waarom?'

'Een goede samenvatting.'

Ik verander van gedachten en besluit om consideratie te tonen. Ik kijk in zijn kasten en haal er een kostuum en een wit overhemd uit. Ze zitten nog in het plastic van de stomerij en uit de etiketten blijkt dat ze de dag voor de moord zijn gereinigd. 'Laat hem dit aantrekken.'

Ik laat de anderen bij Seppo achter en loop weer naar beneden. Heli zeurt Valtteri aan zijn hoofd over het huiszoekingsbevel. Ze wil niet dat we haar spullen aanraken.

Valtteri kende haar toen ze nog jong waren van de kerk. 'Het spijt me, Heli, maar het kan niet anders. We zullen voorzichtig zijn en het zo snel mogelijk afronden. Probeer wat geduld met ons te hebben.'

Ze draait zich naar mij toe. 'Wat ben je toch een ontstellende loser. Is dit na zoveel jaar het beste wat je kunt verzinnen om je gram te halen? Dat gaat je echt niet lukken. Je zult hiervoor boeten, Kari. Ik sleep je voor de rechter. Dit zal je je baan kosten.'

Heli en Seppo zijn nooit getrouwd. Nadat ze van mij gescheiden was, nam ze haar meisjesnaam weer aan. 'Mevrouw Kivinen, we willen u geen onnodige overlast bezorgen, maar voorlopig moet dit huis als een plaats delict worden beschouwd. U zult er zo snel mogelijk weer gebruik van kunnen maken. Werkt u alstublieft met ons mee.'

Terwijl haar gezicht vuurrood wordt, richt ze zich op. Ze slaat me en spuugt in mijn gezicht. 'Wat ben je toch een stomme klootzak. Ik ben blij dat ik jou aan de kant heb gezet zodat ik niet al die jaren hoefde toe te kijken hoe je met je manke poot door dit ellendige provinciestadje strompelde en jezelf belachelijk maakte door politieagentje te spelen. Krijg de klere maar, Kari.'

Het verrast me dat ik zo weinig voel nu ik haar weer zie. 'Doe haar de boeien om.'

Valtteri trekt haar handen achter haar rug en klikt de handboeien dicht. Ze biedt geen tegenstand. Ik veeg het speeksel van mijn gezicht en smeer het op haar trainingsjack uit. 'Ik begrijp dat het voor u een schok is dat we zo bij u binnenvallen, en daarom zal ik dit door de vingers zien. Maar als uw gedrag niet verbetert, zal ik u laten vervolgen wegens geweldpleging tegen een politiefunctionaris.'

'Krijg de klere.'

'Als u nu kalmeert, kunt u een paar spullen pakken als u wilt. Ik hoop dat ik dit huis voor het eind van de dag aan u kan teruggeven. Tot op dat moment moet u zich gedeisd houden.'

Dat doet ze.

Antti leidt Seppo de trap af, die er in zijn dure pak onberispelijk uitziet. Valtteri maakt Heli's boeien los en begeleid door

Jussi loopt ze weg om een paar spullen in een tas te gooien. Als ze klaar is geef ik Antti en Jussi opdracht het huis te doorzoeken en stap ik met de anderen het donker in. Er jagen grote sneeuwvlokken voorbij, ze zijn bijna half zo groot als mijn hand. Heli kijkt naar Seppo. 'Ik ga onze advocaat bellen. Deze nonsens zal echt niet lang meer duren.' Ze loopt in de richting van de BMW.

'Nee,' zeg ik, 'die auto is in beslag genomen. Geef me de sleutels.'

Ze werpt me een blik vol intense haat toe, laat de sleutels in mijn hand vallen, stapt in de Honda ernaast en rijdt weg.

Ik leg mijn hand op Seppo's hoofd en leid hem naar de achterbank van de surveillancewagen, waarna ik achter het stuur plaatsneem. Valtteri stapt naast mij in. Ik rijd de weg tussen Levi en Kittilä op. De koplampen priemen door het duister en verlichten een met ijs bedekte tweebaansweg die door een uitgestrekt sneeuwveld loopt. Het lijkt wel alsof we door een maanlandschap rijden.

Seppo zwijgt. Een bekentenis zou de zaak vergemakkelijken. Ik kijk naar hem in de achteruitkijkspiegel. 'Seppo, waarom heb je Sufia vermoord?'

Hij trekt een grimas en lijkt verslagen. Het bloed trekt uit zijn gezicht weg. Hij antwoordt niet meteen. 'Welke Sufia?' vraagt hij.

Hij lijkt niet te begrijpen dat ik al een connectie tussen hen heb vastgesteld. 'Je vriendin Sufia.'

Weer een pauze. 'Ik wil een advocaat spreken.'

'Dat kan, nadat je in staat van beschuldiging bent gesteld. Ik heb tweeënzeventig uur voordat ik dat moet doen. Je bent er gloeiend bij, Seppo, wen daar maar aan. Je mag op levenslang rekenen en zult daar waarschijnlijk twaalf jaar van moeten uitzitten. Als je bekent en misschien een zekere spijt betuigt, zul je een lagere straf krijgen. Als je kunt aantonen dat je haar wegens emotionele problemen of andere verzachtende omstandigheden hebt vermoord, kun je de straf mogelijk tot zeven jaar terugbrengen. Gezien de manier waarop je haar hebt afgeslacht, zal dat niet al te moeilijk zijn. Zo krijg je vijf jaar van je leven terug.'

'Je weet dat ik niemand heb vermoord.'

'We kunnen natuurlijk op die manier beginnen als jij dat wilt, maar we weten allebei wel beter.'

'Na dertien jaar wil je nog je gram bij me halen,' zegt hij. 'Waarom?'

Het blijft een tijdje stil. Ik zie in de achteruitkijkspiegel dat hij rechtop gaat zitten. Hij verschuift op de bank. 'Ik heb Heli geneukt. Ze hield van mij in plaats van van jou en toen heb ik met je vrouw geneukt. Ik heb haar van je afgepakt. Ik heb gewonnen en jij hebt verloren, en we weten allebei dat dit daarover gaat.'

Hij probeert me uit de tent te lokken. Ik bedenk hoe Heli er nu uitziet en hoe ze zich gedraagt. 'Heb jij even mazzel.'

Hij zwijgt weer.

'Dat is allemaal lang geleden. Ik heb je aangehouden omdat het bewijs erop duidt dat jij Sufia Elmi hebt vermoord, en niet uit persoonlijke rancune. En wat Heli betreft, ga gerust je gang met haar. Wat heb je het eerst verminkt, Sufia's gezicht of haar vagina?'

Hij deinst terug alsof ik hem een klap heb gegeven en knijpt zijn ogen dicht. Het duurt ongeveer een halve minuut voordat hij zich hersteld heeft. Hij buigt zich naar voren en drukt zijn gezicht tegen het rooster dat ons van elkaar scheidt. 'Ik heb je met die roodharige in Hullu Poro gezien. Ik heb gehoord dat zij je nieuwe liefje is.'

Ik zeg niks.

'Het is een mooie meid.'

'Er wordt in dit gesprek niet over mijn vrouw gesproken,' zeg ik.

'Aangezien je me uitsluitend hebt gearresteerd omdat je een hekel aan me hebt, kunnen we in dit gesprek volgens mij over alles praten.'

Hij heeft een open zenuw geraakt, en ik heb hem munitie gegeven. Hij beschimpt me. 'Gaat het daarover? Ben je bang dat ik ook met haar neuk? Als deze flauwekul over een paar dagen achter de rug is, zal ik haar misschien een bezoekje brengen. Ik durf te wedden dat het zal klikken, denk je niet?'

Ik zie Sufia in de kou en het duister naakt in de met bloed bevlekte sneeuw liggen, terwijl ze uit holle oogkassen naar me staart. Sufia verandert in Kate, wier gezicht en lichaam verminkt en geschonden zijn. Mijn gezichtsveld wordt steeds waziger. Dan lijkt het alsof er een zwerm zwarte vliegjes in mijn ogen zit en hoor ik een hoog gezoem. Mijn linkerarm begint pijn te doen, alsof ik een hartinfarct krijg. Het lukt me om de auto langs de weg stil te zetten.

Ik heb het gevoel alsof ik buiten mijn lichaam treed en omlaag kijk. Het licht van de sterren wordt weerkaatst door het lange, vlakke asfaltlint en de omringende lege sneeuwvelden, die een doffe zilverglans hebben gekregen. Valtteri trekt een bezorgd gezicht. Seppo zit achter me, aan de chauffeurskant van de surveillancewagen. Ik draai me om en kijk hem aan. Hij grijnst naar me.

Ik stap uit de auto, haal mijn Glock uit de holster en ruk zijn portier open. Seppo is verstijfd, staart recht naar voren, alsof hij voorwendt dat ik er niet ben. Ik kruip langs Seppo en ga naast hem zitten, rechts van hem. Ik laad een patroon in mijn Glock, sla mijn linkerarm om hem heen en druk de loop van het pistool tegen zijn slaap. 'Vuile klootzak.'

Valtteri stapt uit de auto en loopt eromheen naar de chauffeurskant. Hij gaapt me door het open achterportier aan.

Ik duw de loop nog harder tegen Seppo's hoofd. Hij begint te jammeren.

'De laatste keer dat ik iemand heb gedood gaven ze me een medaille en kreeg ik promotie. Als ik een smeerlap als jij doodmaak, doen ze dat misschien wel weer. Misschien kan ik daarna zelfs een carrière in de politiek beginnen. Wat denk jij?'

Seppo kijkt naar Valtteri door het open portier. 'Kijk wat hij doet, kijk dan.'

Valtteri zegt niets. Er komt een auto onze richting op die met zijn koplampen knippert. Ik heb het groot licht aan gelaten en nu wordt de chauffeur verblind. Valtteri steekt zijn hand door het open chauffeursportier naar binnen en dimt het licht. Hij gaat naast de auto staan en blijft me aanstaren.

'Als je ooit in de buurt van mijn vrouw komt,' zeg ik, 'ben je er geweest. Als je ooit nog eens zoiets zegt, ben je dood. Als je zoiets zegt terwijl je achter de tralies zit, zul je jezelf in een gevangeniscel ophangen. Als een advocaat je hieruit weet te lullen en je in de buurt van mijn vrouw komt, vermoord ik je ter plekke en zal ik daarvoor mijn straf ondergaan. Wat er ook gebeurt, jij vertrekt uit Kittilä en vertoont je hier nooit meer. Je zet die winterdatsja van je te koop, want als je die ooit nog eens gebruikt, wordt dat je dood. Is dat godverdomme duidelijk?'

Hij kijkt naar Valtteri, maar antwoordt niet.

'Ik tel af vanaf vijf. Als je niet met mijn voorwaarden akkoord gaat, schiet ik je dwars door je kop.'

Hij begint te huilen.

'Vijf, vier, drie...

Zijn stem klinkt zo schril als van een kind. 'Akkoord, akkoord.'

'Te laat, gore smeerlap. BOEM!' Ik schreeuw het in zijn oor.

Seppo valt flauw en zakt onderuit in een plas van zijn eigen pis.

Valtteri en ik kijken elkaar aan door het open portier. 'Kom, we gaan,' zegt hij. 'Het is koud hier.'

Ik wurm me langs Seppo de auto uit. 'Rij jij maar.'

We rijden de weg weer op. 'Als je de behoefte hebt dit te rapporteren, dan zal ik je dat niet verwijten.'

'Je hebt gedaan wat je noodzakelijk achtte om je vrouw te beschermen. Daar heb ik begrip voor.'

'Ik zou je nooit vragen voor mij te liegen.'

'Dat zou je ook niet hoeven doen.'

Valtteri verrast me elke dag weer.

10

We komen bij het politiebureau aan. Valtteri zet de motor van de surveillanceauto uit. Ik blijf nog even zitten en probeer tot bedaren te komen voordat ik me weer met Seppo bemoei. Valtteri stapt eerder uit dan ik. 'Ik neem hem wel voor mijn rekening,' zegt hij, en hij leidt Seppo met zachte dwang van de auto het bureau in.

Ik stap uit de auto, steek een sigaret op en blaas de rook uit. Rook en bevroren adem verdwijnen in een grote wolk in het duister. Het is leeg en stil op straat. Ik ben moe. Ik ben aan rust en stilte toe. De samengepakte sneeuw kraakt onder mijn voeten. Alles is met sneeuw en ijs bedekt. Ik heb het gevoel dat ik in een enorme bevroren hel leef.

Ik heb een fout gemaakt door Seppo te bedreigen. Hij heeft een fout gemaakt door Kate ter sprake te brengen. Het zal nu lastiger worden hem te verhoren. Ik zal wachten en ons allebei wat tijd geven. Als hij een paar uur in een cel doorbrengt, gaat hij misschien nadenken hoe het zou zijn als je daarin moest leven, en brengt dat hem eerder tot een bekentenis.

Mijn mobiel gaat en maakt een eind aan mijn bespiegelingen. 'Met Vaara.'

'Met Sufia's vader. Mijn vrouw en ik zijn in Kittilä. Wij willen u spreken en we willen onze Sufia zien.'

Ik ben nog altijd van slag door mijn confrontatie met Seppo en niet op dit telefoontje van Abdi voorbereid. 'Misschien kunnen we elkaar ontmoeten op het politiebureau. Dan kan ik u op de hoogte brengen van het onderzoek en u een paar vragen over uw dochter stellen.'

'Nee, dat doen we niet. Waar is Sufia?'

Ik geef hem de naam van het uitvaartcentrum.

'We willen haar daar zien en daar zult u me in haar aanwezigheid alles vertellen wat u weet, hoe u de moordenaar denkt te vinden en hoe hij zal worden gestraft.'

Ik wil niet dat Sufia's ouders haar toegetakelde lichaam zien en ik wil het zelf ook niet meer zien. 'Meneer, ik denk niet dat dat een goed idee is. Misschien is het wel beter dat u zich Sufia herinnert zoals ze was, niet zoals ze nu is.'

Zijn stem klinkt iets luider. 'Sufia is onze dochter. Wij besluiten zelf wat het beste is en hoe we ons haar zullen herinneren. Wanneer kunt u ons ontmoeten?'

Ik heb geen andere keuze dan zijn wensen te eerbiedigen. 'Ik vertrek nu meteen naar het uitvaartcentrum.'

Abdi en Hudow parkeren net hun auto voor het uitvaartcentrum als ik in mijn Saab arriveer. Terwijl ze de sneeuw in stappen kijk ik door het raampje naar hun silhouetten. Abdi is bijna twee meter lang. Zelfs in zijn winterjas ziet hij er broodmager uit, vel over been.

Hudow is klein en dik. Ze draagt een hidjab, een hoofddoek. Onder de zoom van haar jas hangt een wijde bruine jurk tot aan haar enkels. Rond haar hoofd heeft ze een sjaal gewikkeld, zodat alleen haar gezicht te zien is. Ze heeft een dikke bontmuts opgezet.

Ik stap uit de auto, loop naar hen toe en steek mijn hand uit. 'Ik ben inspecteur Kari Vaara. Mijn diepste medeleven.'

Hudow lijkt zich geen raad te weten. Ik heb er niet aan gedacht dat ze waarschijnlijk geen handen schudt met mannen. Abdi ziet er zelfverzekerder uit; hij voelt er alleen niets voor mij een hand te geven. We staren naar elkaar. Ik ben een meter drieëntachtig, en ik moet naar hem opkijken.

'Mijn vrouw heeft het koud. Laten we naar binnen gaan,' zegt hij.

We lopen achter elkaar door de voordeur naar binnen. Er gaat een bel en na een paar seconden komt de eigenaar uit de achterkamer. Hij is een kleine man van een jaar of zestig in een antracietkleurig pak. Het beetje haar dat hij nog heeft is grijs. Hij kijkt naar ons drieën en ik zie zijn verwarring. De politiecommandant is gearriveerd met twee donkere mensen, van wie er eentje een reus is. Het zou heel goed kunnen dat hier nog nooit een zwarte een voet over de drempel heeft gezet. Maar dan lijkt hij iets te begrijpen. Hij herinnert zich blijkbaar wie zijn meest recente klant is.

'Ik ben Jorma Saari,' zegt hij. 'Niets kan uw verdriet verlichten, maar mag ik mijn deelneming betuigen? U kunt erop rekenen dat ik al het mogelijke zal doen om u door deze buitengewoon zware tijd heen te helpen. U hoeft het me slechts te vragen.'

Dit is niet zomaar een plichtmatig praatje van Jorma. Ik ken hem al sinds mijn jeugd en heb vanwege mijn werk vaak met hem te maken. Hij is een aardige man. Hij steekt zijn hand uit. Abdi neemt die niet aan.

'Goed,' zegt Abdi. 'Dank u wel. We willen onze Sufia zien.'

Jorma weet niet goed hoe hij nu verder moet. Hij heeft Sufia's lichaam vast en zeker gezien. 'Meneer Elmi…'

Abdi steekt zijn hand op en legt Jorma het zwijgen op voordat hij verder kan gaan. Hij heeft een autoritaire uitstraling die niet alleen maar aan zijn lengte te danken is. 'Mijn naam is Abdi Barre. U hebt mij ten onrechte met de achternaam van mijn dochter aangesproken. Wij zijn Somaliërs. Volgens onze traditie is de achternaam van mijn dochter matriarchaal bepaald.'

'Neemt u mij niet kwalijk,' zegt Jorma.

'Begrijpt u wat ik van u heb gevraagd? We willen onze Sufia zien. Brengt u ons naar haar toe.'

'Meneer Barre, uiteraard hebt u daar het recht toe, maar ik wil u graag onnodig lijden besparen. Sufia is niet in gereedheid gebracht om aanschouwd te worden, en naar mijn mening is dat nu onverantwoord. Op dit moment wordt ze gebalsemd.'

Abdi heft zijn handen op en drukt zijn vingertoppen tegen elkaar. Zijn slanke vingers zijn tweemaal zo lang als de mijne. Zijn gezicht is met littekens bedekt. Hij heeft de aura van een heilig man, alsof een leven vol lijden hem uitgehold heeft en hij alleen nog geestelijk bestaat.

'In Finland ben ik eigenaar van een schoonmaakbedrijf,' zegt Abdi. 'De mensen die voor me werken stofzuigen en legen de prullenbakken in bedrijven zoals dat van u. Mijn talenkennis is niet groot genoeg om tot de Finse medische stand te worden toegelaten, maar ik heb aan de Sorbonne gestudeerd en in Somalië was ik arts. Ik verzeker u dat ik datgene wat mijn Sufia is overkomen, in mijn praktijk in Mogadishu al eens heb gezien. Mijn vrouw heeft Sufia gezien zoals ze op deze wereld kwam, en ze kan het ook aan haar te zien als ze die verlaat.'

Abdi's Fins klinkt hoogdravend, maar is foutloos. Misschien schrijft hij het niet zo goed als hij het spreekt.

'Mag ik Sufia door mijn medewerkers voor u gereed laten maken?' vraagt Jorma.

Abdi kijkt Jorma strak aan over zijn vingers heen, die wel tentakels lijken. 'Nee.'

Jorma wringt zijn handen, alsof hij zich van de verantwoordelijkheid wil bevrijden.

We lopen naar een balsemkamer beneden in het souterrain. Er zoemt een apparaat. Sufia ligt naakt op eenzelfde soort tafel als die bij de sectie werd gebruikt. Het apparaat zuigt het restant van haar bloed weg. De balsemer drinkt een colaatje. Hij lijkt onaangenaam verrast ons te zien, alsof we in zijn privéruimte zijn binnengedrongen. Hij schakelt het afzuigapparaat uit.

In stilte kijken we naar Sufia. De kwellingen die ze heeft moeten ondergaan, de pijn die haar is aangedaan, zowel voor als na haar dood, zijn overduidelijk zichtbaar. Ik heb nog nooit een lichaam gezien dat minder op een mens leek en waar het leven zo in afwezig was; ik kan niet begrijpen waarom Abdi dit per se wilde.

Hudow slikt een kreet weg. Abdi slaat zijn arm om haar heen. Ze draait haar hoofd om en braakt op de vloer. Als ze klaar is, gaat ze rechtop staan en probeert zich zo waardig mogelijk te gedragen. Ze spreekt in gebrekkig Fins. 'Mij spijt. Ik schoonmaken.'

Jorma vouwt zijn handen voor zich. 'Dat is niet nodig.'

Abdi kijkt me aan. 'In aanwezigheid van mijzelf, mijn dochter en haar moeder gaat u me nu vertellen hoe u het onderzoek naar de moord op onze dochter gaat aanpakken en hoe haar moordenaars gestraft zullen worden.'

Hij wilde een punt maken en daarin is hij zeker geslaagd. Sinds ik voor het eerst een blik op de plaats delict wierp, is deze zaak voor mij van enorm belang geweest. Maar nu heb ik het gevoel dat het leven van ons allemaal ervan afhangt. Ik kijk naar Sufia, dan naar Abdi en Hudow. Ze houdt haar hoofd opgeheven. Ze heeft zich weten te herstellen en lijkt een toonbeeld van kracht en waardigheid.

De stank van braaksel, vermengd met chloroform, is overweldigend. Ik probeer er niet op te reageren. Ik geef Abdi wat hij wil en begin bij het begin. Ik vertel hem alles wat Sufia is aangedaan, alles wat er tot nu toe is gebeurd om de moordenaar te vinden en alles over de arrestatie van Seppo.

Als ik klaar ben, vraagt Abdi: 'Hoe is het mogelijk dat u niet weet of Sufia verkracht is?'

'Zoals ik u al zei, en zoals u kunt zien, is het genitale gebied zwaar verminkt.'

Abdi buigt zich over Sufia's lichaam heen en kijkt zelf. 'Ik hoop dat u zich realiseert dat Sufia als kind de rite van de vrouwelijke volwassenwording heeft ondergaan. Als ze niet verkracht was, zou ze nog intact zijn. Het is duidelijk dat ze intact was voordat ze aangerand werd. Vraagt u me alstublieft niet om explicieter te zijn in aanwezigheid van haar moeder. Ze is niet intact, en dus is ze verkracht.'

Abdi wilde de waarheid horen, maar nu begeven we ons op nieuw en gevaarlijk terrein. Ik kan het niet over mijn hart verkrijgen hem te vertellen wat ik over Sufia's seksuele relaties weet. Ik ben bang dat zelfs hij dat niet zou kunnen verdragen. 'Ik kan de mogelijkheid niet uitsluiten dat Sufia uit eigen vrije wil seksuele gemeenschap heeft gehad.'

Hudow kijkt omlaag, kijkt om zich heen. De balsemer is de vloer met papieren handdoeken aan het schoonmaken. 'Ik weet dat mensen dingen zeggen over dochter. Die dingen niet waar. Wij niet kijken films, niet willen zien, maar Sufia actrice. Acteren films. Sufia goed meisje. Abdi en ik vinden niet leuk zij in films is, maar wij trots voor wie ze was. Ik trots op haar. Ze blijft goed zelfs bij slechte mensen.'

'Daar heb ik niets aan toe te voegen,' zegt Abdi.

Ik kan haar niet van haar overtuigingen af brengen, en ik vraag me af of Abdi die deelt, of dat het toneelstuk dat we momenteel spelen in zekere zin een schertsvertoning is om die te laten voortbestaan. 'Ik zal in die zin mijn werk voortzetten,' zeg ik.

'Bent u er zeker van dat die man schuldig is?' vraagt Abdi.

Ik moet nu voorzichtig zijn; ik wil geen valse beloften doen of valse hoop wekken. 'Ik kan het niet met zekerheid zeggen, maar het bewijs dat tot dusverre is verzameld, is overtuigend.'

'Geeft u mij, gezien uw professionele expertise in deze zaken, uw mening in de vorm van een percentage.'

Abdi dwingt me concreet te zijn. 'Meer dan negentig procent.'

'Hoe zal hij gestraft worden?'

'Als hij veroordeeld wordt en er geen verzachtende omstandigheden in zijn veroordeling meegewogen worden, zal hij waarschijnlijk levenslange gevangenisstraf krijgen.'

'Verzachtende omstandigheden?'

'Ontoerekeningsvatbaarheid, bijvoorbeeld door een geestelijke stoornis.'

'Hoe lang zou zijn gevangenisstraf in dat geval zijn?'

'Naar mijn ervaring vijf tot zeven jaar, misschien ten uitvoer gebracht in de gevangenis, misschien in een psychiatrische kliniek, waarbij genezenverklaring noodzakelijk is om vrijgelaten te worden.'

Hudow heft haar handen op en richt haar blik naar boven. Boven haar is een plafond met tl-buizen, maar zij roept de hemel aan. Ze begint klaaglijk te roepen. 'Kijk, mijn engel. Dit geen gerechtigheid.'

Abdi slaat zijn arm om haar heen. 'Stil,' zegt hij, 'je kreten zullen haar verdriet doen.'

Hij draait zich weer naar mij toe. 'En als er geen verzachtende omstandigheden waren, hoeveel jaar zou deze man dan in de cel moeten zitten?'

'Levenslang is levenslang, maar in de praktijk zitten moordenaars tien tot twaalf jaar vast, waarna ze presidentiële gratie ontvangen en worden vrijgelaten.'

'Kijk naar Sufia,' zegt Abdi. 'Gelooft u dat dat een voldoende hoge straf is?'

Ik hoef niet te kijken. 'Nee.'

'Inspecteur Vaara, zorg ervoor dat deze man gestraft wordt, hoe weinig bevredigend dat ook mag zijn. In de Koran zegt soera 5:45 ons: "Leven om leven, oog om oog, neus om neus, oor om oor, tand om tand, en bij wonden gelijke vergelding." In de islam is het toegestaan dat de naaste levende verwant op een dergelijke wijze recht doet, maar in dit land is dat niet toegestaan. Ik gehoorzaam aan de wetten van dit land, en daarom dient u als mijn plaatsvervanger te handelen. Ik houd u verantwoordelijk. En laat u ons nu allemaal alleen met onze dochter.'

Ik vertrek met het gevoel dat ik gestraft kan worden als Seppo vrijkomt en alsof ik al gestraft ben, maar ik weet niet waaraan ik dat verdiend heb.

11

Ik heb begrip voor Abdi's verdriet, maar met melodrama wordt de moord op zijn dochter niet opgelost. Met een politieonderzoek volgens standaardprocedures wel. Seppo's auto staat in de politiegarage. Ik parkeer naast de auto, haal mijn camera's uit mijn viskoffers en begin foto's te maken.

De BMW is een prachtige wagen in grafietkleur met sierranden in mat chroom en sterspaakvelgen. Ik open alle portieren, loop eromheen en kijk in de auto of ik iets opvallends zie. Deze auto zegt maar één ding: geld. Het interieur bestaat uit leer, afgezet met matzwart roestvrij staal en geschakeerd populierenfineer. Hij heeft een automatische klimaatregeling en een LOGIC7-geluidssysteem. Om niets te hoeven aanraken maak ik gebruik van een zaklamp en een spiegel om onder de stoelen te kijken. Ik tref geen bewijs aan, maar zie wel drie subwoofers. Die brengen me op een idee.

Dit soort werk geeft me zelfvertrouwen. Ik heb het gevoel alles onder controle te hebben. Ik kan deze momenten gebruiken om alleen te zijn, om in alle rust mijn werk te doen. In een rek onder het dashboard zitten zo'n twintig cd's, grotendeels technotroep. Ik neem vingerafdrukken van het stuur en het dashboard, loop terug naar mijn auto en kies muziek die bij dit soort werk past. Ik ga voor Miles Davis, *Kind of Blue*. Ik stop die in de LOGIC7. De garage weergalmt van de jazzklanken.

Ik verdeel het interieur in kwadranten en bekijk de auto centimeter voor centimeter. Op de achterbank tref ik schaamhaar, vezels en spermavlekjes aan. Ik vind geen bloed, en daarom gebruik ik luminol in het gebied waar ik het sperma heb gevonden, maar niet meer dan een klein beetje. Er lichten spoortjes op. Mijn stemming is nu een stuk beter. Ik heb alles gekregen wat ik had kunnen wensen, en nog wel meer ook. Nu hebben Seppo en ik mogelijk iets om over te praten.

Ik bedenk dat ik Kate vandaag nog helemaal niet heb gebeld. Ik voel me schuldig en druk op de sneltoets op mijn mobiel.

'Hoi Kari,' zegt ze.

'Sorry dat ik nog niet heb gebeld. Ik ben erg druk met dit onderzoek. Hoe gaat het met je?'

'Best. Ik hoopte al op een telefoontje van jou. Ik wilde je vertellen dat het me spijt van gisteravond.'

'Wat?'

'Dat ik de tafel kapot heb gemaakt.'

'Het was een ongelukje, en die tafel interesseert me echt niks.'

'Omdat ik me als een klein kind gedroeg vanwege een gebroken been.'

'Jezus, Kate, je lag op een berghelling van de pijn te verrekken en maakte je zorgen om ons kind... onze kinderen. Iedereen zou daardoor van de kaart zijn geweest.'

'Nou, nu niet meer. Ik ben al bijna gewend aan het gips en de krukken. Mevrouw Tervo is vandaag langs geweest om naar me te kijken. Ze heeft gerookte witvis en aardappelen met roomsaus meegebracht voor de lunch. Het was heerlijk. Fijn dat je gebeld hebt en het bed naar beneden hebt gebracht.'

'Heb je nog iets nodig?'

'Het is best moeilijk om rond te lopen en ik heb nog steeds pijn als ik me beweeg. Je zei dat je iemand ging zoeken om met boodschappen te helpen.'

'Dat regel ik vanmiddag nog.'

'Je bent een schat. Zeg, zei je niet dat er een doorbraak in de zaak was?'

Ik kan er niets aan doen, ik wil niet met Kate over mijn ex-vrouw en haar relatie met Seppo praten. Ze kent het verhaal in grote lijnen, maar verder heb ik er nooit met haar over gesproken. Ik denk dat ze wel weet dat ik me er ongemakkelijk bij voel, en daarom heeft ze nooit aangedrongen. 'Daar vertel ik je later nog over.'

'Je klinkt alsof je haast hebt.'

Het enige wat ik op dit moment wil is bij haar zijn. 'Ja, ik moet ophangen. Ik kom thuis zodra ik kan.'

'Ik hou van je, Kari.'

Finnen zeggen zelden tegen elkaar dat ze van elkaar houden, en we noemen elkaar zelden zonder reden bij de naam. Als ze dat allebei in één zin doet, ben ik steeds weer ontroerd. 'Ik hou ook van jou, Kate.'

Ik ga terug het politiebureau in. Valtteri zit in de centrale ruimte naar een computerscherm te staren. Ik ga op de rand van zijn bureau zitten. 'Hoe gaat het?'

Hij kijkt naar me op. De kringen onder zijn ogen zijn zo donker dat het wel blauwe plekken lijken. 'Best. En met jou?'

'Goed. Ik heb de BMW onderzocht. Het is een goudmijn. Bloed, sperma, echt alles.'

Hij kijkt verbaasd en glimlacht. 'Dat is geweldig.'

'Ben je nog bij Seppo geweest?' vraag ik.

'Nee. Hij zei geen woord toen ik hem fouilleerde. Het leek me het best hem een tijdje in zijn sop te laten gaarkoken.'

'Ik ga bij hem langs om hem te laten weten hoe de zaak tegen hem vordert.'

'Wil je dat ik meega?'

Ik vermoed dat hij zich zorgen maakt vanwege de gebeurtenissen eerder op de dag. Ik neem het hem niet kwalijk. 'Ik ben er bijna honderd procent zeker van dat hij Sufia heeft vermoord. Toen hij zijn dreigementen tegen Kate uitte, zag ik al voor me dat hij hetzelfde met haar zou doen, en toen ging ik door het lint. Het zal niet meer gebeuren.'

Hij knikt. 'Goed.'

Ik vermoed ook dat hij bang is dat ik deze zaak niet kan scheiden van wat er jaren geleden is gebeurd, maar het onderwerp niet ter sprake wil brengen. Ik wil dat evenmin. Toch geef ik hem de kans voor het geval dat hij denkt dat toch te moeten doen. 'Denk je dat ik deze zaak moet opgeven?'

Hij tuurt nadenkend naar het bureaublad. 'Nee, maar sommigen denken daar misschien anders over.'

Dat is afgehandeld. Ik verander van onderwerp. 'Luister, voordat ik het vergeet: Kate zit met dat gebroken been opgescheept en ze kan thuis wel wat hulp gebruiken. Boodschappen doen, een beetje schoonmaken. Misschien wil een van jouw kinderen een centje bijverdienen?'

'Mijn zoon Heikki kan dat wel doen. Hij zit niet lekker in zijn vel de laatste tijd en dan heeft hij iets omhanden. Ik zal hem bellen en tegen hem zeggen dat hij vanmiddag bij je langsgaat. Hij was teleurgesteld toen we niet gingen jagen. Een extra zakcentje zal hem opvrolijken.'

'Dat zou fijn zijn. Weet je of Antti en Jussi al klaar zijn met het onderzoek van Seppo's huis?'

'Antti belde een halfuurtje geleden op en zei dat ze klaar waren. Ze hebben een hoop materiaal dat geanalyseerd moet worden, maar geen definitief bewijs.'

'Dan moet ik het huis vrijgeven aan Heli. Bel haar op en zeg dat ze de sleutels kan komen ophalen.'

We blijven een poosje zwijgend zitten. Valtteri kijkt bedachtzaam. 'Jij, Heli, Seppo, deze zaak,' zegt hij. 'Je moet het niet opgeven. Wat er ook gebeurt. Het is Gods wil. Dat kan niet anders.'

Ik loop weg, terwijl Valtteri nog altijd bedachtzaam zit te

kijken, en bedenk dat dit zelfs voor hem een vreemde opmerking was.

De cellen bevinden zich in het souterrain. Mijn timing is goed. Als ik de trap af loop, hoor ik Seppo schreeuwen: 'Hé! Hé! Laat me hieruit!'

Het heeft drie uur gekost om hem te laten instorten. De celdeur is van staal. Ik schuif het observatieluikje open en kijk naar binnen. Hij heeft zijn gezicht tegen de binnenkant gedrukt.

'Kan ik je ergens mee helpen?' vraag ik.

'Laat me eruit. Ik hou het hier niet uit.'

'Steek je handen uit het raam.'

Hij trekt een gezicht alsof hij bang is dat ik die af zal rukken, maar hij doet het toch. Ik doe hem de boeien om. 'Ga nu van de deur weg.'

Ik haal de deur van het slot en stap naar binnen. Hij valt bijna als hij achteruit van me wegloopt. Zijn dure, met pis bevlekte kostuum is weg, evenals zijn bravoure. Hij draagt een spijkerbroek en een T-shirt die allebei veel te groot voor hem zijn.

'Waar heb je die kleren vandaan?'

'De brigadier heeft ze me gegeven. Ik verwachtte een oranje gevangenisoverall of iets dergelijks.'

'Je kijkt te veel naar de Amerikaanse tv.'

Valtteri's christelijke naastenliefde strekt zich zelfs uit tot psychotische moordenaars. Het zijn zijn eigen kleren. Seppo heeft het T-shirt in zijn spijkerbroek gestopt, zodat zijn bierbuik geaccentueerd wordt. Zijn gezicht is rood van de gesprongen adertjes. Je moet jaren flink doordrinken om zo'n kop te krijgen. Ik kan ruim honderd kilo bankdrukken. Seppo lijkt nog geen wodkafles te kunnen bankdrukken.

'Wil je een sigaret?'

'Ga je me pijn doen?'

Ik ga zitten op een metalen bed dat aan de muur is vastgeschroefd en schud een sigaret uit het pakje. 'Nee.'

Hij steekt zijn handen uit om die aan te pakken. Ze beven. Ik probeer de sigaret voor hem aan te steken, maar hij beeft zo hevig dat ik hem bij de boeien moet vasthouden om zijn handen stil te houden. Hij inhaleert en hoest. De cel meet vijf bij zeven meter. Eerdere bewoners hebben namen en data op de grijze betonnen muren gekrast.

'Een treurige omgeving, vergeleken met je winterdatsja,' zeg ik.

Hij zuigt aan de sigaret alsof het zijn laatste is.

'Laten we het over Sufia hebben.'

Hij hoest weer. 'Ik ken geen Sufia.'

'Sufia Elmi, negenenveertig uur geleden vermoord in een sneeuwveld. Je had een verhouding met haar. Als je iemand gaat vermoorden, moet je geen documentatie achterlaten. Je gaf haar geld en betaalde haar huur.'

'Ik heb haar niet vermoord.'

'Ik heb de afgelopen uren bewijs verzameld in je BMW. Ik heb bloed, haar en sperma gevonden. Ga je me soms vertellen dat daarmee geen verband tussen jou en Sufia kan worden gelegd?'

Hij tuit zijn lippen, alsof hij een besluit probeert te nemen. 'Kan ik vrijuit met je praten, zonder dat je me pijn gaat doen?'

'Als je hier weg wilt, is dat het beste wat je voor jezelf kunt doen.'

'Ik heb niemand vermoord, en ik denk dat jij dat ook weet.'

'Ik ben er voor negenennegentig procent van overtuigd dat je wel een moord hebt gepleegd.'

'Er is een moord gepleegd, en nu heb jij een manier gevonden om mij daarmee in verband te brengen. Na zoveel jaar wil je me nog altijd mijn affaire met Heli betaald zetten.'

'Dat is niet waar.'

Hij begint te huilen. 'Kan ik me niet gewoon verontschuldigen? Ik kende jou niet; ik wist alleen dat ik van Heli hield.'

Dit klinkt als een valse noot. Mensen hebben voortdurend verhoudingen en ik betwijfel of het hem ook maar iets kan schelen wie hij allemaal kwetst. Seppo is een klootzak. Hij hangt gewoon kletsverhalen op, in de hoop dat hij daarmee uit deze ellende komt. Ik zeg niks.

Hij snuift. 'En het spijt me wat ik over je vrouw heb gezegd. Daarmee ging ik te ver.'

'Het verre verleden heeft niets met dit moordonderzoek te maken.'

'Ik weet dat het verschrikkelijk is wat Heli je heeft aangedaan. Ik heb haar niet daartoe overgehaald. Ik heb tegen haar gezegd dat ze zelf moest beslissen bij wie ze wilde blijven.'

'Laten we een sprong van dertien jaar in de tijd maken en over de moord op Sufia praten.'

Hij droogt zijn tranen. 'Ik weet daar niets van, en ik denk dat ik daar niets over zou moeten zeggen zonder eerst met een advocaat te praten.'

'Wil je hier weg? Kom mee naar boven. Dan laat ik je iets zien wat je van gedachten zou kunnen doen veranderen.'

We gaan naar de centrale ruimte. Er is niemand. Ik geef hem mijn pakje sigaretten en aansteker. 'Hou dat maar. Ga zitten.'

Hij zit en rookt. Ik dim de verlichting en start de powerpointpresentatie van de plaats delict. Hij kijkt naar Sufia, ik kijk naar hem. Hij beeft en snikt dan een beetje. Na een paar minuten zit hij als een kind te janken. Uiteindelijk komt hij tot bedaren. Hij zwaait heen en weer en mompelt steeds weer: 'Nee, nee.'

Ik denk dat hij nu gaat bekennen. Ik zet de projector stil op een close-up van het verminkte gezicht van Sufia.

'Leg het me maar ten laste,' zegt hij, 'dan kan ik tenminste een advocaat nemen.'

'Nog niet. Pas als de DNA-monsters van het lab terug zijn.'

'Ik wil nu graag terug naar mijn cel.'

Hij wilde de cel uit. Ik vrees dat hij er niet van heeft genoten om van de vrijheid te proeven. Ik neem hem mee terug naar beneden.

'Bedankt voor de sigaretten,' zegt hij.

Ik sla de stalen deur dicht, en de klap weerklinkt door de gang. 'Graag gedaan.'

12

Ik ga terug naar mijn kantoor, schrijf een gedetailleerd verslag van de gebeurtenissen en mail dat aan de nationale politiecommandant. In een plastic hoesje op mijn bureau zit een fotokopie van Sufia's adresboekje. Met koffie en een sigaret blader ik het door. Ik herken meer bekende namen uit de boulevardpers. Sufia genoot er blijkbaar van zich met beroemdheden te omringen.

Ik begin met een telefoonronde. Ik stel me voor en zeg dat ik een paar vragen over Sufia Elmi heb. De media hebben via het nationale misdrijvenregister lucht gekregen van de moord en inmiddels heeft het nieuws zich verspreid. Iedereen is geschokt. De gesprekken verlopen steeds hetzelfde. Niemand kende Sufia goed. De mannen zeggen dat ze een paar keer uit zijn geweest en plezier hebben gemaakt. De vrouwen zeggen dat ze in nachtclubs hebben rondgehangen, zijn gaan dansen en plezier hebben gemaakt.

Valtteri komt binnen. 'Ik heb Heli gebeld,' zegt hij. 'Ze wil je niet zien en vroeg of ik haar de sleutels kon brengen.'

'Nee, dat kan niet. Seppo's auto maakt deel uit van het onderzoek, en zij kon bij die auto. Ik moet met haar praten.'

'Ze komt echt niet.'

'Dan houd je haar aan en sluit haar op.'

'Meen je dat?'

'Ja.'

Hij geeft me een tijdschrift. 'Het leek me dat je dit moest zien.' Hij loopt weg.

Op de voorpagina van *Alibi* staat in koeienletters: MOORD! SOMALISCHE SEKSGODIN AFGESLACHT IN SNEEUWVELD! Als ik het tijdschrift opensla, word ik woest. Ik zie twee foto's naast elkaar van elk een kwart pagina. De ene is een beeld uit haar laatste film, die haar schoonheid toont. De andere is een foto uit het mortuarium, waarop haar lichaam op een brancard in een opengeritste lijkenzak is te zien. Ze is naakt en zwaar verminkt, nogmaals misbruikt. Daaronder staan kleinere, maar niet minder gruwelijke foto's.

Jaakko heeft een artikel geschreven waarin Sufia Elmi als de Zwarte Dahlia van Finland wordt omschreven. Hij is erin geslaagd de moord op Sufia tegelijkertijd als een racistische moord en een zedendelict af te schilderen en brengt een legendarische moord in Hollywood in herinnering. Ik vraag me af of de moord op Sufia ook legendarisch zal worden en of ze voorgoed de Zwarte Dahlia van Finland zal blijven. Ik vind dit schokkend. Het lijkt wel alsof de tragedie van haar dood al vergeten is voordat die als zodanig is erkend, en een trivialiteit is geworden ter wille van de oppervlakkige sensatiezucht van de boulevardpers en de gruwelijke romantiek van de moord op een beroemdheid.

Ik wilde niet dat de details van de moord bekend werden. Die verdomde assistent moet Jaakko de foto's hebben verkocht. Ik zal hem aanklagen wegens belemmering van de rechtsgang.

Mijn mobieltje gaat; het is Sufia's vader. We hebben blijkbaar tegelijkertijd naar de mortuariumfoto's van haar zitten kijken. Ik neem op. 'Met Vaara.'

'Inspecteur, met Abdi Barre. Mijn vrouw is in tranen. Kunt u zich voorstellen waarom?'

Ik kan het me voorstellen. 'De foto's.'

'Haar vriendin belde en zei tegen mijn vrouw dat er weerzinwekkende foto's van haar vermoorde dochter in een smerig tijdschrift gepubliceerd waren. Ze ging naar een kiosk en heeft dat smerige tijdschrift gekocht. Ze is nu helemaal van streek en voelt zich vernederd.'

'Ik zal vervolging laten instellen tegen degene die de foto's aan het tijdschrift heeft verkocht.'

'U bent er niet in geslaagd mijn dochter te beschermen.'

Ik voel met hem mee, maar ik ben het zat om me nog langer door hem te laten koeioneren. 'U kunt niet van mij verwachten dat ik de verantwoordelijkheid voor de beveiliging van een overheidsgebouw op me neem als ik daar geen enkele controle over heb.'

'Ik houd u verantwoordelijk voor alles wat met mijn dochter te maken heeft.'

Weer bejegent hij me alsof ik terechtsta voor de moord op Sufia. Geen idee waarom, en het deugt niet. 'Ik begrijp heel goed dat de foto's voor u en uw vrouw uitermate confronterend zijn. Ik zal dit vandaag nog afhandelen. Meer kan ik niet doen.'

'De Koran vertelt ons het volgende, inspecteur Vaara: "Wanneer de hemel opengescheurd is, wanneer de graven worden opengegooid, zal elke ziel weten wat die heeft gedaan en heeft verzuimd." Voor mijn vrouw en mij is de hemel nu opengescheurd. Verzaak uw plicht niet.'

Hij hangt op. Ik heb het gevoel dat hij me een beuk op mijn hoofd heeft gegeven.

Voordat ik van Abdi's beschuldigingen kan herstellen klopt Valtteri op mijn deur en komt binnen. 'Antti en Jussi zijn terug' – hij geeft me Seppo's huissleutels – 'en Heli is hier.'

Hij gaat naar buiten, zij komt binnen.

Afgezien van vanochtend hebben we elkaar niet meer gesproken sinds ze me al die jaren geleden heeft verlaten. Ik had het zelf niet verwacht, maar toch versnelt mijn polsslag nu ik met haar alleen in een kamer zit. Ik steek een sigaret op en probeer mijn ongemak te verbergen. 'Bedankt dat je bent gekomen,' zeg ik. 'Ga zitten.'

Ze hangt een chinchillajas en bijpassende muts op. 'Je liet me niet veel keuze.'

Ze legt haar handen op haar heupen en kijkt om zich heen, alsof ze op zoek is naar iets wat ze kan bekritiseren. Als dat zo is, kan ze niets vinden. Ik heb een glanzend eiken bureau, mooie kunst aan de muren en een Perzisch tapijt op de vloer. Ik heb dat allemaal zelf betaald. Een van mijn theorieën over het leven is dat geluk deels ontleend wordt aan een aangename omgeving.

Ze loopt naar mijn bureau toe en pakt een foto van Kate op. 'Mooie meid,' zegt ze. Ze lijkt erdoor gekrenkt en gaat tegenover me in een stoel zitten.

'Wil je iets drinken?' vraag ik. 'Koffie, frisdrank, water?'

'Ben je stewardess of zo? Ik heb je al eerder gezegd dat je verdomd veel moeite hebt gedaan om me te spreken. Als je een kop koffie met me had willen drinken, had je me gewoon kunnen bellen.'

Haar gezicht ziet er een beetje verlept uit. Ik zie dat vaak bij rijke toeristes. In de veertig, en dan wanhopig blijven proberen het verouderingsproces te stoppen met te veel fitness, te weinig eten, allerlei behandelingen, dure lotions en make-up. Dat werkt zelden, ook bij Heli niet. Ze ziet er ouder uit dan ze is, en verbitterd.

'Laten we ter zake komen,' zeg ik. 'Je wettige echtgenoot heeft het meisje afgeslacht met wie hij een verhouding had.'

Ze slaat haar benen over elkaar, vouwt haar handen in de schoot van haar designerspijkerbroek en trekt een geamuseerd gezicht. 'Ja, laten we ter zake komen. Mijn ex-man heeft een dertien jaar oude rekening te vereffenen en heeft een halfslachtige poging tot wraak beraamd.'

Ik probeer de wraaktheorie die zij en Seppo hebben bedacht van tafel te vegen. 'Gezien je ego is het voor jou misschien moeilijk te begrijpen, maar ik denk al jaren bijna nooit meer aan je.' Ik wijs naar de foto van Kate. 'Ik heb een fijn leven. En jij bent het niet waard om dat te gronde te richten.'

Ze grijnst. 'Je hebt gelijk, ik geloof het niet. En als ik de kranten bel en de achtergrond van jouw onderzoek naar Seppo uitleg, zullen anderen het misschien ook niet geloven. Wat ik gedaan heb, was het beste voor iedereen. Dat moet je intussen toch wel beseffen.'

Ik word meegesleurd in een gesprek dat ik niet wil voeren, maar het lukt me niet er een eind aan te maken. 'Wat jij hebt gedaan, was wreed en gemeen. Dat verdiende ik niet.'

'Verdiende…' zegt ze. 'Niemand krijgt wat hij verdient. Als dat zo was, zouden we allemaal voor eeuwig in de hel branden. We zijn allemaal hartstikke schuldig.'

'Je bent een echte filosoof.'

'Geef nou maar toe dat je me veracht om wat ik heb gedaan.'

Ik stel mezelf de vraag of dat waar is. 'Ik veracht je niet. Wil je weten wat ik denk? Ik zal het je vertellen. Ik denk nooit meer aan wat je mij hebt aangedaan, maar toen ik dat nog deed, moest ik altijd aan de periode denken dat we een jaar of vijftien waren. Het was zomer, en jij was in het huis van mijn ouders, terwijl ik buiten iets deed. Ik hoorde je schreeuwen en je bleef maar schreeuwen. Ik dacht dat je gewond was. Ik rende naar binnen en zag dat je een mus in je handen had. Die was naar binnen gevlogen en zat verstrikt in kleefpapier dat in de keuken hing. De mus probeerde zich fladderend te bevrijden, waarbij hij het grootste deel van zijn veren verloor. Toen ik bij je kwam, hield je de mus voor me op. "Help hem, help hem," zei je. Ik heb me altijd afgevraagd hoe je zoveel medelijden met die vogel gehad kon hebben en zo weinig met mij.'

We kijken elkaar zwijgend aan. Er gaan zeker drie minuten voorbij. Ik voel de oude pijn weer opkomen en probeer die te onderdrukken. Ik heb geen idee wat ze denkt. Ze zet haar benen naast elkaar, slaat ze weer over elkaar en strijkt een onzichtbare kreukel in haar broekspijp glad. 'Ik heb me dat ook afgevraagd, maar zo was het niet.'

Ik wacht.

‘Ik herinner het me niet meer. Wat heb je met die vogel gedaan?’ vraagt ze.

Het is een onaangename herinnering. Het verbaast me dat ze zich het voorval niet meer herinnert. Ze volgde me naar buiten en keek toe hoe ik de mus doodde. ‘Ik heb het vogeltje meegenomen naar de voortuin en heb erop gestampt om het uit zijn lijden te verlossen.’

Er gaat weer een minuut voorbij. ‘Nu wil ik dat water wel.’

Ik schenk het uit een karaf die op een dressoir staat en geef het aan haar.

‘Vertel me wat je wilt weten,’ zegt ze.

‘Wist je dat Seppo een verhouding met Sufia Elmi had?’

‘Nee.’

‘Had je geen flauw idee?’

Ze zucht. ‘Seppo heeft af en toe een relatie. Ik besteed er geen aandacht aan. Het waait altijd weer over.’

‘En zit het je niet dwars?’

‘Dat gaat je niets aan.’

Ze heeft gelijk. Ik had de vragen op Seppo gericht moeten houden. Ik weet dat hij geld van zijn familie heeft en dat hij daarom in het bestuur van diverse bedrijven en instellingen zat, maar hij lijkt daar inmiddels mee gestopt te zijn. Ik weet niet wat hij op dit moment doet. ‘Heeft Seppo eigenlijk werk of bepaalde verantwoordelijkheden?’

Ze schudt haar hoofd. ‘Niet meer. Hij is rijk en hoeft niets meer te doen.’

‘Heeft Seppo ooit fysiek geweld tegen jou gebruikt?’

‘Seppo is niet in staat geweld te gebruiken. Hij hoeft maar bloed te zien of hij wordt niet goed. Als hij zich bij het scheren snijdt, begint hij al te gillen.’

Dit is de man voor wie ze mij heeft verlaten. Verbazingwekkend. ‘Drinkt hij veel?’

‘Ja, hij drinkt.’

‘Vertoont hij psychotisch gedrag als hij dronken is?’

Ze verschuilt zich achter een verveeld gezicht. 'Hij giechelt en wordt aanhalig.'

'De moord is eergisteren rond twee uur 's middags gepleegd. Het lijkt erop dat jullie BMW bij de ontvoering van Sufia Elmi is gebruikt. Mogelijk is ze op de achterbank verkracht. Weet jij waar Seppo en de auto op dat moment waren?'

'Nee, ik was de hele middag in de kerk.'

'In de kerk?'

'Daarom ben ik in Kittilä, om mijn religieuze wortels terug te vinden.'

Ik probeer mijn verbazing te verbergen. Heli had altijd een extreme afkeer van religie. Dat is lang geleden. Ik herinner mezelf eraan dat ik haar niet meer ken.

'Waarom denk je dat ze in onze auto verkracht zou kunnen zijn?' vraagt ze.

'Bloed en sperma.'

Ze kijkt me aan alsof ik achterlijk ben. 'Is het niet bij je opgekomen dat hij haar misschien heeft geneukt en dat ze dat zelf wilde?'

'Zeker wel, maar bedankt voor je suggestie.'

Ze staat op. 'Ik ga ervandoor. Mag ik mijn huissleutels?'

Ik gooi ze haar toe.

'En hoe zit het met de auto?'

Misschien ga ik nogmaals een tijdje in de garage zitten om naar Miles Davis te luisteren. 'Zodra het mogelijk is.'

'Mijn advies aan jou is om Seppo vrij te laten voordat je het allemaal nog erger voor jezelf maakt,' zegt ze. 'Veel succes met je heksenjacht en met de media. Ik zal binnenkort een paar interviews geven. Je hoort nog van onze advocaat. Ik zal erop toezien dat Seppo jou aanklaagt omdat je hem valselijk hebt beschuldigd.'

'Dat is je goed recht.'

'Tot ziens, Kari.' Ze loopt weg en sluit de deur achter zich met een zachte klik.

13

Ik wil haar niet meer zien, en daarom geef ik Heli een paar minuten om het gebouw uit te komen voordat ik naar de centrale ruimte ga. Antti en Jussi zitten daar met Esko de lijkschouwer. Op twee bureaus liggen voorwerpen uit Seppo's huis in plastic zakjes uitgespreid.

'Ik moet je even spreken,' zegt Esko.

'Ik heb het nieuwe nummer van *Alibi* gezien. Ja, daar moeten we over praten.'

'Onder vier ogen.'

'Momentje.' Ik kijk naar het mogelijke bewijs. Er ligt nogal wat. 'Zit hier iets goeds bij?' vraag ik.

'Mogelijk,' zegt Jussi. 'We hebben twee paar laarzen gevonden die hij mogelijk heeft gedragen, en een stapel kleding. We zijn ervan uitgegaan dat dat allemaal naar het lab moet.'

'Ja.'

'We hebben een hamer en een paar *puukko* gevonden, en ook een stel messen uit de keuken.'

Ik pak de zak met de puukko op, Finse jachtmessen. Ze zijn minder gekromd dan het vilmes dat is gebruikt om Sufia te doden, en daarom lijken ze me niet al te belangrijk. Daar komt bij dat er in elk Fins huishouden altijd wel een paar in een lade liggen. Statistisch gezien zijn ze het populairste moordwapen van het land. Ik heb tweemaal een moord onderzocht waarbij een groep mannen dronken werd en van de wereld raakte. Als ze weer bij kennis komen, is een van hen dood met een mes in zijn borst. Er staan van iedereen vingerafdrukken op het mes, maar niemand herinnert zich wat er gebeurd is. Geen van beide gevallen eindigde in een veroordeling.

Antti wijst op Seppo's computer. 'Seppo kijkt graag naar porno.'

Als naar porno kijken een misdrijf was, zouden de meeste mannen in dit land in de gevangenis zitten. 'Wat voor soort?'

'Ik heb niet alles bekeken,' zegt Antti, 'maar ik heb niets gewelddadigs gezien.'

'Iets met Thaise meisjes?' vraag ik.

Antti begint te blozen.

'En we hebben dit nog.' Jussi pakt een zak met drie halveliterflessen Lapin Kulta op. 'Die stonden in de koelkast. Het leek ons nuttig om te controleren of die uit dezelfde partij kwamen als de fles die, je weet wel, in haar vagina zat.'

'Het zou me niet verbazen.' Ik kijk rond. 'Waar is Valtteri?'

'Hij zei dat hij naar huis moest,' zegt Antti.

Ik kijk op mijn horloge. Het is kwart over zes. 'Misschien moesten jullie ook maar eens naar huis. Deze spullen moeten naar het lab. Kan een van jullie dit naar het vliegveld brengen en met het eerste vliegtuig naar Helsinki meegeven?'

'Dat doe ik wel,' zegt Antti.

'Ik heb de auto trouwens onderzocht en een hoop bewijsmateriaal gevonden. Ik denk dat deze zaak snel opgelost kan zijn.'

Antti kijkt schaapachtig. 'Denk je dat ik nog op vakantie kan?'

'Die kans bestaat zeker. Laten we afwachten wat er morgen gebeurt.'

'Kunnen we nu praten?' vraagt Esko.

Ik gebaar naar mijn kantoor. 'Over belemmering van de rechtsgang? Jazeker!' Ik sluit de deur en we gaan zitten. Ik gooi het tijdschrift naar hem toe. 'Die verdomde assistent.'

'Ik ben daar ook door geschokt, maar...'

'Niks te maren. Die foto's zijn onverantwoordelijk en respectloos. Er zijn details openbaar gemaakt die het onderzoek kunnen belemmeren. Ik ga een aanklacht tegen hem indienen.'

'Er is geen garantie dat het Tuomas is geweest. Er zijn nog andere medewerkers, schoonmakers bijvoorbeeld. Er zijn zeker tien mensen die het gedaan kunnen hebben.'

'Je weet verdomde goed dat het de assistent is geweest.'

'Hou godverdomme eens op over die assistent!'

Ik heb Esko nog nooit horen schreeuwen. Ik ben zo perplex dat ik niet weet wat te zeggen.

'Ik ben hier niet om daarover te praten,' zegt Esko. 'Ik heb de DNA-uitslagen van de plaats delict en de sectie van het lab ontvangen.'

Ik voel me een lul en steek een sigaret op. 'Wat is het geworden?'

'Mag ik er een?'

Bij mijn weten rookt Esko niet. Ik schuif het pakje naar hem toe en hij steekt er een op. Hij neemt een paar trekken, zijn gedachten ordenend. 'Uit het labonderzoek is gebleken dat er sperma in en rond haar mond zat. Uit DNA-testen kwam naar voren dat het van twee verschillende bronnen afkomstig is.'

Mijn maag draait om en ik krijg het gevoel dat deze zaak de verkeerde kant op gaat. 'Hoe interpreteer jij dat?'

'Ze moet op de dag dat ze vermoord werd met twee verschillende mannen orale seks hebben gehad.'

'Dus volgens jou had Seppo een handlanger?'

'Ik kan niet zeggen of Seppo erbij betrokken was. Ik heb geen DNA-monster van hem om mee te vergelijken.'

'Ik kan hem niet dwingen DNA af te staan voordat ik hem in staat van beschuldiging heb gesteld. Je kunt een monster krijgen van het bewijs dat in zijn huis is verzameld. Dat komt morgen van het lab terug.'

'Dat is nog niet alles.'

Met mijn vingertoppen druk ik de spanning uit mijn ogen. 'Wat is er nog meer?'

'Er is een derde DNA-profiel op de plaats delict gevonden. Weet je nog dat ik een monster van haar gezicht nam? Jij vroeg mij om dat te verzamelen.'

Ik knik.

'Tranen.'

'Weet je het zeker?'

'Natuurlijk weet ik dat zeker.'

'Ik wist niet dat er DNA in tranen zit.'

'Wel dus.'

'Als het min veertig is en ik spuw, bevriest het speeksel voordat het de grond bereikt. Waarom bevroren de tranen niet en spatten ze gewoon van haar gezicht?'

'Ik heb het opgezocht. Tranen bestaan uit een zoutoplossing zodat het vriespunt van het vocht verlaagd wordt. Het zoutgehalte ervan is slechts een tiende of een twaalfde van dat van zeewater, wat interessant genoeg afhankelijk is van de oorzaak van de tranen. De tranen waren zout genoeg om vloeibaar te blijven terwijl ze vielen, totdat ze op haar gezicht kwamen. Ze spatten op en bevroren meteen. De laagst mogelijke temperatuur voor een zoutoplossing is min eenentwintig punt één graden Celsius. Het was buiten min veertig, dus het zout kristalliseerde uit het water. En dat was de reden dat je het zag. Door het licht van je zaklamp begonnen de zoutkristallen te glinsteren.'

'Echt waar?' Ik weet niet wat ik nog moet zeggen.

'Dat is niet het echte nieuws. De tranen zijn niet van een van de beide mannen bij wie ze fellatio heeft uitgevoerd.'

Ik verberg mijn hoofd in mijn handen. 'Dat kan niet waar zijn.'

Hij drukt zijn sigaret uit. 'Toch is het zo.'

Ik ga rechtop zitten, verman me en steek een nieuwe sigaret met de vorige aan. 'Dus ze heeft met twee mannen orale seks gehad, die haar wel of niet vermoord hebben, hetzij met zijn tweeën, hetzij alleen. En dan is er nog een derde persoon, een man, neem ik aan?'

'Ja, een man.'

'Een derde man huilt boven haar gezicht terwijl zij wordt afgeslacht, of misschien daarna.'

'Klopt. En dat is nog steeds niet alles.'

Dit is zo krankzinnig dat ik erom moet lachen. 'Dat kan niet.'

'Een van de mannen met wie ze orale seks heeft gehad, komt voor in de DNA-databank van zedendelinquenten. Ik herkende de naam, Peter Eklund. Zijn vader is een van de rijkste mannen van Finland. Hij is eigenaar van een bank.'

Ik weet wie Peter is, maar ik wist niet dat hij als zedendelinquent geregistreerd staat. Hij woont in Helsinki, dus er is geen reden om mij daarvan op de hoogte te brengen. Hij is drieëntwintig jaar en is nu al bezig zich dood te drinken. Hij is al diverse keren te gast geweest in onze cellen voor dronkaards. Ik heb hem ook al de nodige snelheidsbekeuringen gegeven. Hij rijdt in een BMW.

'Wat ga je nu doen?' vraagt Esko.

Ik wil mijn frustratie uiten door eens flink te schreeuwen. Deze zaak zou nu bijna opgelost moeten zijn, maar het lijkt erop dat we nog maar aan het begin staan. Er is vandaag te veel gebeurd. Als ik Eklund vind en hem vanavond verhoor, maak ik misschien fouten. 'Ik ga naar huis.'

14

Kate ligt op bed tv te kijken. Ik ga naast haar liggen en klop op haar buik. 'Hoe gaat het met jou en de kindjes?'

Ze draait zich om en kust me. 'Met ons gaat het goed. Die jongen is vandaag langs geweest, Heikki.'

'Had je nog wat aan hem?'

'Niet veel. Hij wilde geen Engels met me praten. Leert hij dat dan niet op school?'

'Jawel, maar je weet hoe wij Finnen zijn. Als je iets niet perfect kunt, kun je het maar beter helemaal niet doen. Hij is gewoon verlegen.'

Ze kijkt alsof ze net iets smerigs heeft geproefd. 'Hij is niet alleen verlegen, maar gewoon eng. Ik kreeg kippenvel van de manier waarop hij naar me keek.'

Ik lach wat. 'Dat komt door zijn geloof. Dat lijkt op de Amerikaanse pinkstergemeente of zo.'

Ze trekt haar wenkbrauwen op. 'Bedoel je dat ze in tongen spreken?'

'Ik denk niet dat ze dat nog doen, althans niet vaak meer, maar vroeger was dat heel gewoon. Wel geloven ze ook dat de Heilige Geest in hen vaart en ze hebben dezelfde strikte gedrags- en kledingnormen. Laestadiaanse vrouwen kiezen voor een natuurlijk uiterlijk en willen niet opvallen. Make-up is uit den boze. Hij is waarschijnlijk nog nooit met zo'n mooie vrouw als jij in één ruimte geweest.'

'Ik zei tegen hem dat ik vandaag niets nodig had. Ik heb liever dat hij niet terugkomt.'

Ik weet niet hoe ik dit aan Valtteri moet uitleggen. 'Als hij Engels probeert te spreken, wil je hem dan nog een kans geven?'

Ze kijkt sceptisch.

'Als hij eraan gewend is om in jouw buurt te zijn, zal hij niet meer naar je staren.'

'Goed dan, ik probeer het nog één keer. Maar als ik me weer zo ellendig bij hem voel, moet hij weg.'

'Akkoord. Je zou kunnen proberen Fins met hem te praten. Als jullie allebei een andere taal proberen te spreken, voelt hij zich mogelijk meer op zijn gemak.'

'Ik dacht dat hij hier was voor mijn gemak.'

'Daar heb je natuurlijk gelijk in, maar je hebt nu tijd over. Misschien moet je die deels gebruiken om Fins te leren. Als je het beter leert spreken, wordt je hele leven gemakkelijker.'

'Kari, dat probeer ik toch. Fins is alleen zo moeilijk. Zelfs simpele dingen zijn moeilijk, omdat we die klankcombinaties in het Engels niet hebben. Over elke zin breek je je tong. Bijvoorbeeld als je welterusten zegt. *Hyvää yötä.* Hoor je wat ik bedoel? Het klinkt stom.'

'Je klinkt niet stom, alleen maar vreemd omdat je uitspraak zo apart is. Hoe meer je oefent, hoe natuurlijker het zal klinken.'

Ik ben aardig voor haar. Hoe goed buitenlanders ook Fins spreken en hoe goed hun grammatica ook is, het klinkt voor mij gewoon niet goed. En toch, als ze beter Fins zou spreken zou het dagelijks leven voor haar gemakkelijker worden en zou ze zich prettiger voelen.

'Het is net alsof je Chinees probeert te leren,' zegt ze, 'behalve dat het een Romeins alfabet heeft.'

'Mensen leren ook Chinees.'

Ze lijkt geïrriteerd en verandert van onderwerp. 'Vertel eens over de zaak.'

Ik weet niet hoe ik moet beginnen, en daarom flap ik het er

maar uit. 'Weet je nog dat ik je vertelde dat mijn ex me voor een andere man had verlaten? Hij is de verdachte.'

Ze gaat rechtop zitten en kijkt me aan. 'Je maakt een grapje.'

'Was het maar waar. Dat zou alles veel eenvoudiger maken.'

'Weet je zeker dat hij het heeft gedaan?'

'Ja, tot een uur geleden.'

Ze gaat tegen de kussens aan zitten. Ik vertel haar het grootste deel van het verhaal, over de BMW en de geldstroom van Seppo naar Sufia.

'Wauw,' zegt ze. 'Echt karma.'

'Valtteri zei tegen me dat het de wil van God is.'

Ze glimlacht. 'Je weet maar nooit.'

'Ik moet je ook nog een paar andere dingen vertellen. Ik denk dat ze snel in de publiciteit komen, en ik heb liever dat je het van mij hoort.'

Ze trekt haar wenkbrauwen op.

Ik vertel haar dat Seppo dreigementen tegen haar heeft geuit, dat ik langs de weg ben gestopt en een pistool tegen zijn hoofd heb gezet, in zijn oor heb geschreeuwd en hem zo bang heb gemaakt dat hij in zijn broek piste en flauwviel.

Ze schudt ongelovig haar hoofd. 'Ik kan me gewoon niet voorstellen dat jij zoiets zou doen.'

'Je hebt het vermoorde meisje niet gezien. Ik zag al voor me hoe jij net als zij vermoord zou worden, en toen ging ik door het lint.'

Ze slaat haar arm om me heen. 'Door onze emoties doen we soms gekke dingen. Misschien heeft het verder geen gevolgen.'

Ik vertel over mijn gesprek met Heli. 'Ze zegt dat ze me voor de rechter zal slepen. Als ons verleden voor de rechtbank ter sprake komt, dan lijkt het mogelijk geen eerlijk moordonderzoek meer en kunnen ze de zaak winnen.'

'Maar heeft ze enige grond om jou een proces aan te doen? Je kunt toch niet anders dan mensen ondervragen en hun alibi controleren voordat je ze arresteert?'

'Nee. Bij zo'n gewelddadig misdrijf kun je dat als politieman grotendeels zelf bepalen. Het is overigens zo dat ik alleen maar volgens de instructies van een meerdere heb gehandeld.'

'Ongelooflijk. Na zoveel jaar probeert ze je weer pijn te doen.'

'Het komt door de manier waarop ze me eerder heeft gekwetst dat ze kunnen winnen. Heel wat mensen zouden het een goed motief vinden om wraak te nemen.'

Ze haalt haar hand door mijn haar. 'Wil je me erover vertellen?'

'Niet echt, maar ik zal het toch maar doen. Nadat ik neergeschoten was, lag ik een week in het ziekenhuis. Ze kwam niet op bezoek en nam de telefoon niet op. Toen ik thuiskwam, waren haar spullen weg. Er lag een briefje op de keukentafel dat ze niet meer terugkwam.'

'Dat heb je me al eerder verteld.'

'Ik denk dat ik je niet meer wilde vertellen.'

'In de Verenigde Staten is een afspraakje net zoiets als een biecht. Als mensen geen trauma's hebben, verzinnen ze die wel zodat je vooral niet denkt dat ze oppervlakkig zijn. Ik had ooit een afspraakje met een man die me vertelde dat zijn moeder toen hij nog klein was een dwangstoornis had om de vloer schoon te likken. Toen ik daar zat, dacht ik: als hij dat al aan een bijna-vreemde wil vertellen, wat verbergt hij dan verder nog? Het lijkt wel of mensen denken dat ze je een geheim moeten vertellen voordat je ze kunt vertrouwen. Ik heb het altijd prettig gevonden dat jij in privacy gelooft, zowel voor jou als voor mij. Daar heb ik bewondering voor.'

'Kate, ik had vlak daarvoor een man gedood. Ik dacht dat ik door mijn verbrijzelde knie kreupel zou worden. Ik kon geen contact krijgen met mijn vrouw en maakte me vreselijk zorgen over haar. En dan ga ik naar huis en kom tot de ontdekking dat ze me in de steek heeft gelaten.'

'Wat deed je toen?'

'Ze gaf haar nieuwe adres aan de gemeente door. Zo kwam ik erachter dat ze bij Seppo was gaan wonen. Omdat ze niet met me wilde praten, belde ik hem. Ik bedoelde het goed: ik maakte me nog altijd zorgen over haar. Ik zei tegen hem dat Heli veel problemen had, dat ik haar man was en dat hij haar naar mij toe moest sturen.'

'Wat voor problemen?'

'Eetstoornissen. Problemen met haar zelfbeeld. Depressies. Ik kende Heli al sinds de kleuterschool. Ze was altijd al hartstikke labiel.'

'Was jij haar man of haar verzorger?'

Dat klinkt hard, maar ik begrijp wat ze bedoelt. 'Ik had mijn eerste afspraakjes met Heli toen we dertien waren. We zijn veertien jaar samen geweest en waren zeven jaar getrouwd. Ik was allebei.'

Ik leg mijn hoofd op Kates borst en ze slaat haar arm om me heen.

'Seppo zei dat ze mijn verantwoordelijkheid niet meer was en dat ik Heli moest vergeten. Ik zei tegen hem dat ik hem graag wilde ontmoeten om te praten. Hij zei dat hij daar het nut niet van inzag. Ik was daar zo kapot van en zo kwaad dat ik tegen hem zei dat ik hem op zou zoeken en hem zou vermoorden door hem een mes tussen zijn ribben te steken. Hij hing op en ik heb hem nooit meer gesproken, tot twee dagen geleden, toen ik hem de handboeien omdeed.'

Ze streelt mijn gezicht. 'Maar je hebt hem niets aangedaan. Je hebt niets verkeerd gedaan.'

'Ik werd zo depressief dat ik bijna suïcidaal werd. Als ik 's ochtends wakker werd, dacht ik: vandaag is de dag dat ik hem ga vermoorden. Maar het leek wel alsof dat het enige was waarvoor ik nog leefde. Als ik hem vermoord had, zou ik niets meer hebben. De dagen gingen voorbij, ik vermoordde hem niet en op een dag wilde ik het niet eens meer.'

Ze kust me op mijn hoofd. 'Dat is maar goed ook. Als je

hem had vermoord, was je in de gevangenis gekomen en hadden wij elkaar niet ontmoet.'

'Ik heb geluk gehad. Als je iemand doodt tijdens je dienst, moet je naar een therapeut. Ik heb meer over de scheiding dan over de schietpartij gesproken. Dat heeft veel geholpen.'

'Waarom wilde je háár dan niet vermoorden?'

Een terechte vraag. Ik lach een beetje om mijn bespottelijke antwoord. 'Ik kon haar niet doden, omdat ik van haar hield. Ik moest een ander de schuld kunnen geven.'

'Waarom is ze bij je weggegaan, denk je?' Uit de toon waarop ze het vraagt blijkt dat ze bang is dat ze haar neus in zaken steekt die haar niet aangaan, maar ik begrijp haar nieuwsgierigheid.

'Ik heb mezelf heel lang de schuld gegeven. Ik vroeg me af wat ik gedaan had, of had nagelaten. Misschien was het gedeeltelijk mijn schuld. De laatste jaren dat we samen waren, groeiden we uit elkaar. Ik zag het niet en liet het gebeuren. Maar na een poosje realiseerde ik me toch dat haar vertrek daar niet veel mee van doen had. Ze ging bij me weg omdat ik haar niets meer te bieden had.'

'Hoe bedoel je?'

'Op de middelbare school was ik goed in hockey, en zij studeerde piano. Heli was een dromer. Ze dacht dat ik een beroemd sportman zou worden en zij een beroemd pianiste. Toen brak ik mijn knie, zodat ik niet meer kon spelen. Ik besloot dat ik fotojournalist wilde worden. Toen ik van de middelbare school af kwam – je weet dat we hier van school gaan als we negentien zijn – moest ik elf maanden lang in dienst. Vlak voordat ik vertrok vertelde Heli me dat ze zwanger was, en daarom trouwden we. Toen ik op verlof thuiskwam, zei ze dat ze de baby had verloren.'

'Was ze echt zwanger?'

Er zijn dingen die ik Kate niet vertel. Ik had Heli een paar keer bedrogen toen we nog tieners waren. Ik denk dat Heli dat wist, maar we hebben er nooit over gesproken. Mijn broers vertelden me dat er geruchten de ronde deden dat Heli mij bedroog. Als ze zwanger was, was het niet zeker dat de baby van mij was. Daarover hebben Heli en ik ook nooit gesproken.

'Misschien. Ik betwijfel het. Heli werd toegelaten tot de Sibelius Muziekacademie in Helsinki, en we spraken af dat ik werk zou zoeken zodra ik uit het leger kwam en dat zij zou studeren. Vervolgens zou het mijn beurt zijn. In het leger zat ik bij de militaire politie. Daarna deed ik wat het meest vanzelfsprekend leek en werd politieman. Heli volgde haar opleiding. Zes jaar later haalde ze haar master. Op dat moment zat Seppo in de raad van bestuur van de Finse Nationale Opera. Toen ik later met haar vrienden sprak, kwam ik erachter dat ze binnen een week of twee na haar afstuderen een verhouding met hem was begonnen, net op het moment dat ik met mijn opleiding zou beginnen. Ik denk dat ze van mening was dat haar relatie met Seppo belangrijker voor haar carrière was dan mij ondersteunen tijdens mijn studie. Heli neemt alleen maar. Ze doet helemaal niets voor anderen.'

'En het heeft je dertien jaar gekost om daarachter te komen?'

'Ik was jong en dom, en liefde maakt blind.'

'Het is moeilijk te geloven dat ze zo harteloos zou kunnen zijn.'

'Het duurde heel lang voordat ik het kon geloven. Soms leer je mensen pas kennen als ze weg zijn.'

Ze streelt mijn haar weer. 'Je weet dat ik jou nooit zoiets zou aandoen.'

Ik neem aan dat angst de reden was dat het zo lang duurde voordat ik weer aan een serieuze relatie kon beginnen, maar ik ben nu niet bang meer. 'Ik weet...'

Het valt niet mee hierover te praten. Ik pauzeer en probeer de woorden te vinden. 'Achteraf gezien is het allemaal zo raar. Eerst had ik het plan om Seppo te doden en mezelf dan aan te geven. De Finse politie heeft een uitstekende reputatie. Ik denk niet dat ik er ongestraft mee weggekomen was.'

Het is zelfs zo dat drie moordenaars zich bij mij hebben aangegeven. Ze zeiden dat ze spijt hadden en vroegen mij hen te arresteren. Dat gebeurt hier zo vaak. 'Ik besloot naar de politieacademie te gaan en te leren hoe je een moord moest plegen. Het is niet gemakkelijk dat ongestraft te doen. Het succespercentage van moordonderzoeken is hier vijfennegentig procent. De echte reden dat ik hem niet vermoordde was natuurlijk omdat ik dat diep vanbinnen helemaal niet wilde, maar dat is nu eenmaal wat ik mezelf voorhield. Ik was gek van verdriet.'

'Hoe lang ben je in therapie geweest?'

'Een jaar of zo, maar al lang daarvoor had ik het idee om Seppo te vermoorden opgegeven. Ik ontdekte dat ik studeren leuk vond. Ik kon met een mank been niet als straatagent werken, maar ik kon wel rechercheur worden. Ik besloot mijn master te halen en voor een loopbaan bij de recherche te kiezen. Ik werkte tijdens mijn studie.'

Naast de medische stand is de politie de meest bewonderde beroepsgroep in Finland. Het nationale politiekorps is een van de beste ter wereld en corruptie is vrijwel onbekend. Als inspecteur ben ik een van de meest gerespecteerde leden van de gemeenschap. Het mag misschien eigenwaan zijn, maar ik geniet van die status.

Ze lacht wat. 'Dus als je niet iemand had willen doden, was je geen rechercheur geworden.'

'Ik had al iemand gedood, en mijn depressie werd voor een groot deel door schuldgevoelens daarover veroorzaakt, maar het is inderdaad behoorlijk navrant.'

Ze omhelst me stevig. 'Je had het gewoon heel zwaar in die tijd. Je bent een goed mens, Kari, en daarom hou ik van je.'

Vreemd dat ik altijd zo bang was om haar de waarheid te vertellen. Daar was helemaal geen reden voor. 'Dank je wel, Kate. Ik hou ook van jou.'

'Het lijkt erop dat Heli een narcistische stoornis heeft.'

'Dat dacht mijn therapeut ook.'

'Je hoeft je er geen zorgen over te maken dat al deze ouwe koeien in een proces weer uit de sloot worden gehaald. Jij deugde toch? Zij zou er echt als een zeldzaam gemeen wijf uit gekomen zijn.'

'Denk je dat echt?'

'Ik weet het zeker.'

Ze komt moeizaam van het bed af en hobbelt op haar krukken naar de keuken. Ze brengt me een fles bier. Zoveel moeite om me een biertje te brengen tovert een glimlach op mijn gezicht.

'Ik ga pizza voor ons bestellen,' zegt ze.

Ik kijk naar de bierfles. Het is Karjala. Godzijdank, want ik zal geen druppel Lapin Kulta meer door mijn keel kunnen krijgen.

15

De volgende ochtend bel ik de nationale politiecommandant om hem op de hoogte te brengen, zoals hij had gevraagd. Hij moet mijn naam en nummer in zijn mobiel hebben, want hij weet al dat ik het ben wanneer hij opneemt. Hij zou niet zo onbeschoft doen als ik een belangrijker persoon was. Hij blaft tegen me: 'Wat?'

Ik breng hem op de hoogte van nieuwe ontwikkelingen, vertel hem over de drie verschillende DNA-profielen die op het lijk van Sufia zijn gevonden.

'Dus ze heeft die Eklund gepijpt voordat ze vermoord werd,' zegt hij.

'En hij heeft een BMW.'

'Een moeilijke situatie. Zijn vader kon ons het leven wel eens zuur maken.'

'Ja.'

'Ondervraag hem, neem die auto in beslag en onderzoek die, maar loop niet te hard van stapel. Houd hem niet aan, tenzij je hard bewijs hebt.' Hij hangt op voordat ik iets kan zeggen. Wat een bloedirritante gewoonte van hem is dat toch.

Kate kan nog steeds niet aan het idee wennen dat ze in het eerste jaar in haar nieuwe baan vier weken vakantie opbouwde, nog afgezien van een aantal betaalde vrije dagen. In dit land werken we veel minder dan het grootste deel van de wereldbevolking: gemiddeld zo'n tweehonderd dagen per jaar. De Fin heeft de natuur in zijn hart gesloten. De meesten van ons brengen een groot deel van die vrije tijd op het platteland in een zomerhuis door. Of het nu een blokhut in het bos is zonder stromend water of een paleis, we noemen het allemaal zomerhuizen.

In theorie breng je je tijd in een zomerhuis door met wilde paddenstoelen zoeken en bessen plukken, met saunabezoek en in meren zwemmen. In de praktijk is een reisje naar een zomerhuis vaak een excuus om een week of twee in dronkenschap door te brengen.

De rijkeren onder ons hebben ook nog een winterhuis. De vader van Peter Eklund heeft een winterhuis boven op een hoge berg. Het is het kostbaarste woonverblijf in de hele streek en lijkt op een Duits kasteeltje, behalve dat de voorkant geheel van glas is. In de maanden dat de zon schijnt, is kilometers verderop nog te zien hoe het licht door de ramen weerkaatst wordt.

Ik rijd de berg op via de bochtige weg naar het winterverblijf van de Eklunds en parkeer naast Peters BMW. Het is een nieuwe, zwarte 3-serie-sedan. Ik zet me schrap voor de schok van de poolkou, stap de auto uit en bekijk zijn banden met een zaklamp. Het zijn Dunlop Winter Sport-banden, gemonteerd op 17-inch velgen, net als bij de auto van Seppo. Het enige verschil is dat Seppo's auto sterspaakwielen heeft, terwijl die van Peter dubbel gespaakt zijn.

Ik vraag per telefoon om een sleepwagen om de auto in beslag te nemen, waarna ik het uitzicht vanaf de bergtop bewonder. Het is bewolkt, maar hoe donker het ook is, de sneeuw weerkaatst altijd wat licht. De wereld is in het inktzwart gehuld. Duizenden lichtjes van Levi en Kittilä glinsteren in het dal beneden. Het is kwart over negen in de ochtend, een goed moment om een praatje te maken met Peter. Als hij in zijn gewone doen is, heeft hij zo'n kater dat hij niet helder genoeg kan denken om te liegen.

Ik bel aan en wacht. Ik bel nog eens. Hij doet niet open. Ik krijg er genoeg van om in de vrieskou te wachten, dus ik druk op de bel en houd die ingedrukt. Zelfs buiten is het geluid ergerlijk. In het huis moet hij er een knallende koppijn van krijgen. Na een paar minuten opent hij de deur.

Peter is lang en blond. Hij heeft een knap, klassiek Scandinavisch gezicht. Zijn kleren zijn verkreukeld; hij heeft erin geslapen. 'I-i-inspec...'

Peter stottert. Als hij zenuwachtig is, begrijp je niets van wat hij zegt. Als hij dronken is, stottert hij niet meer.

'Ik moet je spreken,' zeg ik.

'K-k-kom...' Hij geeft het op en knikt.

Ik loop langs hem heen. De voorkamer is zeldzaam ruim, met een plafond van drie verdiepingen hoog. De andere verdiepingen zijn als balkons opgebouwd en kijken neer op deze ruimte. Midden in de kamer is een open haard die aan alle vier de zijden open is. De stenen kap is verbonden met een enorme schoorsteen die zeven meter hoger in het dak verdwijnt. De inrichting is eindtwintigste-eeuws en getuigt van slechte smaak: alles is heel duur, maar niets past bij elkaar. Peters vader gebruikt dit huis als neukhok om van zijn vrouw in Helsinki weg te kunnen. Als hij er zelf niet is, mag Peter het van hem gebruiken.

Drie mannen van begin twintig liggen uitgeteld op banken. Een van hen opent een oog en kijkt me aan. Ik zeg tegen hem dat hij weer moet gaan slapen. Peter lijkt misselijk. 'Zware kater?' vraag ik.

'J-j-ja.'

Midden op de vloer staat een halfleeg krat Koskenkorva, Finse wodka. Ik pak er een fles uit. 'Kunnen we ergens praten?'

We gaan naar de keuken. Die is beter uitgerust dan menig luxe restaurant, maar hij wordt duidelijk nooit gebruikt. Overal staan lege flessen, die me doen denken aan de vele flessen in Sufia's kamer. Ik open de Koskenkorva en geef die aan hem. 'Drinken. Ik moet met je praten.'

Hij schenkt een glas vol met half wodka en half jus d'orange, drinkt het leeg en schenkt zich nog eens in. Terwijl hij zo dronken wordt dat hij weer kan communiceren, zet ik koffie. Hij steekt een sigaret op, een Marlboro Light.

Hij drinkt zijn tweede glas leeg en bereidt een derde cocktail. Ik schenk mezelf koffie in. We gaan aan een eiken keukentafel zitten. Er zitten sporen wit poeder op. Ik betwijfel of Peter wel eens brood bakt. Waarschijnlijk is het geen meel.

'Voel je je al wat beter?' vraag ik.

'Ja.'

'Vertel me over jou en Sufia Elmi.'

'Ik heb de krant gisteren gezien.'

'Dan had je me moeten bellen.'

Hij zegt niets.

'Uit de sectie is gebleken dat jouw sperma in haar mond zat.'

Ik verwacht dat hij hiervan schrikt en dat het hem angst inboezemt. Hij haalt zijn schouders op. 'Ze heeft me die ochtend gepijpt.'

'Je doet er nogal gemakkelijk over.'

'Het stelt niet veel voor. Ik heb Sufia ongeveer een week geleden ontmoet, in Hullu Poro. Ik heb die avond met haar geneukt.'

'Waar?'

Hij lacht. 'Overal. In het damestoilet van de bar, in mijn auto, op haar kamer.'

'Je lijkt niet al te bedroefd dat ze dood is.'

'Nou, zo goed kende ik haar niet. Ik mag graag drinken en neuken. Sufia drinkt niet, maar ze houdt – hield – zeker van neuken. Na de tweede keer vroeg ze me of ze wat geld van me kon lenen. Ik wist wat dat betekende. Daarna gaf ik haar telkens een biljet van honderd of tweehonderd. We noemden het altijd leningen. Ik denk dat ik haar een keer of vijf heb ontmoet voor een wip en dat ik twee of drie keer bij haar gelogeerd heb. Ik weet het niet zo goed meer.'

'Je zegt nu dat je haar voor seks betaalde.'

Hij lijkt erg met zichzelf ingenomen. 'Inspecteur, ze was elke cent waard. Ze had zo'n apart kutje, en jezus, wat was ze dol op pijpen.'

'Ik neem aan dat je op haar ontbrekende *labia minora* doelt.'

'Haar wat?'

'Haar schaamlippen. Die zijn weggehaald.'

'Echt waar?' Hij lacht weer. 'Laat maar.'

Peter moet een van de meest waardeloze hufters zijn die ik ooit heb ontmoet. 'Waar was je om twee uur 's middags op de dag dat ze werd vermoord?'

Hij gebaart naar de voorkamer. 'Mijn maten kwamen uit Helsinki en hun vliegtuig landde rond de middag. Ik heb ze van het vliegveld opgehaald en sindsdien zijn we hier aan het chillen. We zijn de hele middag in Hullu Poro geweest.'

'Hoe zijn jullie naar de bar gegaan?'

'Met mijn auto.'

'Ken je Seppo Niemi?'

'Vaag. Ik heb hem in nachtclubs in Helsinki ontmoet en een paar keer met hem gekletst in Hullu Poro. Sufia was met Seppo toen ik haar ontmoette. Hij werd straalbezopen en vertrok. Sufia zei tegen me dat ze met hem ging. Dat interesseerde me geen donder, want die vent is een achterlijke zak.'

'Er zijn een hoop drankflessen in haar kamer gevonden. Waren die allemaal van jou?'

Hij grijnst als een kind van vijf. 'De meeste wel.'

'Ik moet je auto meenemen.'

Door de alcohol reageert hij overdreven gepikeerd. Hij staat op en praat met stemverheffing. 'Zeg, kom nou, ik heb je verteld wat je wilde weten!'

'Hou je mond en ga zitten.'

Hij gehoorzaamt.

'Omdat je in de auto seks hebt gehad met Sufia, is de auto mogelijk van belang voor het moordonderzoek. Je krijgt hem over een dag of twee terug.'

Hij geeft me de sleutels. 'Het is verdomme niet eerlijk.'

'Het kan best zijn dat ik je leven red door je geen auto meer te laten rijden, stomme dronken klootzak. Ga maar weer slapen, ik ben klaar met jou.'

In de voorkamer schud ik zijn vrienden wakker. Ze verroeren zich niet, en daarom schreeuw ik tegen hen. Ze komen overeind en kijken me aan alsof ik krankzinnig ben. Ik wijs naar een van hen. 'Hoe laat is jullie vliegtuig dinsdag geland?'

'Wie ben jij eigenlijk?'

'Ik ben een agent die het helemaal gehad heeft en die jullie allemaal gaat arresteren vanwege de resten cocaïne op de keukentafel als jullie goddomme mijn vraag niet beantwoorden.'

De jongen trekt een grimas. Peter kijkt angstig. Ik zou ze allemaal kunnen inrekenen, maar de baas heeft gezegd dat ik niemand mag aanhouden zonder redelijke verdenking van moord. Het lijkt me het best me aan zijn instructies te houden.

'Ja, klootzak. Ik heb het wel gezien. Jullie hebben geluk dat ik momenteel andere dingen te doen heb.'

'We landden om twee minuten voor twaalf,' zegt de jongen.

'Hoe zijn jullie hier gekomen vanaf het vliegveld?'

'Peter kwam ons ophalen.'

'Zijn jullie de hele middag bij hem geweest?'

'Ja.'

'Waar dan?'

'In Hullu Poro.'

Ik controleer al hun identiteitskaarten en schrijf hun contactgegevens op.

Hun laarzen staan in de gang. 'Welke zijn van jou?' vraag ik Peter.

Hij wijst.

Ik pak ze op. Ze zijn maat vierenveertig, dezelfde maat als de voetafdrukken op de plaats delict en dezelfde maat als van Seppo. Hij en Seppo roken ook allebei Marlboro Lights. 'Ik neem de laarzen mee.'

Hij wil iets zeggen, maar bedenkt zich.

Ik open de voordeur. 'Nog iets: je staat geregistreerd als zedendelinquent. Wie heb je verkracht?'

'Niemand. Ze wilde het zelf.'

'Hoe oud was ze?'

Hij knippert niet eens met zijn ogen. 'Vijftien.'

Ik staar hem lange tijd aan.

'Ik heb mijn taakstraf volbracht,' zegt hij.

16

Peter is een waardeloos sujet, dat lucht inademt die een ander zou kunnen inademen. Hij zou Sufia zeker hebben kunnen doden. Zo ja, dan zijn zijn vrienden waarschijnlijk medeplichtig geweest. Peter en een van de anderen kunnen haar tot orale seks hebben gedwongen, gezien de twee verschillende spermaprofielen in haar mond. Een van hen, die het niet met de verkrachting eens was, is mogelijk door het tafereel van streek geraakt en heeft de tranen geplengd die het derde DNA-profiel hebben geleverd. Ik acht ze er best toe in staat, maar erg waarschijnlijk vind ik het niet.

Peter kreeg al wat hij wilde van Sufia, maar misschien wilde Sufia meer van Seppo dan hij bereid was om haar te geven. De angst dat ze zijn relatie met Heli om zeep zou helpen zou een motief voor hem geweest kunnen zijn; Sufia's verhouding met Peter geeft hem een ander motief. Seppo blijft de waarschijnlijkste verdachte.

Valtteri belt. Seppo wil met me praten. Ik ga naar het politiebureau. Voor het bureau staan satellietwagens van de drie grote Finse televisiezenders geparkeerd. Verslaggevers en cameramannen springen de kou in, omsingelen me, schijnen met lampen in mijn ogen en beginnen te filmen. Het zijn er zeker twintig, naast de journalisten van de schrijvende pers. Ik zie Jaakko van *Alibi* in de meute. Ze schreeuwen vragen. Ik weiger elk commentaar en dring me tussen hen door.

Valtteri staat in de deuropening. 'Ze wilden binnen wachten,' zegt hij, 'maar dat heb ik niet toegestaan.'

'Heel goed. Behalve Jaakko Pahkala. Nadat ik met Seppo heb gesproken, haal je hem binnen en breng je hem naar mijn kantoor.'

De drie grote kranten van Helsinki, die allemaal 's ochtends verschijnen, liggen allemaal verspreid in de centrale ruimte. Sufia staat op de voorpagina van alle drie. Ik neem een paar minuten de tijd om ze te lezen. Twee ervan behoren tot de boulevardpers. Dankzij Jaakko haken ze aan bij het Zwarte Dahlia-thema en vergelijken ze de moord op Sufia met die op Elizabeth Short, het Hollywoodsterretje dat in 1947 op zo'n gruwelijke wijze werd vermoord dat moordfanaten er nog steeds door gefascineerd zijn.

Alleen *Helsingin Sanomat*, een minder schreeuwerig blad, volgt een bedachtzamer koers en richt zich vooral op het gegeven dat Sufia de eerste prominente zwarte vrouw is die in Finland is vermoord. Maar ook de toonzetting van deze krant is verwarrend; de gedachte komt zelfs bij me op dat ze de moord op haar op een verwrongen manier als teken van de vooruitgang van zwarte vrouwen in onze maatschappij beschouwen. Ik luister mijn voicemail af.

Negen Finse kranten vragen om een interview, plus Reuters. Op zeker moment zal ik toch met de pers moeten gaan praten. Dit wordt internationaal nieuws, en als ik niets zeg, verzinnen ze gewoon iets om druk op de ketel te houden. Ik had gehoopt dat we intussen zover zouden zijn dat ik tegen de media kon zeggen dat de zaak opgelost was.

Ik loop naar de cellen om met Seppo te praten. Ik open het luikje in zijn deur. 'Ik heb gehoord dat je me iets te vertellen hebt.'

Hij springt van zijn brits. 'Ik heb iets bedacht. Als ik kan bewijzen dat ik Sufia niet heb vermoord, laat je me dan vrij?'

'Zo werkt het, ja.'

'Toen je gisteren hierbeneden kwam zei je dat Sufia negenenveertig uur eerder was vermoord.'

'Ja, en?'

'Toen we naar boven gingen, zag ik een klok. Die stond op drie uur, dus Sufia is om twee uur vermoord.'

'Dat klopt, Sherlock.'

'Ik zat op dat moment aan de telefoon, dus dat kun je controleren.'

Ik begin het raampje te sluiten. 'Dat heb ik gecontroleerd. Leuk geprobeerd.'

'Wacht.' Hij duwt zijn hand door het luikje en houdt het open. 'Ik was niet met mijn mobieltje aan het telefoneren. De batterij was bijna leeg, en daarom gebruikte ik de vaste telefoon in de kamer. Ik had een kamer in het Hullu Poro-hotel.'

Dat hotel is naast de bar en het restaurant. Hij geeft me een naam. 'Ik zal ernaar kijken.' Ik sluit het luikje vlak voor zijn neus.

Ik controleer zijn verhaal. Seppo stond daar inderdaad als gast ingeschreven. Hij had iets later getelefoneerd dan hij zei, om elf minuten over halfdrie, en voerde een gesprek van negentien minuten. Ik krijg het nummer en bel Seppo's vriend. Hij bevestigt het gesprek.

'Hoe zou je de stemming van Seppo tijdens jullie gesprek omschrijven?' vraag ik.

'Hij was gewoon Seppo, niets bijzonders.'

'Bemerkte je enige opwinding in zijn stem?'

'Hij klonk vrolijker dan ik hem al een tijdje had horen klinken.'

'Waar hadden jullie het over?'

Hij aarzelt. 'Het was nogal persoonlijk.'

'Seppo zit opgesloten in een politiecel en zal voor moord worden aangeklaagd. Is het persoonlijker dan dat?'

'Nou, het ging over haar. Hebt u Seppo daarvoor gearresteerd?'

'Verwijs je naar Sufia Elmi?'

'Ja.'

Ik wacht, maar hij zegt niets. 'Waar hadden jullie het over?'

Hij zucht. 'Goed. Seppo had het over dat meisje.'

'Wat zei hij?'

'Shit. Nou ja, ik ga er niet om liegen voor hem. Het meisje was net vertrokken. Hij ging maar door over dat ze hem gepijpt en geneukt had. Dat was het enige waar hij het steeds over had. Daarom belde hij me ook, alleen om daarover op te scheppen.'

Nu weet ik waar Sufia ontvoerd is. De moordenaar moet met haar rechtstreeks van het hotel naar Aslaks rendierfarm gereden zijn.

'Zei hij dat hij buiten hun seksuele relatie iets voor haar voelde?'

'Bedoelt u of hij verliefd op haar was?'

'Ik bedoel gevoelens. Liefde, haat, wat dan ook.'

'Nee, daar heb ik niets over gehoord.'

'Goed, wat hoorde u dan wel? Hoe was zijn houding, zijn manier van doen als hij over Sufia Elmi sprak?'

Hij zegt niets. Ik kan hem bijna horen denken.

'Hoor eens, man,' zeg ik, 'er is een vrouw vermoord. Het is belangrijker dat haar recht wordt gedaan dan wat u als uw plicht tegenover een drinkvriendje beschouwt.'

'Jezus, u houdt wel vol, hè? Hij noemde haar zijn nikkertje. Bent u nu tevreden? Hij zei: "Mijn nikkertje ging voor me op de knieën." Hij zei: "Mijn nikkertje keek naar me op met die prachtige ogen terwijl ze aan mijn lul zoog. Ik kwam klaar in het gezicht van die prachtnegerin. Ik neukte die nikkerhoer in haar kont." En zo ging hij maar door.'

Nikkerhoer. De term die in Sufia's romp gekerfd was. 'Gebruikte hij de term "nikkerhoer"? Dat weet u zeker?'

'Ja, maar je moet Seppo een beetje kennen. Hij bedoelt er niets mee. Hij praat onzin en probeert te doen alsof hij een hele kerel is. Hij doet dat omdat hij zich klein voelt. Hij is geen slechte vent, anders zou ik niet met hem bevriend zijn.'

'Ja, ik krijg zo echt een goed beeld van zijn verborgen gevoeligheid. Ik neem nog contact op.' Ik hang op.

17

Jaakko, roddelcolumnist en schrijver van onzinthrillers, loopt mijn kantoor binnen. Hij is een klein, energiek mannetje met een onverzorgde baard. 'Bedankt voor die tip over de moord,' zegt hij.

Ik maak de laatste zin van mijn verslag voor de nationale politiecommandant af en stuur dat weg voordat ik opkijk. 'Ik heb je een gunst verleend,' zeg ik, 'en je als een professionele journalist behandeld. Je hebt mij vervolgens terugbetaald door minachtend en zonder enig respect over Sufia Elmi te schrijven. Je hebt bijzonderheden over de moord gepubliceerd die niet bekend mochten worden, en de foto's die je erbij hebt laten zetten waren puur op sensatie gericht. Ik heb je hier binnengeroepen om je dat te vertellen. En nu wegwezen.'

Hij deinst achteruit alsof ik hem heb geslagen. 'Als je op de vergelijking met de Zwarte Dahlia-moord doelt: dat had niets met gebrek aan respect te maken. Die twee moorden lijken erg op elkaar.'

'Als je een Hollywood-draai aan de moord op Sufia geeft, dan lijkt die nogal onbeduidend. Hoe denk je dat haar ouders zich voelen na publicatie van die foto's? Ik heb haar vader gesproken. Ze zijn helemaal van de kaart.'

Hij kijkt schuldbewust. 'Mag ik gaan zitten?'

'Nee.'

'Het spijt me dat ik je beledigd heb, maar iedereen zou deze foto's hebben gepubliceerd. *Alibi* is zelfs later naar de drukker gegaan om het verhaal nog mee te nemen. De verkoop is met zestig procent gestegen. En misdaad is nu eenmaal een hobby van me. Toen ik de details van de moord hoorde, moest ik meteen aan de Zwarte Dahlia denken.'

'Waar had je die details gehoord?'

'Dat kan ik je niet vertellen.'

'Hoeveel heb je de assistent van de lijkschouwer betaald?'

Hij negeert de vraag. 'Ik wil je graag een paar vragen over de zaak stellen.'

'Ik ben bezig, ga weg.'

'Je ex-vrouw heeft vandaag *Ilta-sanomat* gebeld.'

Dit had ik moeten verwachten. 'O ja?'

'Ze zegt dat ze jou heeft verlaten voor Seppo Niemi, en dat jij hem voor de moord op Sufia hebt gearresteerd. Ze zegt dat je hem vals beschuldigt. Heb je daar iets op te zeggen?'

'Nee.' Er schiet me iets te binnen. 'Waarom deed de moord op Sufia je meteen aan die Zwarte Dahlia-zaak denken?'

'Dat zal ik je vertellen, als jij een paar vragen beantwoordt.'

'Dat kun je wel schudden. Ik zoek zelf wel uit hoe het met die Zwarte Dahlia zat.'

'En ik kan ook zonder jou informatie over deze moord vinden. En hoe het met jou en Seppo Niemi zit, daar kom ik ook wel achter.'

'Ga je gang.'

Hij draait zich om en wil weglopen, maar kijkt weer om. 'Ik ben je nog altijd dankbaar voor die tip, dus ik zal je dit vertellen. De Zwarte Dahlia, Elizabeth Short, werd op een braakliggend terrein in Los Angeles achtergelaten. Sufia werd vermoord in een sneeuwveld, dat is een soort landelijk equivalent. Short werd in tweeën gesneden en Sufia had een diepe snee in haar buik. Bij allebei was een stuk van de borst afgesneden. Bij allebei was er een tekst in hun huid gekerfd. De misdrijven zijn niet precies hetzelfde, maar lijken toch zo op elkaar dat het me opviel. Maar het belangrijkste is dat Sufia's genitaliën verminkt waren, en dat Short een genitale geboorteafwijking had. Hoe toevallig kan dat zijn?'

'Ik beantwoord geen vragen, maar ik zal je de politierapporten blijven faxen,' zeg ik.

Antti loopt mijn kantoor binnen. De uitslagen van het lab in Helsinki van Seppo's huis en auto zijn binnen. Antti trekt een stoel bij en samen bekijken we ze. Het DNA van Seppo's tandenborstel komt overeen met sperma dat in Sufia's vagina en mond is gevonden. Hij heeft uit een paar van de flessen gedronken en een paar van de sigaretten gerookt die in haar kamer zijn gevonden.

De DNA-profielen uit de databank van zedendelinquenten bevestigen Peter Eklunds verhaal. De rest van de flessen en sigarettenpeuken komt overeen met zijn DNA. Het bloed op de achterbank van Seppo's auto is van Sufia, het sperma is van Seppo. De haren uit de auto zijn van hen beiden. De bron van de tranen die van Sufia's gezicht zijn gehaald blijft onbekend.

We gaan naar de centrale ruimte. Valtteri en Jussi zijn aan het lunchen. 'De bierflessen in Seppo's koelkast en de fles die gebruikt is om Sufia te verminken zijn allebei van dezelfde productieserie,' meldt Jussi. 'Ze zijn verkocht in een kiosk die nog geen kilometer van Seppo's huis ligt.'

Ik breng hen op de hoogte, vertel hun over de tranen die op Sufia's gezicht zijn gedruppeld, over mijn gesprek met Peter Eklund en over Seppo's telefoongesprek.

'Laten we eens naar de tijdlijn kijken,' zeg ik. 'Aslak heeft de moord om vijf voor halfdrie 's middags gemeld. Hij had een auto zien wegrijden en belde toen hij Sufia's lichaam vond. Laten we zeggen dat hem dat drie minuten kostte. Dat betekent dat de auto om acht minuten voor halfdrie de weg op reed. Toen ik uit Hullu Poro vertrok, reed ik met de toegestane maximumsnelheid naar Aslaks huis, wat me twaalf minuten kostte. Als Seppo haar had vermoord en rechtstreeks naar het hotel is teruggereden, zou hij daar om vier minuten over half-drie aangekomen zijn. Hij belt zijn maat om elf minuten over halfdrie. Wat denken jullie?'

'Het is krap,' zegt Jussi, 'maar het zou kunnen.'

'Ik denk dat die nikkerhoer-verwijzingen geen toeval zijn,' zegt Antti.

'Ik ook niet,' zeg ik, 'maar ik zou het niet bezwarend noemen.'

'Mijn probleem,' zegt Valtteri, 'is dat ik niet denk dat Seppo ertoe in staat is een meisje af te slachten, vervolgens naar zijn kamer terug te gaan en zich er dan met zijn vriend vrolijk over te maken teneinde zich een alibi te verschaffen. Als hij een seriemoordenaar was die al gewend was om te moorden misschien wel, maar Seppo?'

'Ik begrijp wat je bedoelt,' zeg ik, 'maar het is een vergissing om te denken dat je hem kent. Ik ken niemand, inclusief de moordenaars die ik achter de tralies heb gezet, die naar mijn mening tot een dergelijk misdrijf in staat is. Jij wel?'

'Nee,' geeft Valtteri toe, 'ik ook niet.'

'Maar toch heeft iemand het gedaan,' zeg ik. 'Seppo zou het geweest kunnen zijn, of Peter, of de derde man, die op haar gezicht heeft gehuild. Ik ben geneigd te denken dat het twee mannen zijn geweest. Het bewijs tegen Seppo stapelt zich steeds verder op. Misschien had hij een medeplichtige.'

Mijn mobiele telefoon gaat. Het is de nationale politiecommandant. 'Ik kreeg net een telefoontje van een verslaggever, een zekere Jaakko Pahkala,' zegt hij. 'Hij zegt dat de man die jij op verdenking van moord hebt vastgezet een verhouding met je ex-vrouw heeft gehad. Ze beweert dat het een poging tot wraak is. Die verslaggever beweert dat je commentaar weigerde. Kun je me daar meer over vertellen? Het zou in elk geval gepast zijn geweest er melding van te maken.'

Jaakko heeft me genaaid omdat ik hem geen interview wilde toestaan. De baas heeft gelijk. Ik had het hem moeten vertellen. 'Hij is de vriend van mijn ex-vrouw. Ik heb je dat niet verteld omdat het een eenvoudige zaak leek. Toen de DNA-uitslagen gisteren binnenkwamen, dacht ik dat die zijn schuld zouden aantonen. Maar het bleek veel ingewikkelder te zijn dan dat.'

'Je hebt het me niet verteld omdat je meende dat ik je van het onderzoek af zou halen.'

Dat is gedeeltelijk waar. Ik zeg niks.

'Is dat zo?' vraagt hij.

'Is wat zo?'

'Dat je met een vendetta bezig bent?'

'Natuurlijk niet. Ik denk dat hij het gedaan heeft.'

'Ik probeer hierbij eerlijk te zijn. Aangenomen dat je het bewijs niet hebt vervalst, wat ik echt niet geloof, lijkt hij schuldig, en op basis daarvan zou ik ook denken dat de zaak snel opgelost zou zijn. Maar nu is die Eklund in beeld gekomen en het lijkt mij dat er genoeg bewijs is ook hem voor het misdrijf vast te zetten. En dan is er nog die derde man met die tranen. Tja, dat is verdomd eigenaardig.'

'Ja,' zeg ik, 'dat is het zeker.'

'We hebben dus een pr-probleem. Er is bewijs tegen één man, en die zit in de cel. Dan is er bewijs tegen een andere man, en die zit niet in de cel. De man in de cel heeft jouw ex-vrouw genaaid en de man die dat niet heeft gedaan is de zoon van een steenrijke financier. Je zou kunnen zeggen dat hier sprake was van een behoorlijke dosis vooringenomenheid, denk je ook niet?'

Zijn sarcasme werkt op mijn zenuwen. 'Ik heb gedaan wat je me hebt opgedragen. Ik heb Seppo aangehouden en laat Eklund voorlopig vrij rondlopen.'

'Maar je hebt me niet over je ex-vrouw en Seppo verteld. Dat zou ik als een enorme miskleun willen betitelen.'

'Ja, dat kan ik begrijpen.'

'Als de kranten vandaag met het verhaal komen dat je de

man hebt gearresteerd die voor het einde van jouw huwelijk verantwoordelijk is, dan sta je volledig in je hemd.'

'Dat weet ik.'

'Het beste wat je kunt doen is je uit het onderzoek terugtrekken omdat je bang bent voor een belangenconflict.'

'Dan zou het lijken alsof ik heb geprobeerd hem erin te luizen en daarbij betrapt ben. Dan sta ik nog steeds in mijn hemd.'

'Dat noemen ze het zinkende schip verlaten.'

'Dat wil ik niet.'

'Dat weet ik. Ik weet ook dat je goed werk hebt verricht en in korte tijd enorm veel bewijs hebt verzameld. De zaak is nu bijna vier dagen oud. Eerlijk gezegd zou ik je moeten vervangen, maar als ik iemand naar het noorden moet sturen om het over te nemen, duurt het zeker een paar dagen voordat hij echt aan de slag kan. Dan raken we veel tijd kwijt, en ik wil deze zaak zo snel mogelijk oplossen.'

'Ik ga hem oplossen. Als ik de derde man heb gevonden, die op Sufia Elmi heeft gehuild, zal blijken dat hij met Seppo Niemi dan wel Peter Eklund verbonden is.'

'Ik zal je zeggen wat je gaat doen. Je brengt een schriftelijke verklaring voor de pers uit. Daarin verschaf je zoveel details dat het duidelijk is dat de arrestatie van Niemi terecht was. Je vermeldt dat hij een verhouding met het slachtoffer had en dat er bloed en sperma in zijn auto zijn gevonden. Je maakt hem zwart om jezelf te rechtvaardigen.'

'Dat is onethisch.'

'De wereld is hard. Doe het toch maar.'

Ik ben dat echt niet van plan. 'Goed.'

'Dan zeg je dat hij een alibi heeft en je laat hem vrij. Dan zul je er als een eerlijk man uit komen.'

'Ben je niet goed wijs? Ik ben er vrijwel zeker van dat hij haar heeft vermoord. Als hij dat heeft gedaan, is hij een levensgevaarlijke psychopaat die een gevaar voor de samenleving vormt. Dat zou nog veel erger zijn dan alleen maar onverantwoordelijk.'

'Als je het niet doet, vervang ik je, en dan wordt hij ook vrijgelaten.'

Ik ben in de hoek gedreven. Ik doe er verder het zwijgen toe.

'Bel me morgen met een voortgangsrapportage.' Hij hangt op.

Valtteri, Antti en Jussi kijken me aan. 'We moeten Seppo vrijlaten,' zeg ik, en ik probeer me voor te stellen hoe ik dat aan Sufia's vader moet uitleggen.

18

Ik ontgrendel Seppo's celdeur en lieg tegen hem. 'Je alibi klopt, ik overweeg om je vrij te laten. Je had me eerder over dat telefoontje moeten vertellen, dan had je gisteren al vrij kunnen zijn.'

'Je overweegt het?' vraagt hij.

'Je maat zegt dat Sufia net vertrokken was toen je hem belde. Op haar moordenaar na ben jij daarmee de laatste die haar levend heeft gezien. Je bent een belangrijke getuige in dit onderzoek. Je moet daarom met mij meewerken. Ik kan je altijd nog een dag vasthouden.'

'Toch denk ik dat ik een advocaat zou moeten hebben.'

'Waarom? Je bent geen verdachte meer.'

'Ik wil niet dat bepaalde dingen naar buiten komen,' zegt hij.

'Heli weet van je relatie af.'

'O ja? Kut zeg.'

'Dus je hebt niets te verliezen.'

We gaan naar mijn kantoor. Ik geef hem koffie en sigaretten. Seppo lacht blij. 'Wat de gebeurtenissen van gisteren betreft,' zegt hij, 'ik begrijp dat je over je toeren was. Je meende dat een moordenaar je vrouw bedreigde. Ik zal er mijn mond over houden. Wat Heli en ik je hebben aangedaan, was vreselijk. Misschien kunnen we nu zeggen dat we quitte staan.'

Ik heb hem bang gemaakt. Hij heeft ertoe bijgedragen dat mijn huwelijk stukliep. Hij kan niet zo stom zijn om te denken dat die zaken vergelijkbaar zijn. Waarschijnlijk wil hij alleen maar voorkomen dat iemand te weten komt dat hij in zijn broek heeft gepist.

'Dat klinkt redelijk,' zeg ik. 'Laten we het verleden vergeten en opnieuw beginnen. Wie weet hadden we vrienden kunnen zijn als we elkaar onder andere omstandigheden hadden ontmoet.'

Dit vleit hem. Hij steekt zijn hand uit en ik neem die aan.

'Alles goed zo?' vraag ik. 'Wil je nog iets hebben?'

'Nee, bedankt.'

'Ben je bereid over de zaak te praten?'

'Ik wil alles doen om te helpen. Ik denk dat je wel weet dat Sufia en ik intiem met elkaar waren.'

'Vertel me over jou en Sufia Elmi.' Ik laat een opnameapparaat meelopen.

'Moet dat echt?'

'Ja, dat moet. Is het een probleem?'

Hij overweegt wat de implicaties zijn als zijn woorden opgenomen worden. Hij heeft even tijd nodig. 'Ik denk het niet.'

'Goed. Vertel me over jou en Sufia.'

Seppo zwijgt even, waarmee hij me duidelijk maakt dat hij bedenkt hoe hij zichzelf zo gunstig mogelijk kan afschilderen. 'Sufia was anders.'

'Hoe bedoel je?'

'Ik ontmoette haar zo'n drie maanden geleden op een cocktailparty. Ze had de allermooiste ogen die ik ooit had gezien. We hebben uren zitten praten. Ze was geïnteresseerd in mij en luisterde echt naar me.'

'Sprak ze ook over zichzelf?'

'Niet veel, ze praatte graag over mij. Het leek wel alsof het haar echt kon schelen of ik gelukkig was, alsof dat belangrijk voor haar was.'

'Was je dan ongelukkig?'

'Niet echt.'

'Het lijkt wel alsof ze je iets gaf wat je meende te missen.'

Hij denkt daarover na. 'Je kent Heli. Ze kan heel charmant zijn als ze wil. Maar ze wil al een poosje niks meer.'

Ik ken haar niet meer, dus ik zeg niets.

'Dat betekent niet dat ik niet van haar hou,' zegt hij.

'Natuurlijk niet.'

'Het gaat erom dat ik ander gezelschap aangenaam vond.'

'Sufia was jong en mooi. Dat zal ook aangenaam zijn geweest.'

Zijn toon suggereert dat we van man tot man met elkaar praten. 'Je hebt geen idee.'

Ik boots zijn toon na. 'Ik neem aan dat de seks ook heel lekker was.'

Hij lijkt trots op zichzelf. 'De beste die ik ooit heb gehad. Ze deed het heel graag met mij. Die meid kwam klaar als een raket.'

'Laten we het over dinsdag hebben, de dag waarop ze werd vermoord,' zeg ik.

'Ze kwam rond halfeen naar het hotel. We praatten niet veel. Je snapt het wel.'

'Ik kan het me voorstellen.'

'Ze vertrok rond tweeën, ze moest nog wat doen, zei ze.'

Misschien ging ze naar Peter. 'Waarom had je een kamer in het Hullu Poro genomen in plaats van naar haar kamer te gaan? Je betaalde er toch voor?'

'Ze zei dat het daar een puinhoop was. Ze schaamde zich zo dat ze de troep niet door het dienstmeisje wilde laten opruimen. Ze wilde het zelf doen, maar stelde het steeds uit. Sufia was niet bepaald een huishoudelijk type.'

Ik glimlach begrijpend naar hem. Mannen onder elkaar. 'Ik neem aan dat ze andere talenten had die dat compenseerden.'

'Nou en of.' Hij hinnikt zachtjes. 'Ik logeer overigens wel vaker in het Hullu Poro, als ik te veel gedronken heb in de bar daar, zodat ik niet achter het stuur hoef te kruipen.'

'Je bent een rechtschapen burger. Wanneer ben je voor het laatst in Sufia's kamer geweest?'

'Ongeveer een week geleden, denk ik.'

'Waar was je auto toen ze die dag bij jou op de kamer was?'

'Buiten op de parkeerplaats.'

'Zijn er anderen die in de auto rijden? Leen je die ooit aan je vrienden uit?'

'Alleen Heli. Ze heeft eigen autosleutels.'

'Heb je je auto ooit aan Sufia uitgeleend?'

'Nee.'

'Ik heb jouw sperma en haar bloed op de achterbank aangetroffen. Je kon op andere plekken seks hebben. Waarom dan in de auto, en waar kwam dat bloed vandaan?'

Hij glimlacht. 'Heb je Sufia ooit gezien? Ik neukte waar ik maar kon en zo vaak ik maar kon met haar. Zodra ik in die prachtige ogen van haar keek, kreeg ik al een stijve. Misschien was ze net ongesteld geworden toen we het in de auto deden.'

'Het lijkt erop dat je gevoelens voor Sufia oprecht waren. Zat er ook toekomst in de relatie?'

'Ze zei dat ze van me hield en graag iets bestendigers wilde. Ik zei tegen haar dat alles even bestendig kon blijven als het was.'

'Wat betekende dat ze voorgoed je maîtresse kon blijven. Wist je dat Heli van je verhouding afwist?'

'Ik deed mijn uiterste best om te voorkomen dat ze erachter kwam.'

Het is moeilijk voor te stellen dat Seppo ergens zijn uiterste best voor zou doen. 'Maar je hebt wel met anderen over Sufia gesproken.'

'Alleen met een paar goede vrienden.'

'Ik moet hun namen en contactgegevens hebben.'

Hij knikt.

'Het is namelijk zo dat jij Sufia in een telefoongesprek een "nikkerhoer" noemde, ongeveer een halfuur nadat iemand "nikker hoer" in haar buik had gekerfd. Dat lijkt me zeker geen toeval.'

'Heeft hij je verteld wat ik heb gezegd?'

'Ja.'

Hij kijkt omlaag naar het bureau en begint met zijn handen te friemelen. 'Wat bedoel je?'

'Je deed alsof je om Sufia gaf, maar je noemde haar achter haar rug een "nikkerhoer". Je schepte erover op dat je in haar gezicht klaarkwam en haar in haar kont neukte. Je zou kunnen zeggen dat dat betekende dat je haar gebruikte. Als je met diverse mensen in die exacte bewoordingen over haar sprak, zou een van hen die informatie gebruikt kunnen hebben om je pootje te lichten. Of iemand zou een gesprek gehoord kunnen hebben en daarvan gebruik hebben kunnen maken om je valselijk te beschuldigen. Dat is wat ik bedoel.'

Hij kijkt opgelucht. 'Ik begrijp wat je bedoelt. Ik zal een lijst maken.'

'Er is een andere optie,' zeg ik. 'Het telefoontje vond later plaats dan je zei en pleit jou niet helemaal vrij. Na de moord had je nog genoeg tijd om naar je kamer terug te gaan en een vriend te bellen om jezelf een alibi te verschaffen.'

Hij krabt op zijn hoofd en denkt daarover na. 'Als ik dat gedaan heb, waarom zou ik haar dan "nikkerhoer" noemen en mijn alibi verknallen?'

'Dat is een goede vraag. Een betere vraag is waarom je haar ooit zo hebt genoemd.'

'Als iemand geprobeerd zou hebben mij valselijk te beschuldigen,' zegt hij, 'zoals jij beweert, zou dat niet zo heel moeilijk zijn geweest. Iemand zou mijn auto een tijdje hebben kunnen lenen en die weer terug hebben kunnen zetten. Iedereen weet dat ik niet voor vier uur uit mijn nest kom als ik de avond tevoren heb gedronken.'

'Hoe laat kom je uit bed als je niet hebt gedronken?'

Hij aarzelt. 'Om vier uur.'

Hij is dus elke avond dronken en slaapt 's ochtends zijn roes uit. Ik schakel in een andere versnelling. 'Besefte je dat Sufia's clitoris was verwijderd?'

'Ik wist dat er daarbeneden iets vreemds was, maar ik heb haar er nooit naar gevraagd. Waarom zou ik dat gedaan moeten hebben?'

Ik doe geen moeite om dat uit te leggen. 'Ze genoot niet zo van seks als jij denkt, of misschien zelfs helemaal niet.'

Hij kijkt ongelovig.

'Peter Eklund had een relatie met Sufia,' zeg ik. 'Daarom liet ze jou niet in haar kamer toe. Peters drankflessen lagen door de hele kamer verspreid.'

Ik peil zijn reactie. Hij ziet er gekwetst uit, alsof het idee dat Sufia hem zou verraden zowel pijnlijk als raadselachtig is. Ik vraag me af of hij een goed acteur is. 'Echt waar?' vraagt hij.

'Echt waar. Ik denk dat ze er niet blij mee was om jouw maîtresse te zijn. Ik denk dat ze jou gebruikt heeft.'

'Wat een ondankbaar wijf.'

'Sommige mensen weten niet hoe goed ze het hebben.' Ik maak een eind aan het gesprek. 'Dat was het voorlopig.'

Ik bedank Seppo voor zijn medewerking en verontschuldig me voor het ongemak. Ik geef hem zijn autosleutels en loop met hem mee naar de garage. 'Alles wat je wilt weten,' zegt hij. 'Alles. Vraag het me gewoon.'

Zodra ik de garagedeur open, komt er een zwerm verslaggevers op ons af.

'Tot gauw,' zeg ik, en ik zwaai Seppo uit terwijl hij wegrijdt.

Ik heb mijn jas niet meegenomen. Het is verdomme echt ijzig koud buiten. De verslaggevers stellen me allerlei vragen, maar ik leg alleen een korte verklaring af. 'Dat was Seppo Niemi die jullie net zagen wegrijden. Hij heeft een alibi verschaft en ik heb hem vrijgelaten. We richten ons nu op andere elementen van het onderzoek.' Ze blijven maar schreeuwen. Ik sluit de garagedeur in hun gezicht en loop het bureau weer in.

Als ik in de centrale ruimte terug ben vertel ik over mijn gesprek met Seppo en schets wat ons nu te doen staat. 'We hebben flinke vooruitgang geboekt. We weten waar Sufia was toen ze werd ontvoerd. Aangezien Seppo's auto op de parkeerplaats stond, zoals hij zelf heeft toegegeven, kan die gebruikt zijn bij het plegen van het misdrijf. De tranen vormen de sleutel. Die wijzen erop dat Seppo een handlanger had. Degene die de tranen heeft geplengd, is met Seppo verbonden. Het is zelfs mogelijk dat Seppo niet aanwezig was toen het misdrijf werd gepleegd. Sufia's verhouding met Peter geeft hem een motief. Seppo kan opdracht hebben gegeven haar te doden.'

Ik probeer zelfverzekerd te klinken, maar ben het niet. Gisteren leek het er nog op dat we binnen achtenveertig uur een doorbraak in de zaak hadden bereikt. Nu zijn we in een impasse geraakt.

'We moeten het Peter Eklund-spoor even gedegen volgen als we het onderzoek naar Seppo hebben verricht. Peters auto stond ook op de parkeerplaats. Antti, ga jij daarmee aan de slag.'

Hij lijkt weinig fut meer te hebben. Ik hoef hem niet te vertellen dat hij niet op vakantie kan.

'Jussi, ga jij naar Hullu Poro. Zoek uit of Peter daar was op het tijdstip van de moord. Ondervraag het personeel en iedereen die de afgelopen dagen in de bar heeft rondgehangen. Als er in zijn auto bewijs wordt gevonden of we zijn alibi niet kunnen bevestigen, zullen we zijn huis als plaats delict moeten beschouwen. Valtteri, jij gaat verder met het onderzoek van de plaatselijke bevolking. Racisten, zedendelinquenten, mannen met gewelddadige neigingen. Ik zal foto's van Seppo en Peter meenemen en nog eens langs de huizen gaan in Marjakylä. En Valtteri, kom mee naar mijn kantoor. Ik wil met je praten.'

Als we alleen zijn zegt Valtteri: 'Wat Marjakylä betreft: je vader was niet aan het werk in de bar toen Sufia werd vermoord. Je had me gevraagd dat na te gaan.'

'Dan zal ik het hem zelf vragen. Ik wil met jou over Heli praten.'

'Wat is er met haar?'

'Toen ze uit Kittilä vertrok, was ze ontzettend kwaad en voor zover ik weet is ze sinds onze scheiding hier nooit meer terug geweest. Ze haatte haar familie. Toen we getrouwd waren, kwam ze hier alleen als ik naar mijn familie wilde. Seppo kwam hier altijd alleen. Ze heeft me verteld dat ze, zoals zij het noemt, "haar religieuze wortels wil herontdekken". Heb je haar in de kerk gezien?'

Hij knikt. 'Het is inderdaad waar dat ze regelmatig in de kerk zit.'

'Waarom heb je mij dat niet verteld?'

'Ik hou er niet van om je ex ter sprake te brengen. Daar heb ik niets mee te maken.' Hij pauzeert. 'Je zou niet snel denken dat Heli er iets mee te maken kon hebben.'

'Ze is al jaren weg. Dan vertoont ze zich opeens weer en wordt de maîtresse van haar man vermoord. Ze had de sleutels van zijn auto, ze had een motief. Dat is toch een vanzelfsprekende redenering?'

'Misschien neem jij de mogelijkheid dat Peter en zijn vrienden Sufia vermoord hebben niet serieus genoeg,' zegt hij. 'Hij en Seppo hebben vrijwel dezelfde auto's, die allebei op de parkeerplaats stonden. Ze roken hetzelfde merk sigaretten en hebben zelfs dezelfde schoenmaat.'

'Ik neem dat wel degelijk serieus. Als Jussi bloed in zijn auto vindt, zal dat voldoende aanleiding zijn om zijn huis te doorzoeken en het als een tweede plaats delict te beschouwen.'

'Je hebt al de nodige problemen ondervonden door Seppo te arresteren. Als je Heli in staat van beschuldiging stelt, kan je dat je baan kosten.'

'Ik beschuldig haar niet. Het is een mogelijkheid die we moeten onderzoeken, omdat dat onze plicht is. En ik doe zelf geen onderzoek naar haar. Ik vraag jou om dat te doen.'

‘Hoe zou Heli het ooit gedaan kunnen hebben? Ik bedoel fysiek. Ze is een vrouw. Ze kan niemand verkrachten.’

‘We hebben nog niet bewezen dat Sufia verkracht is.’

‘Heli is een klein vrouwtje. Hoe kan ze Sufia ooit de auto in hebben gedwongen? Weet je niet meer hoe Sufia eruitzag? Ik kan me niet voorstellen dat Heli haar zulke verwondingen zou kunnen toebrengen.’

‘Kijk gewoon eens rond,’ zeg ik. ‘Zoek uit waar Heli mee bezig is geweest en wie ze allemaal kent. Stel discreet vragen. Dat is alles wat ik vraag.’

‘Dit leidt allemaal nergens toe,’ concludeert Valtteri, en hij loopt naar buiten.

19

Ik schrijf een persbericht, maar niet op de manier waarop de baas het wilde. Ik vermeld niet dat ik met Heli getrouwd ben geweest of dat ze me voor Seppo heeft verlaten, en ik schrijf helemaal niets op wat zijn imago kan bezoedelen. Ik houd het simpel en zeg dat hij een alibi heeft verschaft, waarna hij is vrijgelaten. Ik mail het bericht naar alle grote Finse kranten en Reuters.

De fotokopie van Sufia's adresboekje ligt voor me op het bureau. Ik ga weer verder met telefoneren. Na een uur heb ik beet.

'Dat klotewijf heeft met mijn vriend geneukt. Ze pijpte hem godverdomme in mijn eigen huis. Ik ben blij dat ze dood is.'

'Wie is je vriend?' vraag ik.

'Je bedoelt: wie was mijn vriend. Dat wijf heeft alles kapotgemaakt.'

'Ja, dat bedoel ik.'

Ze geeft me de naam van een Finse tv-ster. Ik bel hem.

'Kut zeg,' zegt hij. 'Wat hebt u gehoord?'

Ik houd hem aan het lijntje. 'Doet er niet toe. Geef me uw versie van de gebeurtenissen.'

'Misschien mag je niet kwaadspreken over de doden, maar dat wijf chanteerde me door te zeggen dat ze me nog wel zou krijgen.'

'Hoe zou ze u nog wel krijgen?'

'Ik heb nooit echt wat met haar gehad. Ik had een vriendin en Sufia was gewoon een verzetje. Neem me niet kwalijk dat ik bot ben, maar Sufia kon ongelooflijk goed neuken. Ze kon een ei nog door een rietje opzuigen. En echt een prachtwijf, jezus. Als ik alleen al naar haar keek, kwam ik bijna klaar. Mijn vriendin betrapte ons. Sufia was daar blij mee, omdat we elkaar dan in het openbaar zouden kunnen ontmoeten, maar ik wilde juist van Sufia af zodat ik weer orde op zaken kon stellen. Sufia werd boos. Ze zei dat ze zou rondbazuinen dat ik haar had verkracht en zei tegen me dat ik haar geld moest geven.'

'En deed u dat?'

'Ik zei dat ze de klere kon krijgen.'

'Bent u de afgelopen tijd nog in Levi geweest?'

'In geen twee jaar. Ben ik verdachte?'

'Momenteel niet. Hartelijk dank voor uw medewerking. Nog één ding: wat voor auto rijdt u?'

'Een BMW. Hoezo?'

Ik negeer de vraag en hang op. Ik kan begrijpen dat Sufia zich tot rijke en beroemde mannen aangetrokken voelt, maar haar obsessie met BMW's blijft me verbazen. Ik heb met een dertigtal mensen over Sufia gesproken. Niemand kende haar, zelfs de mannen niet die een verhouding met haar hebben gehad. Het lijkt wel alsof niemand zich er druk om maakt, maar dat geldt niet voor mij. Ik besluit om haar films te bekijken.

Ik druk Seppo's arrestatiefoto en een foto van Peter uit de databank van zedendelinquenten af en kijk op de BMW-website, waar ik afbeeldingen van wielen met sterspaken en dubbele spaken download en afdruk. Daarna rijd ik naar Marjakylä. Ik besluit met het ergste te beginnen en ga eerst naar het huis van mijn ouders. Ik klop, en mijn vader roept dat ik binnen moet komen. Hij zit in zijn leunstoel een North State zonder filter te roken. Op het tafeltje naast hem staat een glas *piimä*, karnemelk. Ik ga ervan uit dat dat betekent dat hij niet dronken is. Ik ben opgelucht.

'Hallo zoon,' zegt hij.

De televisie staat uit, de gordijnen zijn dicht. Het enige licht komt uit de keuken. Hij zit in het donker en in de stilte, afgezien van het onophoudelijke getik van klokken.

Het kunstgebit van mijn moeder ligt in een glas water naast mijn vaders piimä. Ze heeft dat als cadeau gekregen toen ze op haar vijftiende bevestigd werd in de lutherse kerk. Jaren geleden was een kunstgebit een traditioneel confirmatiegeschenk. Er waren toen vrijwel geen tandartsen en het gebit van de meeste mensen was niet lang nadat ze in de puberteit kwamen al weggerot.

'Waar is mama?' vraag ik.

'Boven, een dutje doen.'

Ondanks zijn drankgebruik is de gezondheid van mijn vader goed. Mijn moeder heeft meer kwalen. Ze is te zwaar en heeft last van een hoge bloeddruk. Ze is snel moe. Ik ga tegenover hem in haar stoel zitten.

'Het is niet mijn bedoeling je op stang te jagen,' zeg ik, 'maar ik moet je vragen waar je dinsdag om twee uur 's middags was, toen Sufia Elmi werd vermoord.'

Hij neemt een trek van zijn sigaret. 'Dat meisje is aan de overkant van de weg vermoord,' zegt hij. 'En nu denk jij dat ik dat heb gedaan, vervolgens hier ben teruggekomen en met jou en je moeder heb zitten praten?'

Ik ben er nooit achter gekomen waarom mijn vader zo'n twistzieke, agressieve zak is. Hij heeft vier zoons, en we zijn allemaal het huis uit gegaan zodra we oud genoeg waren. Hij heeft ons met zijn dronken woedeaanvallen en afstraffingen weggejaagd. Mijn drie broers hebben zich overigens behoorlijk weten te redden.

Toen de Finse economie in 1989 instortte, vertrok mijn oudste broer Juha naar Noorwegen om werk te zoeken. Hij vond een baan in een visconservenfabriek. Nu is hij getrouwd en verdient goed in de Noorse olievelden. Nadat Timo korte tijd voor illegaal drank stoken in de cel had gezeten, ging hij in Pietarsaari aan de westkust wonen, waar hij in een papierfabriek werkt. Jari ging medicijnen studeren en is nu neuroloog in Helsinki.

Mijn vader zit Jari altijd te kleineren. Hij zegt dat hij denkt dat hij beter is dan alle anderen. Mijn vader is gewoon jaloers op hem. Jari is een van de aardigste mensen die ik ken. Mijn broers zijn allemaal sympathieke gasten, maar we zijn niet close met elkaar. Misschien komt dat doordat we zoveel slechte ervaringen hebben gedeeld. Het is dan gemakkelijker om het contact te beperken zodat we niet zo vaak aan onze jeugd hoeven te denken.

Mijn moeder zit al vijftig jaar met mijn vader opgescheept. Ik weet niet hoe ze dat zo lang heeft volgehouden. Maar goed, ze had geen geld en had geen opleiding genoten. Ik neem aan dat ze niet veel mogelijkheden had nadat ze getrouwd was en zich realiseerde waarin ze terecht was gekomen. Toch had ik graag gewild dat ze vaker onze kant had gekozen als er weer eens heibel was.

'Ik weet dat je niet aan het werk was,' zeg ik. 'Als ik niet weet waar je was en iemand daar later naar vraagt, zal het lijken alsof ik iets verberg. Ik probeer je te beschermen.'

'Het gaat je niets aan waar ik was.'

'Als je dronken ergens anders was, mij best.' Het komt bij me op dat hij misschien vreemdgaat. 'Als het iets is waarvan je niet wilt dat mama het weet, dan zal ik het haar niet vertellen.'

Hij drinkt de piimä in één lange teug op. 'Ik was aan het vissen.'

Nu begrijp ik het. Het was de dag waarop mijn zus Suvi overleden is. Hij had de middag op het bevroren meer doorgebracht, op de plek waar ze was gestorven. Mijn vader en ik kijken elkaar aan. Ik geneer me omdat ik in zoiets intiems voor hem ben binnengedrongen, en het verdriet dat ik altijd voel als ik aan Suvi denk komt weer naar boven.

Ik sta op en leg een hand op zijn schouder. 'Bedankt dat je het me verteld hebt.'

Ik loop naar de voordeur.

'Kom je nog langs met Kerstmis?' vraagt hij.

'Ja, Kate en ik komen langs.'

Ik besef dat ik hem niet heb verteld dat Kate haar been heeft gebroken en dat ze zwanger is. 'Kate heeft een zware val gemaakt met skiën,' zeg ik. 'Ze heeft haar dijbeen gebroken.'

'Haar dijbeen?'

'Ja.'

'Komt het weer goed?'

'Het gips is erg lastig voor haar, maar verder gaat het goed. En ze is zwanger. We krijgen een tweeling.'

Hij lacht in zichzelf. 'Ha, een tweeling?'

'Ja.'

'Daar zul je je handen vol aan hebben.'

Hij lijkt verder niets te willen zeggen, dus vertrek ik.

20

Ik laat de foto's van Seppo en Peter in de buurt zien. Niemand herkent hen. Ik bezoek Eero en Martta. Eero nodigt me binnen uit, en ik stem toe. Uit de keuken komen de geuren van kardemom, gesmolten boter en suiker. De lichtjes in de kerstboom branden. Er brandt een vuur in de open haard. Martta komt uit de keuken en begroet me. Dan brengt ze koffie en warme *pulla*, zoete koffiebroodjes, voor ons allemaal. Ik ga in een ligstoel zitten, terwijl zij samen op een tweezitsbankje plaatsnemen en elkaars hand vasthouden. Ik vraag Eero of de auto die hij van Aslaks rendierfarm zag wegrijden grafietkleurig of zwart was.

'Te donker, te donker,' zegt hij. 'Daar komt bij dat ik druk aan het praten was door de telefoon, dus ik lette er niet op.'

Ik leg afbeeldingen van velgen met sterspaken en dubbele spaken op de salontafel tussen ons in. 'Weet je toevallig nog wat voor soort velgen er op de auto gemonteerd waren?'

Hij wijst naar de sterspaakwielen. 'Shit.'

'Dat zal moeilijk zijn geweest om te zien,' zeg ik. 'Reed de auto dan niet?'

'Hij stopte aan het eind van Aslaks oprit, voordat hij de weg op reed. Zelfs in het donker glansden ze nog.'

Martta's pulla zijn heerlijk. Ik neem er nog eentje. Sulo, hun jackrussellterriër, springt op mijn schoot. Terwijl ik hem aai, kletsen we over de buren.

Op weg naar huis stop ik bij de videotheek en huur Sufia's films. Dan ga ik naar de supermarkt, waar ik aardappels en een paar biefstukken haal. Terwijl ik kook, breng ik Kate op de hoogte van de gebeurtenissen. Ze zit aan de keukentafel, met haar gebroken been op een stoel.

'Eero lijkt me een mooi figuur,' zegt ze, 'maar als hij schizofreen is en met denkbeeldige mensen praat, heeft hij waarschijnlijk geen medicatie. Is hij geen gevaar voor zichzelf?'

'Martta houdt hem uit de problemen, en we zijn natuurlijk maar een kleine gemeenschap. Iedereen is aan hem gewend. Hij wordt eerder als excentriek dan als ziek beschouwd.'

Ze lacht wat. 'In de Verenigde Staten zijn er tv-commercials voor viagra, cosmetische chirurgie en antidepressiva. Daarin vragen ze: "Ben je 's ochtends moe, heb je last van stress op het werk, val je 's avonds moeilijk in slaap?" Tegen de tijd dat ze de lijst met symptomen hebben afgewerkt, heeft zo ongeveer iedereen er baat bij. Mensen geloven dat ze depressief zijn en rennen naar de dokter om medicijnen te vragen. Hier hebben ze een man die in een telefooncel met denkbeeldige vrienden belt, en die wordt niet alleen niet behandeld, maar ze laten de telefooncel speciaal voor hem zonder werkende verbinding staan, zodat hij gelukkig kan zijn. Dat is echte gemeenschapszin. Prachtig, toch?'

'Noord-Finland heeft zijn goede kanten.'

'Wat de zaak betreft,' vraagt ze, 'wat vind jij van die Peter Eklund?'

'Ik denk dat ik hem haat,' zeg ik. 'Zijn familie is al eeuwenlang rijk, al sinds Finland een provincie van Zweden was, en dat geeft hem het gevoel dat hij bepaalde rechten heeft, zonder dat hij ook maar iets heeft gedaan om die te verdienen. Vanwege diezelfde gedachtegang moest ik op school Zweeds leren, ook al maakt slechts vijf procent van de Finnen deel uit van de Zweedssprekende gemeenschap. Ik heb niets tegen Zweedssprekende Finnen in het algemeen, maar vooral de rijke Zweedstaligen in Helsinki geloven dat wij naar hun pijpen moeten dansen. Zoals ze in het Zweeds zeggen: Peter denkt dat hij *bättre folk* is en kan doen wat hij wil zonder met anderen rekening te hoeven houden.'

'Je hebt gelijk wat Heli betreft,' zegt Kate. 'Ze had een motief, maar denk je echt dat ze zo'n brute moord zou kunnen plegen?'

'Ik kan me niet voorstellen dat wie dan ook zoiets zou doen, maar zoals ik al tegen Valtteri zei: iemand heeft het gedaan. Laten we afwachten waar hij mee komt. Behalve een motief moet ze ook de kans hebben gehad. Zonder medeplichtige zal het voor haar lastig zijn geweest.'

'Valtteri heeft ook gelijk,' zegt ze. 'Als je al zoveel last kreeg met het onderzoek naar Seppo, dan zou een onderzoek naar Heli je je baan kunnen kosten.'

'Ik weet het.'

'Je hoeft het toch niet te doen? Je kunt het bewijs aan een andere rechercheur overgeven. Zoals de baas al zei: beroep je op een belangenconflict.'

De biefstukken sissen en ik draai ze om. 'Als het al te lastig wordt, zal ik daarover nadenken.'

Ik leg *Unexpected*, de eerste film van Sufia's trilogie, in de dvd-speler. Terwijl we voor de tv eten, kijk ik naar de film.

Sufia speelt een sexy maar onschuldige jonge vrouw, die losgeslagen is in het uitgaansleven van Helsinki. Ze raakt verzeild in een affaire met een jonge, succesvolle en aantrekkelijke man zonder enige moraal, die haar misbruikt. Uiteindelijk vindt ze een jonge, succesvolle en aantrekkelijke man die haar wél in haar waarde laat. Behalve liefde vindt ze ook zichzelf en het geluk terug. Sufia acteert goed. Ze is een lichtpuntje in een slechte film.

Kate valt voor het einde van de film in slaap. Ik draag haar naar bed en stop *Unexpected II* in de speler. Die lijkt erg op de eerste film. De film wordt gepresenteerd als een verhaal met diverse plots die de sociale mores van jonge, werkende singles in Helsinki blootlegt. Onder dit dunne vernislaagje gaat een softpornofilm schuil waarin zeven mensen seksuele relaties met elkaar hebben. Sommigen van hen vinden het geluk, anderen niet.

In *Unexpected III* komen Sufia's romantische en seksuele verlangens in conflict met haar studie. Ze is van plan dominee in de lutherse kerk te worden. Ik speel de film versneld af en bekijk alleen de scènes waarin Sufia meedoet. In het merendeel ervan wordt haar smetteloze donkere huid door doorzichtige witte lingerie nog geaccentueerd. Haar grote liefde uit de tweede film belandt in de gevangenis, maar in de slotscène trouwt Sufia met weer een andere minnaar en vindt ze een nog grotere liefde en diepere zelfvervulling. Het gelukkige paar rijdt weg in een BMW 330i.

Het zijn geen lowbudgetfilms, maar de producer heeft er ook geen fortuin aan besteed. Een groot deel van de sets en rekwisieten wordt in de trilogie steeds opnieuw gebruikt. Ik kijk nog eens naar *Unexpected* en *Unexpected II*. In alle drie de films wordt geluk door een paartje in een BMW 330i gesymboliseerd. Ik neem aan dat die auto van de producent of regisseur is.

Nu lijken de recente gebeurtenissen in het leven van Sufia een betekenis te krijgen. Ik denk dat ze had geprobeerd de fictie in haar films werkelijkheid te laten worden, zozeer zelfs dat ze mannen uitzocht die een BMW rijden. Ik vraag me af of ze dat ook echt besefte. De auto lijkt – misschien zonder dat ze zich er bewust van was – rijkdom, succes en geluk voor haar gesymboliseerd te hebben. Niemand kende haar, en misschien kende ze zichzelf niet eens. Wie Sufia, de engel van sneeuw, ook geweest moge zijn, ze is nu voorgoed verdwenen.

21

Ik maak me op om naar bed te gaan. Mijn mobiele telefoon gaat. Ik kijk op de klok: kwart voor twaalf. Het is Valtteri. Ik neem op en hoor hem huilen. Hij probeert te praten maar ik kan niet verstaan wat hij zegt. Hij snikt hevig, zwaar hijgend.

'Valtteri, ik kan je niet verstaan. Probeer te kalmeren.'

'Ik kan hem niet helpen,' zegt hij. 'Hij is weg.'

'Wie?'

'Hij is koud, en ik kan hem niet helpen.'

Nu word ik bang. 'Valtteri, wat is er gebeurd?'

'Mijn zoon Heikki heeft zichzelf opgehangen.' Hij jammert zo intens dat hij naar adem snakt.

Valtteri houdt zielsveel van zijn gezin. Hij beleeft een ware nachtmerrie. 'Shit. Ik kom eraan.'

Hij slaagt erin wat te zeggen. 'Wat moet ik doen? Kan ik hem naar beneden halen?'

'Nee. Is Maria bij je?'

'Ja... Zij... heeft hem gevonden.'

'Blijf daar op me wachten.'

'Dank je,' zegt hij, 'het spijt me.' We hangen op.

Ik maak Kate wakker. 'Er is een noodgeval. De zoon van Valtteri, Heikki, heeft zelfmoord gepleegd. Kun je met me meekomen en bij zijn vrouw Maria blijven, terwijl ik uitzoek wat er gebeurd is?'

We kleden ons aan en gaan de kou in. Als we bij Valtteri's huis komen, zit hij blootsvoets in een T-shirt en trainingsbroek op de verandatrap voor zijn huis. Het is min twaalf buiten. Ik help Kate de auto uit en geef haar haar krukken aan. Ze glijden weg op het ijs, zodat het haar moeite kost te blijven staan. Ik help haar naar de veranda en ga naast Valtteri zitten.

'Wat vreselijk voor je,' zeg ik.

Hij draait zich om en slaat zijn armen om me heen. Hij barst in huilen uit. Hij blijft maar huilen, en ik houd hem vast totdat hij zich losmaakt.

We gaan met ons drieën naar binnen. Maria zit op de bank te huilen. Haar lange grijze haar is door de tranen op haar gezicht samengeklit. Kate hinkt naar haar toe en omhelst haar. Maria snikt tegen haar schouder aan. Ze hebben elkaar nog nooit ontmoet.

'Waar is Heikki?' vraag ik.

Valtteri veegt zijn gezicht af. 'In de kelder. Maria heeft hem gevonden toen ze kleren in de wasdroger wilde stoppen.'

'Waar zijn je andere kinderen?'

'Die heb ik naar de buren gestuurd.'

'Jij blijft hier, dan ga ik naar beneden om naar Heikki te kijken. Is dat goed?'

'Nee,' zegt hij. 'Nee, nee, nee. Je mag hem niet alleen laten zakken. Ik moet je helpen. Hij is mijn zoon.'

Hij barst weer in huilen uit. Hij wordt nu hysterisch en begint te hyperventileren. Met Maria gaat het al niet veel beter.

'Oké,' zeg ik.

Ik leg mijn arm om hem heen en we gaan samen naar de kelder. Het is een gecombineerd was- en rommelhok, waar het bedompt ruikt. Er hangt één kaal peertje aan het plafond. Heikki heeft een stuk waslijn gebruikt en hangt aan een balk midden in de ruimte. Zijn voeten bungelen boven een kruk die op de grond ligt. Zijn gezicht is asgrauw, zijn tong hangt uit zijn mond. De kelder ruikt naar ontlasting. Heikki heeft het in zijn broek gedaan terwijl hij stierf.

Valtteri staart naar hem, gaat op de vloer zitten, zwaait heen en weer en huilt.

Heikki is een grote jongen, maar ik heb geen hulp nodig. Ik zet de kruk rechtop en ga erop staan, til Heikki zo hoog op dat er geen spanning meer op het touw staat en snijd het met een zakmes door. Ik leg hem op de grond, sla zijn armen over elkaar en sluit zijn ogen, waarna ik een schoon laken uit een wasmand over hem heen leg. Terwijl ik daarmee bezig ben, zie ik een half velletje papier op de grond liggen en pak dat op: *Hän sai minut tekemään sen.* Het Fins kent geen geslachten, dus Heikki's afscheidsbrief betekent hetzij 'Hij heeft me hiertoe gebracht', hetzij 'Zij heeft me hiertoe gebracht'.

Aan de ene kant zou het kunnen betekenen dat iemand hem ertoe gebracht heeft zelfmoord te plegen, maar het kan ook zijn dat hij zo'n gruwelijke daad heeft verricht dat hij het gevoel had dat alleen zijn dood die zou kunnen goedmaken. In zijn religie kom je gegarandeerd in de hel als je je aan de zonde van zelfmoord schuldig hebt gemaakt. Wat zou er zo gruwelijk geweest kunnen zijn dat hij met zulke schuldgevoelens bleef zitten? Ik ben direct gealarmeerd. Intuïtief vraag ik me af of hij bij de moord op Sufia betrokken was.

Ik probeer me voor te stellen hoe Heikki boven het lichaam van Sufia staat te huilen. Hij is in mijn huis geweest, alleen met Kate. Ik onderdruk een irrationele vlaag van woede tegenover Valtteri omdat hij hem daarheen heeft gestuurd.

Ik ga op de grond naast hem zitten. 'Heb je dit gezien?'

Hij knikt.

'Weet je wat het zou kunnen betekenen?'

Hij schudt zijn hoofd.

'Valtteri, het spijt me. Dit kan een moordbekentenis zijn.'

Hij knikt. Hij heeft dat ook al bedacht, en dat versterkt mijn vermoeden.

Toen Valtteri me belde, zei hij dat het hem speet. Je zou het briefje zo kunnen lezen dat een van zijn ouders hem ertoe gebracht heeft zelfmoord te plegen nadat die had ontdekt dat hij een moordenaar was. Valtteri en Maria houden zielsveel van hun kinderen, maar toch kan ik die mogelijkheid niet uitsluiten.

'Ik zal dit moeten onderzoeken,' zeg ik.

Hij kijkt naar me op. Zijn bovenlip trilt. 'Betekent dat dat Maria en ik weg moeten?'

'Nee. Omdat je kinderen de hele dag in en uit lopen heeft het geen zin het huis voor onderzoek af te grendelen. Maar ik zal deze kelderruimte wel moeten doorzoeken en ook een paar spullen meenemen.'

'Ik weet het.'

Ik breng Valtteri naar boven en bel een ambulance. Ambulancebroeders nemen Heikki mee naar het mortuarium. Voordat ze vertrekken, geven ze Valtteri en Maria kalmerende middelen. Kate blijft bij hen zitten. Ze kan geen woorden vinden die hun verdriet verlichten, maar haar aanwezigheid dwingt hen sterk te blijven.

Heikki deelde een kamer met een jongere broer. Ik doorzoek die snel en neem zijn kleren en computer mee. Ik ga terug naar de kelder en doorzoek dozen vol rommel, in de hoop dat ik niet de nog niet gevonden kleren van Sufia of het moordwapen aantref. Ik vind niets.

Het is halfvier 's nachts als we vertrekken. Valtteri en Maria liggen op de bank in de woonkamer in elkaars armen te slapen. We trekken onze jassen aan en ik help Kate over het ijs naar de auto. Ik start de auto maar kan nog niet wegrijden. Kate en ik kijken elkaar een tijdlang aan. We zeggen niets: we kunnen geen woorden vinden. Ik denk dat Kate zojuist de betekenis van het Finse zwijgen heeft ontdekt.

22

Het volgende vliegtuig van Kittilä naar Helsinki vertrekt om vier minuten voor vijf. Als ik gelijk heb en Heikki inderdaad aan de moord op Sufia heeft deelgenomen, zullen de DNA-monsters die ik naar het lab stuur dat bewijzen. Kate en ik rijden van Valtteri's huis rechtstreeks naar het vliegveld. Ik vertel haar over het afscheidsbriefje en wat dat volgens mij zou kunnen betekenen. Haar gezicht betrekt. We praten er verder niet over. Het begint te sneeuwen, en het monotone geklap van de ruitenwissers maakt een eind aan de rust die ik nodig heb om te rouwen om de dood van de zoon van een vertrouwde collega en dierbare vriend.

Ik zie steeds het beeld voor me van Heikki die boven Sufia staat te huilen, terwijl zijn bevriezende tranen op haar verminkte gezicht spatten. Er schieten diverse scenario's door mijn hoofd, als verschillende montages van dezelfde film. Misschien was de jongen een psychopaat en heeft hij Seppo's auto gestolen en Sufia in zijn eentje ontvoerd en vermoord. Ik zie voor me hoe hij haar met een hamer op haar hoofd slaat. Hij snijdt haar kleren weg en kerft in de auto 'nikker hoer' op haar buik, sleept haar naakt en bewusteloos de sneeuw in en verminkt haar door een kapotte bierfles in haar vagina te draaien. Ze komt bij bewustzijn, blind, kronkelend en gillend. Hij snijdt haar keel door en huilt als hij ziet dat zijn fantasie werkelijkheid is geworden.

Of misschien had Seppo Heikki op een of andere manier in zijn macht en dwong hij hem tot medeplichtigheid. Ze parkeerden de auto op Aslaks oprit. Terwijl Heikki toekeek misbruikte Seppo Sufia in de auto, sleepte haar naar het sneeuwveld en beging daar de gruwelijkheden. Heikki knielde over haar heen en begon te huilen toen hij zag wat ze hadden aangericht.

Ik stel me voor hoe het andersom kan zijn gegaan. Heikki en Seppo zijn samen in de auto, maar Heikki begaat nu het gros van de wreedheden. Ik zie steeds weer dezelfde scènes, maar nu is Peter Eklund in de plaats van Seppo gekomen. Dit scenario lijkt onwaarschijnlijk. Een laestadiaan als Heikki en een hedonistische uitvreter als Peter zouden elkaar haten en elkaars denkbeelden volstrekt verafschuwen.

Dan zie ik voor me hoe Heli de moord regisseert. Ze zou Heikki bij de kerk ontmoet kunnen hebben. Mogelijk heeft zij achter het stuur gezeten en heeft ze op Heikki's postuur en kracht vertrouwd voor de ontvoering en moord. Ze had hem op een bepaalde manier kunnen motiveren door hem de sleutels van Seppo's BMW te geven. Misschien is ze er zelf niet bij geweest toen de misdrijven werden gepleegd. Ik overweeg dat haar aanmoedigingen mogelijk seksueel van aard zijn geweest. Als hij zich aan de voorschriften van zijn geloof had gehouden, was Heikki onervaren en kwetsbaar.

Ik huiver van de beelden die ik voor me zie. Wat Heli me ook aangedaan mag hebben, ik hield ooit van haar en wil haar nog steeds als een goed mens zien. Het idee dat ze tot dergelijke gruweldaden in staat zou zijn kwetst me diep, en ik denk terug aan wat ik voor haar voelde toen we jong waren. Mijn intuïtieve reactie is dat het niet mogelijk is, maar dan herinner ik me wat ik niet zo lang geleden heb gezegd: ik kan me niet voorstellen dat wie dan ook een dergelijke moord zou plegen, maar toch heeft iemand het gedaan. Ik had me ook nooit kunnen indenken dat ze me zo zou verraden, en ik vraag me af of ik het onderzoek op een onderbewust niveau een bepaalde kant op probeer te sturen om haar voor haar verraad te straffen.

Ik denk het niet. Seppo's verhouding met Sufia gaf Heli een motief. Valtteri had gelijk. Door de combinatie van een overmaat aan fitness en een te streng dieet is Heli een gratenpakhuis geworden en is ze te iel en zwak om de moord zelf te hebben gepleegd. Als Heikki aan het scenario wordt toegevoegd, worden haar mogelijkheden veel groter. Misschien had Kate gelijk en had ik een belangenconflict moeten aanvoeren om mijn handen van de zaak af te trekken. Maar dat kan ik niet, en ik weet niet goed waarom.

Tegen de tijd dat we thuis zijn is het halfzes 's ochtends. Ik haal Heikki's computer uit de kofferbak van de auto en draag die met de autoaccu naar binnen. Kate gaat op de bank zitten, gooit haar krukken op de grond. Ze heeft haar schoenen niet uitgetrokken. Op het tapijt ligt smeltende sneeuw. Ik zeg niets en ga naast haar zitten. Ze staart voor zich uit. Er verstrijken een paar minuten. Dan slaat ze haar handen voor haar gezicht en begint te snikken. Ik vraag me af of ik haar moet vastpakken en troosten, maar ik heb het gevoel dat ze dat niet wil, en daarom wacht ik.

'Ik kan dit niet,' zegt ze zonder op te kijken.

Dit is een zware nacht voor haar geweest, zwaarder misschien dan ik besef. Ik sla mijn arm om haar heen. 'Wat?'

'Heb je die jongen gezien?' vraagt ze.

Ze had hem op een brancard zien liggen toen de ambulancebroeders hem naar buiten droegen. Ik heb zijn touw doorgesneden. 'Ik heb hem gezien.'

'Ik heb de hele nacht een vrouw zitten troosten die ik nog nooit had gezien. We spreken niet eens een gemeenschappelijke taal. Ik ben blij dat ik er voor haar was, maar waar waren haar familie en vrienden?'

Ik kan het Finse privacyconcept niet aan haar uitleggen. Als we verdriet hebben, kunnen we daar vaak niet over praten. Mogelijk voelde Maria zich meer op haar gemak met een vreemde. 'Jij bent de beste vriendin die ze had kunnen hebben.'

'Ik zei dat ik die Heikki een enge jongen vond, en nu is hij dood. Ik voel me zo ellendig dat ik die dingen over hem heb gezegd.'

'Dat hoeft toch niet.'

'En dan dat briefje dat hij heeft achtergelaten. Hij heeft Sufia Elmi vermoord, niet?'

Hoe meer ik erover nadenk, hoe meer ik van de waarschijnlijkheid overtuigd raak. En als hij Sufia heeft vermoord, wisten Valtteri en Maria daar dan iets van, vraag ik me af. Mogelijk heeft hij het misdrijf tegen hen bekend. Dreigementen met de Bijbel in de hand, waarin over verdiende bestraffingen in het hellevuur wordt gesproken, kunnen hem tot zijn zelfmoord hebben gedreven. Mijn handen beginnen te trillen. Hij was alleen in huis met Kate, door mijn toedoen. 'Waarschijnlijk wel.'

'Zelfs ik merkte dat hij een vreemde snuiter was. Hoe kunnen zijn ouders niet hebben geweten dat er iets met hem loos was?'

'Ze hebben acht kinderen. In zo'n groot gezin krijgen kinderen niet veel individuele aandacht. Er blijft van alles onopgemerkt.'

Ze begint harder te huilen. 'Ik wil hier weg. Ik wil naar huis.'

Ik ga ervan uit dat 'Ik wil hier weg' gelijkstaat aan bij mij weggaan. Ik ben niet gauw bang, maar dit jaagt me schrik aan. 'Wat bedoel je?'

'Ik wil hier niet meer wonen.'

'Waar wil je dan heen?'

'Terug naar Amerika, naar Aspen.'

Ik zie Kate elk moment van de dag voor mijn geestesoog. Haar kastanjekleurige haar en grijze ogen die zo licht zijn dat ze bijna kleurloos zijn. Sinds we elkaar ontmoet hebben, is onze relatie een zelfstandige entiteit geweest, zowel een begin als een eind, zoals de dood volgens mij moet zijn. Ik dacht dat er nooit iets tussen ons in kon komen. Ik krijg hetzelfde gevoel dat ik had toen Seppo zijn dreigementen tegen haar uitte. Mijn hart bonst, mijn oren suizen en mijn gezichtsveld wordt wazig.

'In de Verenigde Staten heb ik nooit iemand ontmoet die zelfmoord heeft gepleegd,' zegt ze, 'en nooit iemand gekend met een vriend of familielid die dat had gedaan. In dit kleine landje lijkt het wel alsof elke dag iemand een eind aan zijn leven maakt. Finnen zijn net lemmingen die zich van een klif storten.'

Het is waar. Finland heeft meestal het hoogste aantal zelfmoorden per jaar. Vorig jaar waren het er zevenentwintig per honderdduizend inwoners. Als ik Kate en de tweeling zou verliezen, zou ik wel eens een bijdrage aan de statistiek kunnen gaan leveren.

Kate kijkt me aan en ziet de paniek in mijn gezicht. 'O, god. Kari, het spijt me heel erg. Zo bedoelde ik het niet. Jij moet met me mee natuurlijk. Ik zou nooit zonder jou vertrekken.'

Ik kalmeer een beetje. Ze slaat haar armen om me heen en kust me. 'We zouden hier best weg kunnen,' zegt ze. 'Je spreekt en schrijft bijna perfect Engels. Je bent een goed opgeleid en onderscheiden politieman. Voor elk politiekorps in de Verenigde Staten zou het een voorrecht zijn jou in de gelederen te hebben.'

Ze heeft een hogere dunk van mij dan ikzelf. 'Waarom wil je weg?' vraag ik.

Haar bedroefde blik zegt me dat haar woorden recht uit haar hart komen. 'Toen ik hier voor het eerst kwam, had ik een ander beeld van Finland. De natuur leek woest en prachtig, het leven leek ordelijk. Ik dacht dat de mensen gelukkig waren.'

'Je had het grotendeels bij het rechte eind,' zeg ik.

'Nee, ik had het mis. Dit is een ellendig land. De stilte, de somberheid, de maanden durende duisternis. Het is allemaal te extreem, alsof je in een woestijn van sneeuw in plaats van zand leeft.'

Soms denk ik dat ook.

'Als ik met mensen praat,' zegt ze, 'lachen of zelfs glimlachen ze zelden, tenzij ze dronken zijn. Finnen zijn ondoorgrondelijk. Ik heb geen idee wat ze denken of voelen. Soms heb ik het gevoel dat mensen me haten omdat ik een buitenlandse ben, zoals de verpleegsters in het ziekenhuis toen ik mijn been had gebroken. Ik voel me niet op mijn gemak. Erger nog, ik ben doodsbang omdat ik zwanger ben. Ik ben overgeleverd aan de genade van mensen die ik niet begrijp en niet kan begrijpen.'

Ik wist niet dat ze zo sterk cultureel vervreemd was. Ik probeer het uit te leggen. 'Wat jij als zwijgen beschouwt, is in onze ogen serene eenzaamheid. De meesten van ons zijn niet somber, maar we nemen het leven nu eenmaal ernstig op, misschien vanwege de extreme omgeving. De mensen haten je niet; ze respecteren je juist omdat je succesvol bent. Finnen zijn bang om fouten te maken. Als we iets niet perfect kunnen doen, is het voor ons moeilijk om het dan toch te proberen. De mensen die voor jou werken spreken vloeiend Engels en zijn er trots op, maar velen durven het gewoon niet te proberen.'

'Dat is geen excuus voor de manier waarop ik in het ziekenhuis ben behandeld.'

'Je verrekte van de pijn. Soms negeren de mensen hier dat iemand pijn lijdt, zodat diegene zijn waardigheid kan bewaren. Als je aan het bevallen bent, krijg je uitstekende medische zorg, en om dezelfde reden spreken de verpleegsters niet met je. Wie in de gezondheidszorg werkt, geeft alles om uit te blinken in zijn vak. Ons onderwijssysteem behoort tot de beste ter wereld. Er is geen beter land voor kinderen om op te groeien.'

Ik heb een monoloog gehouden die vooral een advertentie voor de Finse manier van leven lijkt. Nu ik de woorden uit mijn mond hoor komen, geloof ook ik er niet meer in.

Ze lijkt het niet te begrijpen. 'Leven we wel in hetzelfde land? We hebben net gezien dat een tiener, die waarschijnlijk een psychotische moordenaar was, naar het mortuarium werd afgevoerd nadat hij zichzelf had opgehangen. Ik werk op plekken waar alcohol wordt verkocht. Denk je dat ik niet zie hoe wijdverbreid alcoholisme hier is? Mensen zijn dronken omdat ze depressief zijn. Ze worden zelfs zo depressief dat ze geestesziek worden en een eind aan hun leven maken. En jij zegt dat dit een veilig land is? Wil je onze kinderen echt in zo'n omgeving laten opgroeien?'

Bijna iedereen in Finland kent wel iemand die zelfmoord heeft gepleegd. De normale manier om hiermee om te gaan is dat we onszelf toestaan te rouwen, te speculeren over het waarom en over onze liefde voor de overledenen te praten. Dan begraven we de doden en spreken nog maar zelden over hen. Ik weet niet of dat vanwege ons verdriet over hun dood is of uit schuldgevoel, omdat we hun niet de hulp hebben gegeven die ze nodig hadden om verder te leven. Zelfmoorden krijgen slechts een kleine advertentie in de krant, als een minimalisering van ons verlies, een vorm van ontkenning. De minuscule overlijdensadvertenties getuigen van onze schaamte.

'Veel van wat je zegt is waar. Ik kan niet ontkennen dat het leven in het noorden zijn gebreken heeft – vele zelfs – maar dit is mijn vaderland en ik houd ervan. Als je hier lang genoeg woont en de taal leert zodat je de cultuur kunt begrijpen, zul je Finland misschien wel gaan waarderen vanwege dezelfde redenen waarom je het land nu haat: de stilte, de eenzaamheid en de melancholie, eigenschappen waarvan ik juist houd.'

Nu wordt ze boos. 'De taal! Ik spreek geen Fins, maar ik weet er genoeg van om te zien dat de taal de cultuur weerspiegelt. In de spreektaal verwijs je naar andere mensen als "het". Dat zegt me al een heleboel.'

'Kate, ik ben een politieman van middelbare leeftijd met een slecht been. Ik weet niet of ik een baan in de Verenigde Staten zou kunnen krijgen, maar ik weet wel vrijwel zeker dat als het me zou lukken, ik niet goed zou zijn in mijn werk. Ik spreek Engels, maar ik begrijp jullie cultuur niet. Ik kan geen boeven vangen als ik niet weet hoe ze denken. De paar maanden die ik in de VS heb doorgebracht om aan mijn scriptie te werken voelde ik me als een vis op het droge. Alsof jij dat niet weet.'

'Ik verdien een inkomen van zes cijfers. Het doet er niet toe of jij al dan niet werkt.'

'Maar voor mij doet het er wel toe. Daar komt bij dat jij na de geboorte van de tweeling zwangerschapsverlof hebt. We kunnen dat tegen die tijd uitzoeken.'

'Wat maakt het uit dat ik met zwangerschapsverlof ben?'

'Dat zijn honderdvijf werkdagen, een hele tijd.'

'Waar heb je het over? Ik ga echt niet maandenlang met zwangerschapsverlof.'

'Waarom niet? Iedereen doet dat.'

'Betekent dat dat ik ertoe verplicht ben?'

Hoeveel ik ook van Kate houd, soms sta ik perplex over de culturele verschillen tussen ons. 'Ik denk het niet, maar ik heb nog nooit gehoord dat iemand het niet wilde. Wat doen Amerikaanse moeders dan?'

'We nemen een paar weken vrij, krijgen kraamzorg en gaan weer aan het werk, en dat is precies wat ik ook ga doen. Dus jij wilt niet verhuizen? Wil je er niet eens over nadenken?'

Mijn automatische reactie als iemand mij tot iets wil overhalen is het tegenovergestelde te doen. Ik probeer redelijk te blijven. 'Dit voelt als een ultimatum.'

'Kari, het is geen ultimatum. Ik zou nooit bij je weggaan. Ik wil alleen weten of je erover na wilt denken of niet.'

Ik wil het niet zeggen, maar Kates geluk is voor mij belangrijker dan mijn eigen geluk. 'Ik zal erover nadenken.'

We laten het onderwerp rusten en maken ons op om naar bed te gaan. Kate slaapt altijd in met haar hoofd op mijn schouder, terwijl we onze armen om elkaar heen hebben geslagen. We doen dat nu ook, maar ik kan nog altijd de spanning tussen ons voelen, alsof we magneten zijn die elkaar afstoten in plaats van elkaar aantrekken. Ik heb dat gevoel bij Kate nog nooit gehad, en het baart me zorgen.

23

Mijn telefoon gaat om negen uur 's ochtends. 'Waar zijn jij en Valtteri?' vraagt Jussi.

Ik breng hem op de hoogte van Heikki's zelfmoord, het briefje en mijn vermoedens.

'Kut,' zegt hij.

'Maria en hij zijn helemaal van de kaart.'

'Denk je echt dat dat afscheidsbriefje een bekentenis was?' vraagt hij.

'Misschien. Waarschijnlijk wel.'

'Waarom zou hij dat doen?'

'Het heeft geen zin daarover te speculeren. Laten we afwachten of uit het DNA-onderzoek blijkt dat hij op de plaats delict is geweest. Wat zijn Antti en jij te weten gekomen?'

'Antti heeft Eklunds auto onderzocht en bloed en sperma gevonden. Hij heeft de monsters naar Helsinki gestuurd voor onderzoek. Eklunds alibi klopt, maar ik ben niet overtuigd. Als hij uit Hullu Poro is weggeglipt, Sufia heeft vermoord en toen is teruggekeerd, zou niemand dat volgens mij opgemerkt hoeven te hebben.'

De zaak gaat zijn vijfde dag in en ik heb sinds het begin geen behoorlijke nachtrust meer genoten. 'Luister, ik heb maar twee uur geslapen. We zijn allemaal moe. Laten we de ochtend vrij nemen en vanavond bij elkaar komen, nadat de DNA-uitslagen zijn gearriveerd.'

'Moet ik bij Valtteri en Maria poolshoogte gaan nemen? Ik weet niet wat ik tegen ze moet zeggen.'

Hij bedoelt dat het moeilijk is je baas te troosten nadat zijn zoon zelfmoord heeft gepleegd, vooral als die jongen na een gruwelijke moord een eind aan zijn leven heeft gemaakt.

'Nee. Ik ga vanavond bij ze langs.'

We hangen op. De zelfmoord van Heikki en mijn gesprek met Kate blijven maar in mijn hoofd rondmalen. Het valt niet mee om weer in slaap te vallen, maar de volgende keer dat ik op de wekker kijk is het drie uur 's middags. Kate ligt naast me op bed een boek te lezen. 'Ik heb koffie gezet,' zegt ze.

Ik ga naar de keuken, schenk een kop voor mezelf in en ga naast haar op bed zitten.

Ze legt een hand op mijn knie. 'Het spijt me ik je zo'n rotgevoel heb bezorgd.'

'Dit is voor ons allebei een zware tijd. De hele wereld lijkt op zijn kop te staan.'

'Ja, zeker.'

Ik zet mijn koffiekop op de grond en omhels haar. 'Ik wil dat je gelukkig bent.'

'Ik ben gelukkig met jou.'

'Laat me eerst deze zaak oplossen, dan kunnen we daarna uitzoeken wat we kunnen doen om jouw situatie te verbeteren.'

Ze knikt en kust me.

In een hoek van de kamer heb ik een tafeltje met mijn pc neergezet. Ik sluit mijn monitor op Heikki's computer aan en zet die aan.

Toen ik nog klein was, bestond er een mythe dat laestadianen geen wasmachines met raampjes in de deuren mochten hebben omdat je dan het ondergoed zag terwijl de was ronddraaide. Strenge laestadianen verbieden dans en muziek, films, tv en videogames en sport, kortom het meeste van het amusement waar de harde schijf van een gemiddelde gebruiker vol mee staat. Daar komt bij dat Heikki thuis geen internetverbinding had, zodat ik vermoed dat het me niet veel tijd zal kosten zijn computer te bekijken.

Het is een oude computer, waar slechts een paar programma's op staan, zonder enige versleutelingssoftware. Ik bekijk de mappen en bestanden, die grotendeels schoolonderwerpen bevatten. Ik open een map met de naam BIJBELINTERPRETATIE. Die bevat vier bestanden, waarvan de eerste LIED heet.

Heikki heeft het Hooglied van Salomo uitgetypt, alle honderdzeventien verzen. Ik zie aan de spelfouten dat het geen gekopieerde tekst is. Een ander bestand heet MIJN LIED. Hij heeft gedeelten van zinnen uit het Hooglied herschikt en er zelf een gedicht van gemaakt.

op de bergen van Bether
graast het hertenjong tussen de lelies
de geur van uw parfums verspreidt zich
uw lippen druipen van honing
uw borsten zijn als torens

smachtend van liefde ligt mijn hand op de grendel
omringd door leliën
is mijn hoofd vol van dauw
ik heb gedronken
van de honing en melk onder uw tong
wek de liefde niet op en prikkel haar niet voordat het haar behaagt

Het gedicht is een merkwaardige mengeling van religieuze hartstocht en seksueel verlangen. Om zoiets te kunnen schrijven moet Heikki een zeer gevoelige jongeman zijn geweest, die hevig verliefd op iemand was. Het volgende bestand heet DE VERVLOEKTE. Ik lees:

Moeten wij dan van u horen, dat gij al dit grote kwaad doet en ontrouw zijt tegenover onze God door vreemde vrouwen te huwen? Nehemia 13:26-27
Wij hebben immers uw geboden verlaten, die gij ons gegeven had met deze woorden: het land, waar gij komt om het in bezit te nemen, is een bezoedeld land wegens de bezoedeling door de volken der landen, vanwege de gruwelen, waarmede zij het in hun onreinheid hebben gevuld. Dus moogt gij uw dochters niet aan hun zonen tot vrouw geven, noch hun dochters voor uw zonen tot vrouw nemen. Ezra 9:10-12
En Cham, de vader van Kanaän, zag de naaktheid van zijn vader. En Noach ontwaakte van zijn wijn, en hij merkte wat zijn jongste zoon hem gedaan had. En hij zeide: Vervloekt zij Kanaan. Genesis 9:21-25
Cham = nikker
Jumala vihaa neekereitä, God haat nikkers. Nikkers moeten sterven.

Mijn maag draait om, en ik vraag me weer af of Valtteri wist hoe gestoord Heikki was. Valtteri zal helemaal kapot zijn als ik hem vertel wat Heikki dacht en wat hij deed. Hij zal zichzelf de schuld geven, en misschien zelfs God. Misschien doet hij dat al. Eigenlijk wil ik de map verwijderen, zodat de zaak niet opgelost wordt. Ik vraag me af welk doel ermee gediend is als de waarheid boven tafel komt en of Sufia op die manier recht wordt gedaan. Het antwoord is ja, en daar word ik niet goed van. Ik open het laatste bestand, dat BABYLON heet.

En op haar voorhoofd was een naam geschreven, een geheimenis: het grote Babylon, de moeder der hoererijen en de gruwelen der aarde. Openbaring 17:5
Als ze zich ontheiligt door hoererij, ontheiligt ze haar vader; zij zal met vuur verbrand worden. Leviticus 21:9

De mannen van haar stad zullen haar stenigen, zodat zij sterft – omdat zij een schanddaad in Israël gepleegd heeft door in het huis van haar vader ontucht te bedrijven. Zo zult gij het kwaad uit uw midden wegdoen. Deuteronomium 22:21
Jumala vihaa huoria, God haat hoeren. Hoeren moeten sterven.

De woorden choqueren me. Allerlei vragen schieten door me heen. Waar heeft hij die ideeën vandaan? In zijn gedicht gaf hij blijk van zijn liefde. Voor wie was dat bedoeld? Hij uitte ook zijn haat. Waarom richtte hij die op Sufia, afgezien van haar huidskleur? Hoe kon hij geweten hebben dat ze promiscue was? Gezien de citaten in het BABYLON-bestand lijkt het erop dat hij Sufia door verbranding of steniging wilde executeren. Waarom vermoordde hij haar dan op een andere wijze? Ik speur verder in de computer, op zoek naar antwoorden.

Ik vind een gedownload document van een misdaadwebsite, genaamd 'De Zwarte Dahlia: het ware verhaal over de moord op Elizabeth Short'. Ik weet niet veel meer over de zaak dan wat Jaakko me heeft verteld, dus ik lees het door. Het is een gedegen verhandeling, waarin theorieën over de moord ter sprake komen en het misdrijf zeer gedetailleerd wordt besproken.

Ik zet mijn eigen computer weer aan en bezoek de website. Het is een heel uitgebreide site met artikelen over tientallen seriemoordenaars en beruchte moorden, maar ik concentreer me op de Zwarte Dahlia-zaak. De moord op Sufia lijkt een klunzige poging een misdrijf na te apen, met een paar persoonlijke aanpassingen.

Short werd doodgeschoten en in tweeën gesneden; haar lichaam werd gewassen voordat de moordenaar het ergens achterliet. Sufia werd gedood op de plek waar ze werd achtergelaten, en het lijkt erop dat een halfslachtige poging haar doormidden te snijden mislukte. Short had in beide mondhoeken japen van zeven centimeter, waardoor ze een doodse glimlach kreeg die aan een demente clown deed denken. Sufia had die niet, maar haar ogen waren uit de holten gelepeld. Seppo sprak tegen mij en een vriend over haar prachtige ogen. Dit lijkt een onwaarschijnlijk toeval.

Short en Sufia werden na de moord in dezelfde houding achtergelaten: de armen in een hoek van vijfenveertig graden opgeheven en de benen gespreid. Bij allebei was een dunne reep huid van de rechterborst verwijderd. Het blijft een onbewezen gerucht dat bij Short de letters 'BK' in haar romp waren gekerfd en dat er gras in haar vagina was gestopt. Bij Sufia waren de woorden 'NIKKER HOER' in haar romp gekerfd en was er een kapotte bierfles in haar vagina gestopt.

Het meest opvallende voor mij is dat zowel Elizabeth Short als Sufia genitale misvormingen had, zoals Jaakko al aangaf. Heikko kon alleen van Sufia's genitale verminking geweten hebben als hij haar vagina zelf had gezien of als iemand hem daarover had verteld. Het laatste is absoluut heel wat waarschijnlijker.

Heikki had ervoor kunnen kiezen om Albert DeSalvo, Ted Bundy, Jeffrey Dahmer of een andere beroemde moordenaar te imiteren. De moord op Elizabeth Short is nooit opgelost, en door de vele gruwelijke details is die moeilijk te doorgronden en gecompliceerd in vergelijking met een standaardmoord. Ik kan geen andere reden voor de nabootsing bedenken dan dat deze door hun gemeenschappelijke genitale afwijkingen geïnspireerd werd.

Heikki had thuis geen internetaansluiting. Hoe heeft hij dan de internetbestanden kunnen downloaden? Hij heeft die dus met behulp van een andere computer binnengehaald, of een ander heeft die aan hem gegeven. Ik bekijk zijn floppydisks en cd-roms. Ze bevatten geen bestanden over misdrijven.

Mijn mobiel gaat. Mijn vader, volgens het scherm. Hij belt nooit, tenzij in dronken razernij of als mijn moeder ziek is. Ik ben bang dat het laatste het geval is, dus neem ik op. 'Hoi, pa.'

'Hallo, zoon. Het lijkt me beter als je hierheen komt.'

'Is er iets met ma?'

'Nee. Het lijkt erop dat Pirkko Virtanen het niet meer aankon. Ze heeft Urpo omgebracht.'

Ik kan het me niet voorstellen en vertrouw het niet. 'Ben je dronken?'

'Jammer genoeg niet.'

Ik hang op. De monitor laat een foto van Elizabeth Short op de plaats delict zien. Ik herinner me Sufia in het donkere sneeuwveld en denk dan aan de huilende Heikki die tranen op haar gezicht laat vallen. Pirkko kan niet spreken en kan nauwelijks uit haar stoel komen. Hoe zou ze Urpo kunnen doden? Er moet hier iets in het water zitten. Onze hele gemeenschap is krankzinnig geworden.

24

Ik rijd tussen hoge sneeuwbanken over de smalle weg naar Marjakylä. De zestien huizen waaruit het dorp bestaat zijn op identieke, rechthoekige percelen gebouwd, die groot genoeg zijn voor een huis, een paar bijgebouwen en een flinke tuin. De rood geschilderde huizen zijn allemaal van hout en hebben een puntdak. Ze zijn gebouwd op een terrein dat is gegeven aan oorlogsveteranen die door toedoen van de Duitsers dakloos waren geworden.

Toen de Duitsers zich tegen het einde van de Tweede Wereldoorlog uit Lapland terugtrokken, pasten ze de tactiek van de verschroeide aarde toe. Ze brandden Kittilä bijna helemaal plat, alleen de kerk bleef staan. Nadat onze grootouders de verkoolde resten en het puin hadden opgeruimd, gingen ze in de bevroren aarde en het graniet aan het werk om het stadje opnieuw op te bouwen.

De huizen staan langs een onverharde weg, acht aan elke kant. Mijn ouders wonen in het laatste huis aan de rechterkant. Tegenover hen wonen de alcoholiste Raila en haar anorectische dochter Tiina. Lange Paavo woont naast mijn ouders, en de Virtanens wonen aan de overkant.

Lange Paavo is de ondernemer van de buurt. Hij bezit vijf van de huizen in Marjakylä, waaronder dat van mijn ouders. Hij heeft het huis aan de overkant tot winkel verbouwd, die door zijn vrouw wordt gedreven. Hij is ook eigenaar van de bar in het centrum waar mijn vader werkt.

Voor het huis van de Virtanens heeft zich een groep van zo'n twintig mensen verzameld. Ik zie Eero in het licht van mijn koplampen. Hij is met zijn hond Sulo en ziet er zoals altijd parmantig uit. Hij draagt een jas met een bontkraag, en onder de jas steekt een zijden kamerjas uit. Daaronder is een lange thermo-onderbroek te zien en hoge schoenen waarvan de veters loszitten.

Ik parkeer op de oprit van mijn ouders. Lange Paavo is met mijn vader in zijn schuur. Ze staan tegen een werktafel geleund sigaretten te roken.

'Wat is er gebeurd?' vraag ik.

'Ik was buiten aan het werk,' antwoordt Lange Paavo. Hij gebaart naar een fietsframe dat tegen de tafel aan staat en een stapel tandwielen en andere onderdelen. 'Urpo schreeuwde zo hard tegen haar dat ik hem hier helemaal kon horen. Hij zei dat ze op moest staan en eten voor hem moest klaarmaken. Hij bleef maar doorgaan, en toen slaakte hij een soort gil en werd het stil. Het leek me een goed idee om even een kijkje te nemen.'

Lange Paavo is ook de huisbaas van de Virtanens. 'Ik klopte, maar er werd niet opengedaan, en daarom ging ik naar binnen. Hij ligt dood op de grond. Ze heeft hem in zijn hals gestoken. Ik ben naar je vader gegaan en heb tegen hem gezegd dat hij jou moest bellen.'

Voor ons is de kerstperiode niet alleen maar duister vanwege het gebrek aan daglicht; het is ook een duistere periode vanwege het vele huiselijk geweld. Als ik niet een paar deuren van Urpo en Pirkko vandaan was opgegroeid, zou ik bijna blij zijn geweest om deze moord te onderzoeken. Na de bizarre gebeurtenissen van de afgelopen dagen zou het dan een normale werkdag in december zijn geweest.

'Waar is Pirkko?' vraag ik.

'Toen ik wegging zat ze in haar stoel, zoals altijd, behalve dat ze een slagersmes op haar schoot vasthield. Ze zei niets. Voor zover ik weet, zegt ze al een hele tijd niets meer.'

'Wat doen al die mensen buiten?'

'Er zijn een paar mensen naar me toe gekomen vanwege dat geschreeuw, en toen heb ik verteld wat ik had gezien. Ik denk dat ze het rondverteld hebben. Ik had niets moeten zeggen natuurlijk, maar ik was helemaal van streek. Sorry.'

'Geeft niet. Kom allebei met me mee en zorg dat iedereen buiten blijft terwijl ik poolshoogte neem.'

We lopen naar het huis. Terwijl zij op wacht gaan staan, open ik de deur. Pirkko zit in haar fauteuil. Ze kijkt niet op. Haar jurk en gezicht zijn met bloed bespat. Urpo ligt op de vloer naast een omgevallen salontafel, nog altijd zijn hals omklemmend. Ze heeft zijn luchtpijp gemist, maar wel de slagader getroffen. De vloer en de muren zitten vol bloedspetters.

Ik kniel naast Pirkko neer, haal het mes uit haar hand en leg het naast me op de vloer. 'Kun je met me praten?' vraag ik.

Ze geeft geen teken van herkenning.

'Het komt wel goed. Er zal je niks ergs overkomen.'

Ze beweegt niet, maar de tranen lopen over haar wangen.

Ik open de voordeur en geef mijn vader mijn autosleutels. 'Wil jij de viskoffers voor me uit de kofferbak halen?'

Als hij terug is, stop ik het mes in een plastic zak en maak een paar foto's van Pirkko, maar niet te veel, omdat ik haar zo min mogelijk in verlegenheid wil brengen. Ik bel de hulpdiensten en vraag om twee auto's. Terwijl ik wacht, ga ik naast Pirkko zitten en houd haar hand vast om haar te troosten.

Ik heb al heel wat van dit soort voorvallen meegemaakt. Zoiets gebeurt elk jaar wel een paar keer. Ik heb een goed beeld van wat er gebeurd is. Zij zat in haar stoel, hij stond vlak voor haar in haar gezicht te schreeuwen. Ik weet niet precies hoe ze aan het mes is gekomen. Misschien is ze naar de keuken gegaan om het te pakken en is ze weer gaan zitten, misschien had ze het onder het stoelkussen verborgen. Ik weet zeker dat ze bang voor hem was. Dat zou ik ook zijn geweest. Wie weet hield ze het mes daar al jarenlang verstopt, voor het geval dat.

Hij staat daar tegen haar te schreeuwen totdat ze het niet meer kan verdragen, en dan steekt ze het mes omhoog. Misschien was hij zo dronken dat hij het niet eens in de gaten had. Ze is zo zwak dat ze het alleen maar naar hem toe bewogen kan hebben, maar het was zo scherp dat het zijn hals binnendrong en de linkerhalsslagader doorsneed.

Uit het patroon van de bloedspetters maak ik op dat hij helemaal is rondgedraaid, over de salontafel heen op de grond is gevallen en daar is leeggebloed en overleden. Het kan niet lang geduurd hebben.

De ambulancebroeders arriveren. Ik zeg tegen hen dat ze haar kalmerende middelen moeten geven en haar naar het ziekenhuis moeten brengen. Ze is dik. Met de nodige inspanning tillen ze haar op en zetten haar in een rolstoel. Haar lege stoel is nat en ik moet kokhalzen van de lucht. Pirkko plaste kennelijk voortdurend in haar broek op die stoel. Ze kon niet meer voor zichzelf zorgen, maar dat kon niemand iets schelen.

Als ze weg is, loop ik rond en maak nog een aantal foto's. Het hele huis stinkt als een massagraf. Op het aanrecht staan gesmokkelde lege flessen waar Russische medicinale alcohol in gezeten heeft. Zijn lievelingsmerk was Royal American Spirit. Ik maak een paar close-ups van Urpo. Hij is ondervoed en leefde de hele winter al op de drank, zonder veel te eten. Zijn lijk doet me denken aan een geplukte dode kip.

Als ik klaar ben, rijden de hulpverleners zijn lichaam op een brancard naar buiten. Ik loop met hen mee. De werklampen van Paavo geven ons genoeg licht om bij te kijken. De meute staat nog altijd in de tuin in de sneeuw te stampvoeten en in de handen te wrijven om warm te blijven.

Als Raila, die in een alcoholpsychose verkeert, het lijk ziet, begint ze te gillen. Ze wijst naar het raam van de Virtanens en gilt steeds weer: 'Ze konden de gordijnen niet eens strijken! Ze konden de gordijnen niet eens strijken!' Ze begint in haar gehandschoende handen te klappen.

Tiina heeft een hangende mond en ogen, een bovenlip die zo dun is als een scheermes en geen gleuf tussen haar neus en lippen: typische kenmerken van een foetaal alcoholsyndroom. Ze pakt haar pop uit de kinderwagen en kirt ertegen. 'Wees stil, mama, anders maak je de baby wakker,' zegt ze.

Raila blijft maar over gordijnen schreeuwen. Tiina blijft haar maar vertellen dat ze stil moet zijn. Tiina loopt naar de schuur van Lange Paavo, komt terug met een plastic fietspomp en slaat Raila daarmee op haar hoofd.

Het bloed loopt van Raila's gezicht en ze begint te huilen. Ze heeft dun grijs haar. Tiina graait ernaar en rukt een streng van haar hoofd. Ze gooit een bloederige klont haren en hoofdhuid in de opeengepakte sneeuw.

Ik grijp Tiina beet, de ambulancebroeders laten Urpo op de brancard liggen en bemoeien zich met Raila. Wanneer Tiina weer rustig is, zeg ik haar dat ze naar huis moet gaan. De kinderwagen voor zich uit duwend beent ze naar haar huis terug. Ik realiseer me dat het me helemaal niet verrast wat ik daarnet heb gezien. Een psychose is iets heel normaals geworden. Misschien zijn we allemaal gek geworden door de kou en de duisternis.

Mijn vader en Lange Paavo lopen naar me toe. We steken alle drie een sigaret op.

'Vreemde dag,' zegt mijn vader.

'Je hebt geen idee.' Ik kijk op naar Lange Paavo. 'Wist jij dat Pirkko en Urpo zo leefden?' vraag ik.

'Urpo is al dertig jaar dronken en Pirkko leidt al even lang een ellendig leven in dat huis,' zegt hij. 'Wat had ik daaraan moeten doen?'

Veel mensen drinken gesmokkelde medicinale alcohol omdat die goedkoop is, maar doordat het bijna honderd procent zuiver is, worden mensen er krankzinnig en gewelddadig door, vooral tijdens kaamos. Maar Urpo had geen sterkedrank nodig om een klootzak te zijn, want als hij nuchter was, gedroeg hij zich ook als een gewelddadige gek. Ik schud mijn hoofd. Een vrouw die haar man heeft moeten ombrengen om hulp te krijgen.

Er stopt een auto, en Jaakko stapt eruit. 'Ik hoorde erover op de scanner,' zegt hij. 'Wat is er gebeurd?'

Ik wil nu niets met Jaakko te maken hebben, maar hij is verslaggever en er is hier een ernstig misdrijf gepleegd, dus veel keuze heb ik niet. 'Urpo Virtanen is dood. Zijn vrouw heeft hem gedood.'

'Wat is er gebeurd?'

'Ik stuur je morgenochtend een politierapport.'

'Geef me dan nu een officiële verklaring.'

'Echt, Jaakko, dat kan ik nu niet opbrengen.'

'Mag ik wat foto's maken?'

'Buiten mag je doen wat je wilt, maar je gaat niet naar binnen.'

Hij kijkt geërgerd. 'Ik heb begrepen dat de zoon van je brigadier gisteren zelfmoord heeft gepleegd.'

'Ja, dat klopt. De afgelopen dagen zijn voor deze gemeenschap heel zwaar geweest.'

'Eindelijk iets wat ik kan citeren. Kun je me ook een reden geven?'

'Kunnen we ooit echt weten waarom mensen zelfmoord plegen?'

'Akkoord. Heb je nog iets te zeggen over het huwelijk van je ex-vrouw?'

Hij verrast me met die vraag, wat natuurlijk precies zijn bedoeling is. 'Welk huwelijk?'

'Zij en Seppo Niemi zijn vandaag op het gemeentehuis getrouwd. Je hebt hem gearresteerd op verdenking van moord, hem weer vrijgelaten, en dan trouwt hij een dag later met Heli. Dat intrigeert me.'

Mij ook. Ik heb tijd nodig om de informatie te verwerken en na te denken over de motieven achter dat huwelijk.

'Ze belde me vanmiddag op om een toelichting te geven,' zegt hij. 'Ze zegt dat Seppo haar al vele jaren vraagt om met haar te trouwen, en dat ze dat vandaag uiteindelijk heeft gedaan om hem steun te betuigen, in het licht van zijn onterechte arrestatie.'

'Dat is nobel van haar.'

'Ze zegt ook dat jij na zijn arrestatie langs de kant van de weg bent gestopt en een pistool tegen zijn hoofd hebt gezet. Is dat waar?'

Seppo kon godverdomme zijn bek dus niet houden. 'Dat moet je aan Seppo vragen.'

'Dat heb ik gedaan.'

'Wat zei hij?'

Hij zwijgt en neemt de tijd om te bedenken hoe hij me in de val kan lokken, maar het lukt hem niet. 'Hij zegt dat dat niet waar is.'

'Waarom vraag je het mij dan nog?'

Hij doet me denken aan een hond die een konijn uit zijn hol probeert te krijgen. 'Omdat ik denk dat het wél waar is. Ik denk dat er van alles gaande is. Ik denk dat het onderzoek naar de moord op Sufia Elmi door persoonlijke gevoelens en oude vetes gevaar loopt.'

'Dat mag jij best vinden, maar pas op met wat je publiceert. De komende dagen zal er een hoop duidelijk worden.'

'Je bent nogal terughoudend. Wat verberg je?'

Mijn mobiele telefoon gaat. Ik draai me van Jaakko af en neem op. 'De DNA-uitslagen van Valtteri's huis zijn binnen,' zegt Antti. 'Daaruit blijkt dat Heikki bij de moord aanwezig is geweest, en ook in Seppo's huis.'

Voor de tweede keer in evenveel minuten ben ik overrompeld. 'In het huis.'

'Ja.'

'Oké, bedankt. Ik bel je straks.'

'Wat is er volgens jou...'

Ik onderbreek hem. 'Ik kan nu niet praten.'

De verplegers rijden met Urpo's lichaam in een ambulance weg. Raila blijft met een bedroefde blik in haar eentje staan. Misschien is ze bang om naar huis te gaan.

Ik draai naar mijn vader en Lange Paavo toe. 'Allebei bedankt.'

Jaakko wil weer iets vragen, maar ook hem laat ik niet uitpraten. Ik breng Raila naar huis en nadat ik mezelf ervan overtuigd heb dat Tiina kalm is, loop ik naar mijn auto terug. Ik moet naar Valtteri toe en mijn vriend vertellen dat zijn overleden zoon een moordenaar was.

25

Als ik na mijn vertrek uit Marjakylä bij de kruising kom, verschijnt opeens het noorderlicht. In plaats van de grote weg op te rijden, steek ik die over in de richting van Aslaks rendierfarm, parkeer op zijn oprit en stap uit de auto.

Het is een graad of twintig onder nul. In een dergelijke kou kun je bijna niets meer ruiken, maar toch ruik ik het noorderlicht. Ik heb gehoord dat dat onmogelijk is, maar ik ruik het altijd. Het ruikt naar koper en verbrand kaneel. Een paar keer heb ik het ook gehoord. Het klonk als een voortdurend rommelende donder.

Ik steek een sigaret op en zie het noorderlicht zwakker en sterker worden, zie de groene golven als slangen kronkelen. Door de pas gevallen sneeuw is het veld waarin Sufia's lichaam lag een maagdelijk witte lijkwade geworden. Zo'n twintig rendieren hobbelen nieuwsgierig naar me toe.

Ik realiseer me dat ik Sufia's vader sinds Seppo's vrijlating niet meer heb gesproken. Hij zal zeker kwaad op me zijn, en het zal geen prettig gesprek worden. Als ik mijn telefoon pak om hem te bellen, begint die in mijn hand te rinkelen. 'Goedenavond, inspecteur,' zegt Abdi. 'Ik heb in de krant gelezen dat er van een minder gunstige ontwikkeling sprake is in het onderzoek naar de moord op mijn dochter.'

'U bedoelt de vrijlating van Seppo Niemi.'

'Precies.'

'Neem me niet kwalijk dat ik u daarover niet eerder heb gebeld. Het onderzoek ontwikkelt zich zo snel dat ik daar nog geen tijd voor heb gehad. Seppo is om tactische redenen vrijgelaten. Dat heeft niets met zijn schuld of onschuld te maken.'

'Zal de moordenaar van mijn dochter vrijuit gaan om – zoals u dat noemt – tactische redenen?'

Ik zeg niets over mijn vermoedens aangaande Heli's betrokkenheid bij de moord. Als blijkt dat ze Heikki heeft overgehaald om de moord te plegen, zal Abdi nog altijd tevreden kunnen zijn dat het recht zijn loop heeft gekregen. 'Ik kan hem op elk gewenst moment weer aanhouden. Er is nu sprake van een nieuwe ontwikkeling, op grond waarvan dat spoedig het geval zou kunnen zijn.'

'Wat voor ontwikkeling?'

'Gisteren heeft een tienerjongen zelfmoord gepleegd. Uit forensisch onderzoek is gebleken dat hij bij de moord aanwezig is geweest, evenals in Seppo's huis. Het lijkt erop dat de jongen medeplichtig is geweest aan het misdrijf.'

'Ik ben nog steeds niet overtuigd. Toen we elkaar onlangs spraken, had u de moordenaar van Sufia achter slot en grendel gezet en geloofde u nog dat de zaak snel zou worden opgelost. Nu spreekt u over tactische overwegingen en tieners die medeplichtig zijn. Ik begin mijn vertrouwen in u te verliezen, inspecteur.'

'Meneer Barre, ik beloof u...'

Hij onderbreekt me. 'De Koran leert: "Maar voorzeker zijn er bewakers over u, eerwaarde schrijvers die weten wat gij doet." Laat de moord op Sufia niet ongewroken blijven.'

De verbinding wordt verbroken. Ik kijk omhoog. Het noorderlicht is verdwenen, en ik staar in de duistere, levenloze poolnacht.

Ik klop op Valtteri's deur. Maria doet open. Ze lijkt in één dag tien jaar ouder geworden. Ik stap naar binnen en omhels haar. In de hal trek ik mijn schoenen uit. Valtteri loopt de woonkamer binnen. Hij kijkt angstig, misschien vanwege de boodschap die ik voor hem heb.

'Maria, wil jij koffie voor ons zetten?' zegt hij.

'Hij was ook mijn zoon.'

'Maria, ga naar de keuken.'

Ze protesteert niet meer en loopt weg. We gaan naast elkaar op de bank zitten. 'Ik moet je een paar moeilijke dingen vertellen,' zeg ik.

Hij vouwt zijn handen, legt zijn armen op zijn knieën, staart naar de vloer en wacht.

'Heikki is op de plek van de moord geweest. De tranen op Sufia's gezicht zijn van hem.'

Valtteri kijkt niet op.

'Ik heb vandaag zijn computer doorzocht. Een schuldbekentenis heb ik niet aangetroffen, maar wel diverse vreemde zaken. Hij schreef: "God haat nikkers", en "God haat hoeren", dus bijna hetzelfde als wat we op haar lichaam hebben gevonden.'

Valtteri huilt in stilte. De tranen vallen tussen zijn knieën door op het tapijt, tussen zijn voeten. 'Waarom heeft hij het gedaan?' vraagt hij.

'Dat weet ik niet.'

'Je zegt nu dat Heikki dacht dat God wilde dat hij dat meisje doodde. Ik heb mijn kinderen gelovig opgevoed. Ik dacht dat God hen tot rechtschapen, sterke mensen zou maken. En nu vertel je me dat Heikki een zieke moordenaar is geworden door wat ik hem heb geleerd.'

'Dat denk ik niet. Uit wat hij schreef, kon ik opmaken dat Heikki een stoornis had.'

'En ik heb hem zo gemaakt.'

'Nee, het is niet jouw schuld. Jij hebt hem goed opgevoed. Wat Heikki heeft gedaan, had niets met jou te maken. Ik ken je al heel wat jaren, en jij bent een goed mens en een goede vader.'

Hij kijkt op en strekt zijn handen naar me uit. Ik weet niet wat hij wil doen. Zijn stem trilt. 'Maar waarom dan?' Hij schreeuwt het uit. 'Lieve God, waarom!'

Maria komt uit de keuken binnen. Ze draagt een dienblad met kopjes koffie en plakken cake, dat ze op de salontafel voor ons neerzet. Ze huilt. 'Valtteri, ik heb gehoord wat er is gezegd. Hij heeft dat meisje gedood, hè?'

Hij slaat zijn armen om zich heen en zwaait heen en weer. 'Maria, we hebben een monster grootgebracht.'

Ze veegt haar tranen weg, knielt op de vloer en slaat haar armen om Valtteri heen, in een poging hem te kalmeren. 'Waarom?' vraagt ze me.

'Heikki was verliefd op een meisje. Hij had een gedicht over haar geschreven, dat ik in zijn computer heb gevonden. Weet jij om wie het gaat?'

'Nee,' zegt Maria.

'Uit wat hij heeft opgeschreven, maak ik op dat het meisje en Sufia Elmi op een of andere manier met elkaar verbonden zijn. En er is nog iets. We hebben zijn DNA in Seppo Niemi's huis gevonden. Kenden Seppo en hij elkaar?'

'Heikki deed klusjes voor Seppo en Heli. Hij veegde sneeuw voor hen, bracht hout voor de kachel en dergelijke. Hij heeft Heli in de kerk ontmoet. Het is geen verrassing dat hij in hun huis is geweest.'

Het is Maria gelukt hem wat te troosten. Valtteri is inmiddels wat kalmer, maar nu weet ik dat hij informatie heeft achtergehouden. Mijn twijfel over zijn antwoord op de vraag of hij wist dat Heikki Sufia heeft vermoord komt weer op. 'Waarom heb je me dat niet verteld?' vraag ik hem.

'Jij praat niet graag over Heli, en ik zag er het nut niet van in jou te vertellen dat mijn zoon haar oprit veegde.'

Ik krijg een ingeving die me zo schokt dat ik onbedoeld hardop vloek. 'Godverdomme!'

Ze kijken me perplex aan. Ze denken vast dat ik kwaad op

hen ben omdat ze me niet verteld hebben dat Heikki Heli en Seppo kende. 'Sorry,' zeg ik.

Opeens zie ik de waarschijnlijkste oplossing voor de moord op Sufia. Heikki en Seppo kenden elkaar. Uit mijn onderzoek naar Seppo's handel en wandel is me gebleken dat hij geen scrupules had en alles wat los en vast zat zou neuken. Het zou me niet verrassen als hij van twee walletjes at. Misschien had hij de jongen die sneeuw ruimde en klusjes deed verleid.

Heikki was jong, beschermd opgevoed en waarschijnlijk onervaren. Misschien was hij bezig zijn seksualiteit te verkennen. Het zou kunnen dat Heikki en Seppo een homoseksuele relatie hadden. Als ze minnaars waren, zou Heikki vast bij Seppo's autosleutels hebben gekund. Misschien heeft Heikki Sufia vermoord omdat hij jaloers was.

Ik leg mijn hand op Valtteri's schouder om hem te laten weten dat ik niet boos ben, en plotseling schaam ik me voor mijn idee dat Valtteri en Maria iets met Heikki's zelfmoord van doen zouden hebben gehad. Ze hielden zielsveel van hun zoon. 'Is er nog iets wat je me niet hebt verteld?'

Hij schudt zijn hoofd.

'Je zult begrijpen dat ik dit niet uit de kranten kan houden.'

Maria slikt nog net een kreet in. Ze moet inmiddels tot het besef zijn gekomen dat Valtteri en zij nu een nieuwe identiteit als de ouders van een psychotische moordenaar zullen krijgen. Ze zullen zo'n vernedering moeten doorstaan dat zij noch de gemeenschap dat ooit zullen vergeten.

Valtteri pakt haar hand maar kijkt naar mij. 'Het spijt me vreselijk,' zegt hij. 'Ik heb jou en het hele politiekorps in ernstige verlegenheid gebracht. Ik zal morgen na de begrafenis mijn ontslag indienen.'

Ik probeer iets te zeggen, maar kan geen geschikte bewoordingen vinden. Hij houdt van zijn werk. 'Verdomme, Valtteri, wat Heikki heeft gedaan is niet jouw schuld, en ik zal je ontslag niet aanvaarden.'

Hij slaakt een zucht. 'Ik heb hem grootgebracht, het is mijn schuld. Je zult mijn ontslag accepteren en blij zijn dat je dat hebt gedaan.'

'Je hebt nu veel verdriet en je weet niet wat je doet.'

'Ik zie geen andere keuze.'

'Ontslag nemen is geen optie voor je. Je hebt nog zeven kinderen en een vrouw om voor te zorgen.'

Hij begint weer te huilen. 'Wat moet ik dan doen?'

'Je gaat nu rouwen om je zoon en dan ga je weer aan het werk, terwijl ik uitzoek waarom Heikki dit heeft gedaan.'

Hij kijkt naar Maria, ze knikt. 'Ik zal het proberen,' belooft hij.

Ik sta op om te vertrekken. 'Het spijt me heel erg dat ik jullie dit allemaal moest vertellen. Ik zie jullie morgen op de begrafenis.'

'Je moet maar niet komen,' zegt hij. 'We willen er niemand bij hebben, behalve wij tweeën en zijn broers en zussen.'

'Ik begrijp het,' zeg ik, maar dat is niet waar. Niemand kan begrijpen welke helse marteling ze doormaken. Ze hebben het emotionele equivalent doorgemaakt van wat Sufia is aangedaan, en ik was degene die hen met deze zware last opzadelde. Ik hoop dat ze me dat ooit kunnen vergeven. Ik vertrek zonder nog iets te zeggen.

26

Ik blijf de van verdriet en afschuw vertrokken gezichten van Valtteri en Maria steeds weer voor me zien. Ik wil alleen zijn, en daarom rijd ik langzaam terug naar het politiebureau. Ik kan in mijn kantoor gaan zitten om rapporten te schrijven. De nationale politiecommandant blijft me voortdurend in mijn nek hijgen. Misschien kan ik hem tevredenstellen door hem te laten weten dat de oplossing van de zaak nabij is. Maar eerst moet ik het rapport over de DNA-uitslagen van Heikki lezen.

Bij een kruising vlak bij het bureau stopt er een auto naast me in de verkeerde rijstrook. Seppo's BMW. Heli zwaait naar me vanuit de chauffeursstoel. Het passagiersraampje gaat omlaag en ik laat mijn raampje ook zakken om haar te kunnen horen. Ze roept naar me dat ik haar moet volgen.

Ze geeft een dot gas en terwijl de wielen op het ijs slippen schiet de BMW me voorbij. Ik vraag me af wie er ditmaal is vermoord. Ik accelereer snel om haar bij te kunnen houden. Ze rijdt met hoge snelheid door rood, ik volg haar voorbeeld. Na een aantal straten slaat ze af en parkeert de auto. Ik stop achter haar.

Ze stapt uit en gaat tegen het portier aan staan. Ze staat te huiveren, een klein vrouwtje dat haar jas strak rond haar hals trekt om zich tegen de kou te beschermen. Mijn handen beven van de adrenaline. 'Wat is dit verdomme?' vraag ik.

Ze wijst naar de lichtreclame van een wegrestaurant die in het donker opflitst. 'Ik zag je rijden en dacht dat we die kop koffie konden gaan drinken waarover we hadden gesproken.'

'Ik heb het daar niet over gehad. Dat was jij. Je reed als een idioot en negeerde het rode licht. Ben je niet goed wijs?'

Ze lacht. 'Ik had gewoon lol, niet meer dan een plagerijtje. Ga je me nu bekeuren?'

Ze heeft me kwaad gemaakt, maar ik wil niet dat ze dat merkt. 'Ik moet sowieso met je praten. Ga naar binnen, ik kom zo.'

Vanuit mijn warme auto bel ik Antti. 'Ik heb haast,' zeg ik. 'Jij hebt Heikki's DNA in Seppo's huis gevonden. Waar kwam dat vandaan en waar heb je het gevonden?'

'Schaamhaar,' zegt hij, 'op de rand van het toilet boven en in hun bed. Op de matras onder het laken.'

'Geen DNA op het laken?'

'Het beddengoed was schoon. Er lagen een hoop lakens en handdoeken in de droger. Ze waren in een wasmiddel met bleekmiddel gewassen. Geen kans op DNA.'

Ik verbreek de verbinding, haal een recordertje uit het dashboardkastje en steek het in mijn jaszak.

Ze heeft niet zomaar een restaurant gekozen, het is ons eigen restaurant. We kwamen hier toen we nog jong waren en we onze eerste afspraakjes hadden. Deze tent is in dertig jaar niets veranderd. Je kunt hier nog steeds een beker ijs met limonade krijgen. Ik tref Heli aan terwijl ze naar het tijdschriftenrek staat te kijken. Toen we dertien waren, verborgen we ons daarachter en wisselden onze eerste zoen uit.

'Laten we die koffie gaan drinken,' zeg ik.

Dezelfde man die ons bijna dertig jaar geleden hielp, staat nog steeds achter de bar. Hij lijkt nog steeds dezelfde vlinderdas te dragen. Het ruikt hier alsof hij het frituurvet in al die tijd ook niet heeft vervangen. Hij is een jaar of zestig en is nu eigenaar van het etablissement. Hij is verrast ons met elkaar te zien en trekt zijn wenkbrauwen op, maar zegt niets. 'Wat kan ik voor jullie doen, jongelui?' vraagt hij.

'Twee koffie,' zegt Heli. 'De mijne met melk, zwart voor Kari.'

Ze betaalt. We nemen tegenover elkaar plaats aan een tafel met banken.

'Gefeliciteerd met je huwelijk.'

'Dank je. Dat hadden we veel eerder moeten doen, en dit leek het juiste moment.'

Heli lijkt niet langer de woedende vrouw die op me spuwde of de ijskoningin die in mijn kantoor zat. Ze draagt versleten laarzen en een spijkerbroek, een oude trui. Ze heeft geen make-up op en haar lange blonde haar draagt ze in vlechten. Ze glimlacht, en nu herken ik het meisje op wie ik verliefd werd. Ik vermoed dat dit haar bedoeling is.

'Je hebt wel gevoel voor dramatiek,' zeg ik.

'Dit restaurantje leek me de juiste plek na zoveel tijd.'

'Na dertien jaar zie ik geen reden om oude herinneringen op te halen.'

'Het lijkt een goede plek om nieuwe herinneringen te creeren. Mijn excuses voor mijn gedrag. Ik was een kreng. Er is geen excuus voor slecht gedrag, maar jij kwam opeens ons huis binnenstiefelen, wat me choqueerde. Ik dacht dat je eropuit was om Seppo te pakken. Nu zie ik in dat dat allemaal niet waar was.'

In mijn stem klinkt sarcasme door. 'O ja, zie je dat in?'

'Ja, en het spijt me. Ik wil je ook bedanken dat je Seppo zo snel hebt vrijgelaten toen zijn onschuld eenmaal duidelijk was.'

'Jij bedankte me voor de vrijlating van Seppo door een verslaggever te vertellen dat ik hem had bedreigd.'

'Seppo was boos op me omdat ik dat had gedaan. Ik was toen nog kwaad op je.'

'Maar nu niet meer.'

Ze glimlacht, roert in haar koffie en tikt met het lepeltje tegen de binnenkant van het kopje. 'Nee.'

Ik leg de recorder op tafel. 'Dan zul je me vast wel willen helpen met het onderzoek en een paar vragen willen beantwoorden.'

Ze trekt een grimas. 'Moet dat echt? Ik word daar nerveus van.'

Nu is het mijn beurt om te glimlachen. 'Mijn geheugen is niet meer wat het geweest is. Ik heb dat apparaat nodig.'

Ze kijkt bedachtzaam en neemt een slok van haar koffie. 'Hoe verloopt het onderzoek naar de moord op het meisje?'

'Dat loopt op zijn eind. Ik heb begrepen dat jij Heikki kende.'

Ze trekt een droevig gezicht en er welt een traan op, hoe toepasselijk. 'Het was zo'n lieve jongen, ik was zwaar geschokt toen ik het hoorde. Hoe gaat het met zijn ouders?'

Ze beweegt haar hand naar de mijne, alsof ze een moment met me probeert te delen. Ik haal mijn hand weg. 'Zoals je zou mogen verwachten. Wat heb jij gehoord?'

Ze frummelt wat aan een zoutvaatje, alsof het niet haar bedoeling was mijn hand te pakken. 'In de kerk gaat het verhaal rond dat hij zich heeft opgehangen, en dat hij...' – ze pauzeert en snuift – '... mogelijk iets met de moord op het meisje te maken had. Het is enorm tragisch. Is het waar?'

'Dat is vertrouwelijk. Laten we naar het onderwerp gaan waarover ik je wilde spreken. Hoe goed kende je Heikki?'

'Niet goed, maar we waren min of meer bevriend. Hij had geld nodig, hij spaarde voor een auto en om te studeren. Ik gaf hem klusjes rond het huis te doen.'

'Was dat alles?'

Ze denkt er nog even over na. 'Nadat hij de sneeuw had geruimd of zo dronken we warme chocolademelk en spraken we over de Bijbel.'

'Ik was vergeten dat je hierheen was gekomen om je religieuze wortels terug te vinden. Wil dat een beetje lukken?'

Ze kijkt gekwetst en gaat verder waar ze was gebleven. 'Je hoeft niet zo gemeen te doen, hoor. Mensen veranderen, weet je. Ik was op weg naar huis van een kerkbijeenkomst toen ik je zag rijden. Ik neem mijn geloof ernstig. Ik vroeg me alleen af hoe zo'n aardige jongen als Heikki zoiets gedaan kan hebben.'

'Je lijkt je er nogal druk om te maken.'

'Misschien is het een morbide nieuwsgierigheid, maar het gebeurt niet dagelijks dat een jongen die bij je over de vloer komt zoiets gedaan blijkt te hebben. Dat is moeilijk te geloven.'

Heli was altijd al geïnteresseerd in macabere zaken; ze was dol op misdaad- en horrorfilms. Ik weet nog dat ze naar me keek toen ik dat vogeltje doodtrapte: ze keek niet geschokt maar gefascineerd.

'Heikki had een aantal merkwaardige religieuze ideeën,' zeg ik. 'Heeft hij ooit iets gezegd wat jij merkwaardig vond?'

Ze schudt haar hoofd. 'Hij leek me een prima jongen.'

Ik besluit nu door te stoten. 'Ik zal je morbide nieuwsgierigheid bevredigen. We weten dat Heikki op de plaats van de moord is geweest. We hebben zijn tranen op haar gezicht gevonden. Stel je voor: hij heeft haar als een beest afgeslacht, waarna hij zoveel spijt kreeg dat hij op haar gezicht huilde zodra hij haar gedood had en een paar dagen later zelfmoord pleegde.'

Nu wellen de tranen vanuit haarzelf op. 'Arme meid. Arme jongen. Hij moet ernstig in de war zijn geweest.'

'Het is heel genereus van jou om medelijden te tonen met het lijden van een vrouw die een relatie met jouw man had.'

Ze zucht. 'Wat ze ook heeft gedaan, ze verdiende het niet om zo te sterven.'

Ik knik instemmend en probeer vast te stellen in hoeverre ze oprecht is. 'Hoe vaak is Heikki bij jou thuis geweest?'

Ze haalt haar schouders op. 'Weet ik niet, een paar keer.'

'Waar zaten jullie als jullie over de Bijbel spraken?'

'Aan de eetkamertafel, op de bank in de woonkamer.' Ze kijkt me vorsend aan. 'Waar wil je naartoe?'

'We hebben zijn schaamharen in je badkamer boven en op je bed gevonden. Ik vroeg me af hoe die daar gekomen zijn.'

Haar ogen worden dof als van een slang, en dan beginnen ze heen en weer te schieten. Ze gaat achteroverzitten en lacht me uit. 'Kari, suggereer je nu dat ik een verhouding met een jongen van zestien had?'

Ze blijft lachen tot de tranen van haar wangen rollen. Ik wacht tot ze stopt. 'Ik suggereer niets. Waarom denk je dat?'

'Je lijkt dat te concluderen.'

'Ik stelde je een eenvoudige vraag. Hoe is volgens jou zijn schaamhaar in jouw slaapkamer en badkamer terechtgekomen?'

Ze kijkt me aan met dezelfde blik als toen ik haar in mijn kantoor ondervroeg. De blik die zegt dat ik achterlijk ben. 'Zullen we eens proberen ons voor te stellen hoe het is gegaan? Hij moet plassen en verliest daarbij een paar haartjes. Een ervan blijft in de badkamer liggen, de andere haar blijft aan mijn of Seppo's voet kleven en komt in het bed terecht.'

'Je hebt een toilet beneden. Waarom zou hij naar boven gaan?'

'Dat weet ik niet, maar welk verhaal klinkt aannemelijker? Dat die haar naar het bed is meegenomen of dat ik met die jongen een wip heb gemaakt? Denk daar maar eens over na.'

'Ik beschuldigde je er niet van dat je met die jongen hebt geneukt. Hij heeft jouw auto gebruikt om het misdrijf te plegen. Nu is het jouw beurt om na te denken. En vertel me dan welke conclusies je trekt.'

Ze zet haar ellebogen op tafel en laat haar kin op haar handen rusten. De tijd verstrijkt. Het idee verrast haar, zoals het mij verraste. Ze schiet rechtop. 'Wat een achterlijk gelul.'

'Je taalgebruik is erg grof voor een gelovig meisje.'

'De macht der gewoonte.' Ze begint weer te lachen. 'Je kunt toch niet serieus menen dat Seppo een homoseksuele relatie met die jongen had?'

Ik zeg niets, maar blijf haar afwachtend aankijken.

'Dat is onmogelijk,' zegt ze.

'Hoezo?'

Ze geeft geen antwoord. We staren elkaar aan. Ik laat haar winnen en spreek als eerste. 'Heeft Seppo bij jouw weten ooit een homoseksuele relatie gehad?'

Ze drinkt haar koffie met grote slokken op. Haar zwijgen is een antwoord.

'Heli, als je iets weet moet je het me vertellen. Anders kun je uiteindelijk als medeplichtige worden aangemerkt, wat je op een celstraf komt te staan. Dat is geen dreigement; ik probeer je alleen maar te helpen.'

Ze staat op, slaat haar sjaal om haar nek en trekt haar jas aan. 'Ik weet dat je je om mij bekommert, maar je bent aan het verkeerde adres. Je bent een goeie vent, altijd geweest ook. Dat was ik vergeten.'

We lopen samen het donker in. Er zit een bel op de deur van het restaurant, die vrolijk klingelt. De kou beneemt me een moment lang de adem. 'Bedankt voor de koffie,' zeg ik, en ik loop naar mijn auto.

Ze roept me na: 'Kari.'

Ik draai me naar haar om. Ze opent de deur van de BMW en kijkt me aan. 'Het spijt me dat ik je pijn heb gedaan toen ik bij je wegging. Ooit hield ik van je.'

Ik weet niet goed waarom, maar ik ben blij dat ze dat zegt. Ik knik haar toe, ook al weet ik niet wat ik daarmee bedoel. Misschien is het een bedankje, misschien een simpele bevestiging.

Heli start de BMW. Ik moet iets uitproberen. Ik loop naar haar toe. Ze rolt het raampje aan de passagierskant omlaag en ik steek mijn hoofd naar binnen terwijl ik tegen haar spreek.

'Een paar dagen geleden,' zeg ik, 'kreeg ik opeens het dwaze idee dat je ontdekt had dat Seppo een verhouding had en besloot je van Sufia te ontdoen. Jij en Seppo waren niet getrouwd. Als Seppo jou in de steek liet voor Sufia, zou je volgens de Finse wet niets krijgen. Je hebt Heikki verleid en zijn religieuze gevoelens bespeeld. Je wist hem ervan te overtuigen dat Sufia een nikkerhoer was, een zondaar die het verdiende te sterven, en toen hebben jullie samen de moord op Sufia beraamd.'

Ik pauzeer; Heli's gezichtsuitdrukking verraadt niets. Ik vervolg mijn verhaal.

'Jij en Heikki hebben Seppo's auto gebruikt en hem de moord in de schoenen geschoven. Daarna overtuigde je Seppo ervan met je te trouwen door een zielig verhaal op te hangen over jouw solidariteit met hem, die hem zou helpen zijn onschuld te bewijzen. Als je met hem trouwde, zou je kostje gekocht zijn. Je dreef Heikki tot zelfmoord door hem de waarheid te vertellen, namelijk dat je hem had gebruikt en van plan was je van hem te ontdoen. Ik zie nu natuurlijk in dat dat allemaal niet waar geweest kan zijn. Achteraf gezien lijkt het een stompzinnig idee.'

Haar gezichtsuitdrukking verandert niet. 'Je hebt een heel levendige fantasie.'

'Ja, inderdaad. Een homoseksuele liefde tussen Seppo en Heikki is een veel vanzelfsprekender oplossing. Alle elementen zijn aanwezig. Motief, gelegenheid... Maar je ziet toch wel dat alle stukjes in het scenario met jou en Heikki eveneens in elkaar passen? Op die manier is het alleen ingewikkelder.'

Heli grijnst en begint het raampje dicht te doen.

Er schiet me iets te binnen. 'Hé, wacht even,' zeg ik. Hoe spel je *lasi*, glas, in het Engels?'

'Hoezo?'

'Ik moet mijn vrouw een sms'je sturen en weet het niet meer.'

'*G-r-a-s-s*.'

Ze doet het raampje verder omhoog en rijdt weg. Ik steek een sigaret op. Mijn ogen tranen en ik zie wazig door de kou. Haar achterlichten lichten rood op en verdwijnen. Heli's Engels was vroeger ook al slecht. Zou Sufia echt een kapotte fles in haar vagina hebben gekregen omdat Heli een website verkeerd heeft gelezen en *grass* voor *glass* heeft aangezien? Ik ga onder een straatlantaarn staan, rook een sigaret en denk een tijdlang na.

27

Ik veeg de sneeuw van mijn schoenen en laat die in de hal staan. Dan loop ik de woonkamer in. Kate zit in bed te lezen, slechts gekleed in een zwart slipje. Moderne Finse huizen zijn zo goed geïsoleerd dat het niet uitmaakt hoe koud het buiten is. Je kunt altijd in je ondergoed in huis rondlopen zonder te bevriezen. Ze houdt haar boek omhoog: *Fins voor beginners. 'Mitä kuuluu?'* vraagt ze.

Ik kniel op de vloer naast haar neer. Haar huid is wit, zo kleurloos als sneeuw. De aderen onder haar huid zijn als blauwachtige schaduwen zichtbaar. Ik raak haar borst aan, volg de azuren lijn met mijn wijsvinger. *'Rakastele kanssani,'* zeg ik.

'Ik probeerde te vragen hoe het met je gaat,' zegt ze.

'En ik zei: vrij met me.'

Ze giechelt. 'Hoe moeten we dat doen met dat gips van mij dat in de weg zit?'

Ik begin mijn kleren uit te trekken. 'Daar komen we wel uit.'

We komen eruit. Na de derde keer leg ik mijn hoofd in haar oksel en vlij me tegen haar borst aan.

'Als dit een scène in een liefdesroman was,' zegt Kate, 'zou er staan dat je brandde van verlangen.'

Mijn mond ligt vol tegen haar borst aan, ik moet mijn hoofd omdraaien om antwoord te geven. 'Ik ben de laatste dagen met zoveel lelijke dingen geconfronteerd dat ik iets moois nodig had.'

Ze kust mijn lippen. *'Minä rakastan sinua'*, ik hou van je, zegt ze. Door haar accent klinkt ze als een kind dat leert praten. Ik grijns.

'Ik heb nagedacht over het gesprek dat we hebben gevoerd,' zeg ik. 'Stel dat we niet naar de Verenigde Staten zouden verhuizen, maar naar Helsinki? Dat heeft een grote internationale gemeenschap en veel mensen spreken daar Engels. Daar zou je je niet zo eenzaam voelen.'

'Zou je baas je weer terug laten gaan dan?'

'Ik denk het wel.'

'Zou jij daar gelukkig zijn?'

'Dat weet ik niet, en ik weet ook niet of jij daar gelukkig zou zijn. Misschien. Maar de grote skiresorts zijn in het noorden. Je zou dan wel ander werk moeten vinden. Het is maar een idee.'

Ze trekt een frons. 'Ik denk dat je wel gelijk had,' zegt ze. 'Laten we daarmee verdergaan nadat je de moord op Sufia Elmi hebt opgelost.'

'De zaak is nu echt bijna afgerond.'

Ik vertel Kate over alles wat er gebeurd is sinds ik eerder vandaag naar mijn werk ging. Over Pirkko die Urpo heeft vermoord, over de chaos op de plaats delict, over Tiina die Raila aanviel. Dat ik Valtteri en Maria moest vertellen dat hun zoon een moordenaar was en dat ik tot het besef kwam dat Heikki mogelijk een homoseksuele liefdesrelatie met Seppo had. Over mijn gesprek met Heli.

'Wat een helse dag,' zegt ze.

'Ja, maar het goede nieuws is dat als Seppo toegeeft dat hij een verhouding met Heikki had, ik het onderzoek kan afsluiten. Dan is het duidelijk dat Heikki op eigen houtje heeft gehandeld.'

'Waarom wilde Heli met je praten?'

'Dat ze het met me wilde goedmaken, was allemaal onzin. Ze probeerde me informatie over de zaak te ontfutselen. Ze is ergens bang voor.'

'Denk je echt dat zij en Heikki Sufia samen vermoord kunnen hebben?'

'Ik denk dat ze meer weet dan ze vertelt. Ik wilde haar reactie zien toen ze besefte dat ze als verdachte kon worden aangemerkt. De vrouw die ik kende had emotionele problemen, maar paste niet in het profiel van een psychopathische moordenaar. Maar dat was lang geleden. Ik ken haar niet meer. Dat ze de spelling van *glass* en *grass* door elkaar haalt, en dan het glas en het gras in de vagina's van Sufia en Elizabeth Short... Het zou wel krankjorum zijn als dat allemaal toeval is. Als je erover nadenkt, is deze hele zaak eigenlijk volslagen krankjorum.'

Voor mij is het onderzoek naar een misdrijf te vergelijken met een spelletje kaarten. Als ik meer kaarten krijg naarmate het spel vordert, herschik ik ze in gedachten. Als ik de zaak met Kate bespreek, wordt de hele stok geschud.

'Ik zie opeens Seppo, Sufia en Heikki in een slaapkamer voor me,' zeg ik. 'Seppo fantaseert dat hij de sjeik van Arabië is, Sufia is zijn Nubische danseres en Heikki zijn schandknaapje. Dat zou verklaren dat Heikki van Sufia's genitale verminking afwist. Hij zag haar vagina en had misschien zelfs seks met haar terwijl hij met haar en Seppo een ménage à trois beleefde.'

'Maar hoe kon Heikki dan het verband tussen Sufia en de Zwarte Dahlia-zaak leggen?' vraagt Kate.

'Dat weet ik nog niet. Misschien kan Seppo me dat vertellen. Misschien is dat de reden dat Heli me informatie probeerde te ontfutselen, om te zien hoeveel ik over Heikki's relatie met Sufia en Seppo afweet. Misschien chanteerde ze Seppo om met haar te trouwen door te dreigen dat ze mij de waarheid zou vertellen. Wie weet heeft ze wel eens over de moord op de Zwarte Dahlia gelezen en heeft ze er met Heikki over gesproken.'

'Misschien,' zegt Kate, 'maar gezien het feit dat Peter Eklund en Seppo elkaar uit Helsinki kennen, lijkt het onwaarschijnlijk dat Sufia's relatie met Peter zuiver toeval is. Als je gelijk hebt en er inderdaad een soort sekskring bestond, is het dan mogelijk dat er sporen van zijn sperma samen met dat van Seppo in haar mond gevonden zijn, zonder dat hij hier zelf bij betrokken is geweest?'

Weer wordt de stok kaarten geschud. 'Peter heeft toegegeven dat hij Seppo een paar keer in nachtclubs in Helsinki heeft ontmoet. Misschien hebben ze ontdekt dat ze allebei op tienerjongens vallen. Mogelijk bedroog Sufia Seppo niet met Peter. Het kan best zijn dat Seppo Sufia aan Peter heeft voorgesteld en haar min of meer aan hem heeft uitgeleend. Misschien neukten Seppo en Peter wel samen met Sufia en Heikki. Misschien is het niet precies zo gegaan, maar met een variant op het thema.'

Kate denkt hierover na. 'Wie heeft Sufia dan vermoord?'

Ditmaal wordt het pak kaarten niet opnieuw geschud. Ik kan me de volgorde van de gebeurtenissen die tot haar dood hebben geleid niet voorstellen. 'Ik weet het niet. Misschien hebben ze dat met zijn allen gedaan.'

Mijn mobiele telefoon gaat. Het is Antti, die vanavond dienst heeft. Ik neem op. 'Verdomme, Kari,' zegt hij, 'je moet snel hierheen komen.'

'Waarheen?'

'Op het meer waar jij en je vader zo graag vissen ligt een dode, helemaal verbrand op het ijs. Het lijkt wel een kind. Ik kan het godverdomme niet geloven.'

Ik kan het evenmin geloven. Het is kwart over twaalf 's nachts. Het onderzoek naar de moord op Sufia is net de zesde dag in gegaan. Drie moorden in zes dagen. Ik hoor dat Antti een snik probeert binnen te houden. Hij is een harde, dus het moet heel erg zijn. 'Het brandt nog steeds,' zegt hij.

'Haal een branddeken uit de patrouilleauto en doof het vuur. Ik bel Esko en kom zo snel mogelijk.'

Kate zit naakt naast me te wachten tot ik haar vertel wat er aan de hand is.

'Antti zegt dat er een kind verbrand en vermoord is. Ik blijf de hele nacht weg.'

Ze trekt een grimas. 'Nee.'

Precies wat ik denk.

28

Mijn vader en ik gaan nooit samen uit vissen, maar we vissen op dezelfde plek, en ik weet vrijwel zeker dat dat om dezelfde reden is. Het is de plek waar mijn zus Suvi is gestorven. Het is een manier om bij haar te zijn. Soms praat ik met haar als ik daar op een krat zit en een vislijn door een gat in het ijs heb laten zakken.

Het bevroren meer lijkt leigrijs onder de sterrenhemel. In het licht van de halvemaan stijgt een smalle kolom rook in de lucht op. Antti staat vlak bij de bron ervan, nog geen vijftien meter van de plek waar Suvi door het ijs is gezakt en verdronken is. Een huivering trekt door me heen. Ik haal mijn viskoffers uit de kofferbak, loop van de oever omlaag en stap het meer op.

Als ik in het licht van mijn zaklamp naar het lichaam toe loop, kan ik nog niet goed bevatten wat ik zie. De rokende gedaante in de straal lijkt niet op een mens, maar meer op een zwarte kaars die half is opgebrand en toen uitgeblazen. Antti en ik knikken elkaar toe maar zeggen niets. Ik kijk naar het slachtoffer, knipper met mijn ogen en kijk nog eens. Ik kan nog steeds niet helemaal geloven dat dit echt waar is.

Er is een autoband rond de borst en armen van het kind gehangen, die in de fik is gestoken. De stank van petroleum en verbrand vlees is overweldigend en maakt me misselijk. Iemand heeft de binnenzijde van de band met benzine gevuld, die aangestoken en toegekeken terwijl het kind is verbrand. Een paar meter van het lichaam ligt een verkreukelde blusdeken. Antti heeft de vlammen gedoofd, maar het rubber smeult nog.

Het slachtoffer zat in de kleermakerszit terwijl de moordenaar met de uitvoering van de moord bezig was. Op de een of andere manier is het lichaam rechtop blijven zitten terwijl het brandde. Omdat de band rond de bovenste helft van het lichaam was geschoven, hebben de vlammen bijna alle huid van de borst en het hoofd weggevreten. Slechts een paar stukjes verkoolde en verdroogde spieren en bindweefsel zitten nog aan de botten en de geblakerde schedel vast.

De bovenste helft van het lichaam is door de hitte gekrompen. De onderste helft is met roet en as bedekt, maar is nog relatief intact. Antti nam aan dat het slachtoffer een kind is omdat het door de hitte en de vlammen zo klein is geworden. Het vocht is verdampt en haren en vlees zijn verdwenen, zodat het bovenlichaam sterk gekrompen is. Hij had het mis.

Ik kniel neer, met mijn gewicht op de ballen van mijn voeten, en onderzoek het onderlichaam. Onder de verbrande resten van de band zie ik een spijkerbroek en versleten laarzen. Ik deins van schrik naar achteren nu ik het begin te snappen. Ik val op mijn achterste en laat mijn zaklamp vallen. Ik probeer te ademen, maar dat lukt niet. Ik bal mijn vuisten en open ze weer. Ik sluit mijn ogen om niet meer naar het lijk te hoeven kijken en voldoende te kunnen ontspannen om iets te zeggen. Als ik mijn ogen weer open, staat Antti over me heen gebogen.

'Het is geen kind,' zeg ik. 'Het is een kleine volwassen vrouw. Mijn ex-vrouw, Heli.'

Antti opent en sluit zijn mond, opent en sluit die nog eens. 'Kut. Het spijt me, Kari.'

Hij biedt me zijn hand aan en helpt me met opstaan. We staan naast elkaar op het ijs. Hij pakt de zaklamp op en schijnt daarmee op Heli. We staren naar haar. Het lijkt een eeuwigheid te duren.

'Wat moeten we nu doen?' vraagt Antti.

Ik denk na over de vraag, maar ik kan niet denken en ga op een viskoffer zitten. 'Ik heb Heli eerder vanavond gesproken. Mogelijk ben ik de laatste die haar in leven heeft gezien. Ik kan niets doen, want ik zou het onderzoeksterrein kunnen besmetten. Jij moet de plaats delict onderzoeken. Wacht op Esko, hij zal je helpen.'

Wat ik zei is waar, maar afgezien daarvan ben ik helemaal niet tot werken in staat, en dat weet ik.

Hij gaat op de andere viskoffer zitten. 'Oké.'

Esko arriveert, en Antti legt hem de situatie uit. Esko hurkt naast me neer. 'Het spijt me,' zegt hij, 'wij gaan hiermee verder.'

Antti heeft mijn onderzoekskoffer nodig. Ik sta op en loop een paar meter weg, kettingrokend. Ik zie ze Heli's lichaam onderzoeken, althans het omhulsel dat er van haar over is. Ik zou iets moeten voelen, me momenten uit mijn leven met Heli moeten herinneren. Haar leven zou voor mijn geestesoog moeten langstrekken, maar mijn geest is leeg. Ik voel niets. De kou neemt bezit van me; het lijkt wel alsof er ijswater door mijn aderen stroomt. Ik staar over het meer naar het ondoordringbare duister van het bos en kijk naar de sterren.

Na een poosje komt Esko naar me toe. 'Je hoeft hier niet te blijven.'

Het duurt even voordat ik me realiseer dat hij tegen me gesproken heeft, en weer even voordat ik begrijp wat hij heeft gezegd. 'Wat als Antti iets nodig heeft?'

'Hij heeft verder niets nodig. Kun je zelf naar huis rijden?'

Ik knik.

'Ga dan,' zegt hij.

Ik strompel van het meer af en ploeg door de sneeuw de oever op, waar mijn auto staat.

Ik sluit de voordeur achter me. Kate zit op de bank met haar gebroken been op een kruk voor zich. Ze kijkt naar een Amerikaanse comedy met ingeblikt gelach. Ik ga naast haar zitten.

'Ik dacht dat je de hele nacht weg zou blijven,' zegt ze.

Ik staar naar de tv, mijn hoofd schuddend.

Ze buigt zich naar me toe en kijkt in mijn ogen. 'Wat is er gebeurd?'

'Het was Heli,' zeg ik.

'Waar heb je het over?'

Misschien denkt ze dat ik over de moord op Sufia of Heikki's zelfmoord spreek. 'Heli. Mijn ex-vrouw. Het was geen kind. Iemand heeft een band rond Heli's borst en armen geschoven, die met benzine gevuld en haar in brand gestoken. Ze is dood.'

Kate spert haar ogen open. Ze pakt mijn handen beet. 'Kari...'

Ik blijf naar de tv staren. Ik lach om een domme grap en kijk naar mijn voeten. Ik ben vergeten mijn laarzen uit te trekken. Ik zie dat overal op het tapijt smeltende sneeuw ligt.

Ik huil bijna nooit. Er gaan soms jaren voorbij dat ik niet huil. Als ik als jongetje huilde sloeg mijn vader me. Hij moet de tranen uit me weggeslagen hebben. Ik begin te huilen; een klein beetje maar, en het verrast me. In zekere zin maakt het me ook doodsbang. 'Suvi,' zeg ik.

Kate houdt mijn handen stevig vast tussen de hare. 'Wat?'

'Suvi. Heli is gestorven op de plek waar Suvi is gestorven.'

Ze zet de tv uit. Haar stem klinkt nu zacht, alsof ze tegen een kind praat. 'Kari, wil je iets drinken?'

Ik knik.

Ze hobbelt naar de keuken op haar krukken en komt terug met een fles whisky en een waterglas. Ik schenk een driedubbele whisky in en denk aan mijn vader die in zijn leunstoel wodka uit een waterglas zit te drinken, dronken wordt, tegen mijn moeder schreeuwt en ons, de kinderen, slaat. Ik drink het glas leeg en schenk nog eens zo'n hoeveelheid in.

Kate slaat haar arm om me heen. 'Suvi is gestorven op de plek waar Heli is gestorven?'

Ik schenk nogmaals in. 'Ja.'

'Wie is Suvi?'

Ik heb Suvi's naam in dertig jaar niet meer hardop genoemd. Opeens schieten de tranen uit mijn ogen. Ik kan niets zien. Ik probeer door het verstikkende snot heen te praten. 'Suvi is gestorven omdat ik niet goed genoeg op haar lette. Heli is gestorven omdat ik de moord niet heb opgelost. Ze zijn dood en dat is mijn schuld.'

Nadat ik het tweede glas heb leeggedronken neemt Kate het glas van me af. 'Kari, je hebt me nog steeds niet verteld wie Suvi is.'

'Suvi was mijn zus.'

Ik huil en ik snik en ik snik en ik huil en tussen mijn tranen door vertel ik in één ruk dat Suvi door het ijs zakte en verdronk en dat mijn vader en ik niets deden en dat ze onder het ijs in het meer dregden en haar lichaam eruit trokken. Tussen de halve zinnen door drink ik met grote teugen uit de fles whisky. De fles is bijna leeg.

Kate trekt me tegen zich aan. Ik probeer haar weg te duwen maar heb de kracht niet. 'Waarom heb je me niet eerder over Suvi verteld?' vraagt ze.

Ik schaam me omdat ik huil. Ik veeg het snot aan mijn mouw en blijf snikken. 'Omdat ik niet wilde dat jij me de schuld gaf.'

Ze brengt mijn gezicht vlak naast het hare en wiegt me in haar armen. 'Kari, je was nog maar negen.'

Ik begin weer harder te huilen, en tranen en snot vallen op haar schouder. 'Geef je mij de schuld?' vraag ik.

'Nee Kari, ik geef je niet de schuld.'

Ze wiegt me heen en weer.

29

Kate schudt me wakker. 'Antti is aan de telefoon,' zegt ze. 'Ik wilde je mobieltje niet opnemen, maar het bleef maar rinkelen. Ik zei tegen hem dat je moest slapen, maar hij zegt dat het belangrijk is.'

Mijn mond voelt aan alsof er een rat in is gekropen, doodgegaan en weggerot terwijl ik sliep. Ik heb een bonkende koppijn. Driekwart fles whisky drinken alsof het een kan water is heeft me een vreselijke kater bezorgd.

Ik neem de telefoon aan. 'Wat?'

'Sorry dat ik je lastigval,' zegt Antti, 'maar ik vond dat je moest weten hoe het met het onderzoek naar de moord op Heli gaat.'

'Ja, goed, vertel maar.'

'Esko en ik hebben de plaats delict onderzocht. De band om haar borst was een Dunlop Winter Sport, waarvan het serienummer nog leesbaar was. Ik heb een sterspaakwieldop en een leeg benzineblik aan de oever van het meer gevonden.'

Mijn maag draait om, meer uit schuldgevoel dan door de kater. 'Vertel je me nu dat Seppo Heli heeft vermoord nadat ik hem heb vrijgelaten?'

Hij onthoudt zich van een oordeel. 'Ik ben naar zijn buitenhuis gegaan, en zijn BMW stond op de oprit. De sleuteltjes zaten er nog in. Toen ik in de kofferbak keek, bleek het reservewiel verdwenen, dus ik ben er vrij zeker van dat hij het heeft gebruikt om haar te vermoorden. Haar tas lag nog in de auto. Dat was om circa vier uur vannacht.'

'Heb je Seppo gevonden?'

'Hij deed de deur open toen ik aanbelde. Hij zei dat hij had liggen slapen en zag er ook zo uit. Hij leek helemaal van de wereld, beter gezegd. Hij was nog altijd behoorlijk dronken. Ik denk dat hij zich volgegoten heeft, zijn vrouw heeft vermoord, naar huis is gereden en zijn bed heeft opgezocht.'

'Hoe reageerde hij op het nieuws over Heli?'

'Hij zei er niets over. Ik heb hem aangehouden maar hem niet in staat van beschuldiging gesteld. Het leek me beter aan jou over te laten wat er verder met hem moet gebeuren. Hij werd behoorlijk kwaad dat hij weer werd gearresteerd, op zijn zachtst gezegd, maar ik zag niet in hoe ik hem vrij kon laten rondlopen als zijn auto bewijsmateriaal in een tweede moord is.'

'Je hebt juist gehandeld. Ik zal Esko bellen om zijn mening te horen, en dan kom ik naar het bureau om Seppo te verhoren.'

'Esko heeft de autopsie al verricht. Ik was erbij.'

'Waarom zo snel?'

'Eerlijk gezegd was Esko bang dat jij erbij wilde zijn, en hij dacht dat dat voor jou te zwaar zou worden, en daarom hebben we om zeven uur vanochtend in het mortuarium afgesproken.'

Ik kijk naar de klok. Het is nu elf uur. 'Wanneer heb je geslapen?'

'Ik heb nog niet geslapen. Esko is naar huis gegaan om een tukje te doen, terwijl ik naar Seppo's buitenhuis ging.'

'Goddomme,' zeg ik. 'Ik moet naar Heli's ouders.'

'Ik ben al met dominee Nuorgam naar hun huis geweest en heb met Heli's vader gesproken.'

'Hoe nam hij het op?'

'Slecht. Ik zei tegen hem dat je er helemaal kapot van was en dat je met hem zou praten zodra je daartoe in staat was.'

Het raakt me dat de mensen met ik werk proberen mijn gevoelens te sparen, maar ik vind het ook lichtelijk gênant. 'Bedankt, ik waardeer het wat je allemaal hebt gedaan.'

'Geen probleem. Gaat het verder?'

Dat weet ik eigenlijk niet. 'Ja, het gaat wel. Ga naar huis om wat te slapen, dan spreek ik je later.'

Kate gaat op bed zitten. 'Wat ben je van plan te gaan doen?'

Ik haal mijn schouders op. 'Naar het werk gaan.'

'Herinner je je gisteravond nog?'

Het is wat wazig, maar ik herinner me meer dan ik zou willen. Ik zie voor me hoe ik eruitzag, huilend als een klein kind. Ik voel dat ik begin te blozen. 'Sorry, ik geloof dat het me allemaal wat te veel werd.'

'Je hoeft je niet te verontschuldigen. Ik vraag me alleen af waarom je me nooit eerder over Suvi hebt verteld.'

Toen ik in Helsinki woonde, had ik een appartement op de vierde verdieping van een negen verdiepingen hoog gebouw. Zo'n zes maanden nadat Heli me had verlaten, kwam ik op een keer thuis en vond een grote oranje kater op mijn balkon. Die kon daar alleen maar zijn beland doordat hij van een hogere verdieping was gesprongen. Niemand informeerde naar hem, en ik vroeg er niet naar. Ik noemde hem Katt – Zweeds voor 'kat'. Een stomme naam voor een stom beest, maar ik begon van hem te houden.

Katt hield van natuurprogramma's op tv en leek te denken dat alle andere levende wezens op aarde in een kastje in de woonkamer leefden. 's Avonds lagen we op de bank, en dan lag hij op mijn borst, we deelden een beker ijs en keken naar parende antilopen of poema's die een bizon probeerden te verschalken. Hij genoot het meest van de documentaires met andere katten erin.

Toen ik naar Kittilä verhuisde, bracht ik Katt met me mee, en ik had hem nog acht jaar. Op een dag kwam ik thuis en trof hem dood aan. Hij had geprobeerd een dik elastiek te eten en was erin gestikt. Katt was nog stommer dan een ezel. Ik was er kapot van. Ik begroef Katt in de achtertuin in een graf zonder enig merkteken. Toch steek ik elk jaar met Allerheiligen op die plek een kaars voor hem op. Ik heb nooit tegen iemand verteld hoeveel ik van hem hield, en ik heb nooit tegen iemand verteld hoeveel verdriet het me deed toen hij doodging. Ik heb Kate nooit verteld dat hij ooit heeft bestaan. Uiting geven aan mijn verdriet past gewoon niet bij me.

Ik besefte gisteravond pas hoe graag ik Kate over Suvi wilde vertellen. 'Ik wist niet hoe,' zeg ik.

'Is er nog meer dat je me niet verteld hebt, iets wat je me wilt vertellen?'

Ik denk erover na. 'Nee.'

'Ik maak me zorgen om je. Ik wil niet dat je naar je werk gaat.'

'Wat wil je dat ik doe?'

'Je weet wat ik wil en je weet dat ik gelijk heb. Het is allemaal uit de hand gelopen. Je zei tegen me dat je het zou doen.'

Ik knik. De zaak is inderdaad uit de hand gelopen op een manier die ik me nooit had kunnen indenken, en dat trekt een zware wissel op me. Dat wil ik niet, omdat het als een mislukking en een vernedering voelt, maar toch zou ik ermee moeten stoppen. 'Ik zal het meteen doen.'

Ik bel de nationale politiecommandant. Hij begint tegen me te praten voordat ik iets kan zeggen. 'Je hebt dat persbericht niet geschreven op de manier zoals ik je heb opgedragen. Nu is alles verkloot.'

'Jyri, mijn ex-vrouw is dood. Ze is gisteravond vermoord.' Ik vertel hem over de omstandigheden van de moord.

Het blijft even stil. 'Jezus, het spijt me. Red je het een beetje?'

'Niet echt. Ik moet ermee stoppen. Dit is te persoonlijk geworden. Ik ben misschien de laatste die Heli levend heeft gezien, en gezien mijn relatie met haar en haar man, de hoofdverdachte, is het niet verantwoord dat ik hiermee verderga.'

'Ben je in staat om over de zaak te praten?'
'Ja.'
'Vertel me wat je weet en welke kant de zaak volgens jou op gaat.'
'De vorige keer dat we elkaar spraken vertelde ik je dat als we de derde man hadden gevonden, de man die de tranen op Sufia's gezicht had geplengd, hij naar een ander zou leiden en we de moord zouden hebben opgelost. Die jongen, Heikki, pleegde zelfmoord, en uit een DNA-test bleek dat de tranen van hem waren. Hij bleek banden te hebben met Heli en Seppo, en dat betekende dat ik van vier mogelijke theorieën kon uitgaan. Ik meende dat ik geen ervan hoefde te bewijzen, maar alleen de andere hoefde te ontkrachten, en dat ik via eliminatie vanzelf bij de waarheid zou uitkomen.'
'Laat ze maar horen.'
'Eerst achtte ik het het waarschijnlijkst dat Heli en Heikki het samen hadden gedaan. Ze zou een hoop verliezen als Seppo haar voor Sufia verliet en ze had ook een motief, namelijk wraak. Heikki was jong, kneedbaar, beïnvloedbaar. Ze had hem met seks en zijn religieuze overtuigingen kunnen dwingen. Maar toen bedacht ik dat het een elegantere en simpeler oplossing was om Heikki en Seppo te laten samenwerken. Ik vroeg Heli of Seppo biseksueel was. Dat ontkende ze niet. Een homoseksuele relatie zou Heikki een eenvoudig jaloeziemotief geven.'
'Aangezien Heli nu dood is,' zegt hij, 'blijft eigenlijk alleen Seppo over.'
'Wacht even. Daarmee wordt nog niet verklaard waarom de moord op Elizabeth Short deels is gekopieerd en hoe Heikki van Sufia's genitale verminking afwist.' Ik leg hem de gemeenschappelijke kenmerken van de twee moorden uit. 'Als Heikki met Sufia en Seppo in een driehoeksrelatie verwikkeld was, zou Heikki het hebben geweten. In dat geval zou Heikki zuiver uit jaloezie gehandeld kunnen hebben of hebben hij en Seppo haar gezamenlijk kunnen doden, naar alle waarschijnlijkheid

omdat Sufia Seppo probeerde te chanteren. Het was immers bekend dat ze dat onder soortgelijke omstandigheden al eerder geprobeerd had. Misschien is het op die manier gegaan. Heli was erachter gekomen en dwong Seppo met haar te trouwen door ermee te dreigen dat ze de waarheid over de moord op Sufia naar buiten zou brengen. Dat zou Seppo een motief geven om Heli te vermoorden.'

'Maar de manier waarop hij dat heeft gedaan, met een band van zijn eigen auto, zou volstrekt idioot zijn. Als hij zijn vrouw heeft vermoord, heeft hij zichzelf op die manier gelijk tot hoofdverdachte bestempeld.'

'Hij is geen groot licht, maar inderdaad, dit zou zo stompzinnig zijn dat ik aan zijn schuld begin te twijfelen.'

'Je zei dat er vier theorieën waren. Dit was de derde.'

'Sufia's relatie met Peter Eklund is nog altijd een puzzelstuk dat nergens in past. Ze heeft op de dag dat ze vermoord werd nog orale seks gehad met Seppo en Peter. In haar mond zijn sporen van het sperma van beide mannen gevonden. Peter en Seppo kenden elkaar in Helsinki; misschien zijn ze allebei gek op jonge jongens. Als ze allebei seks hebben gehad met Sufia, hebben ze misschien ook Heikki met elkaar gedeeld. Dat klinkt walgelijk genoeg, maar het is een mogelijkheid.'

De baas denkt erover na. 'Wat denk jij, nu Heli dood is?'

'Ik heb nog niet de kans gehad erover na te denken.'

'Denk er eens over na.'

'Eerlijk gezegd zei mijn intuïtie me dat Heli en Heikki het hadden gedaan, maar nu weet ik het niet meer.'

Hij overrompelt me met zijn luide bevel. 'En jij blijft op de zaak zitten.'

'Jyri, dat is belachelijk. Ik ben misschien wel de laatste geweest die haar in leven heeft gezien. Dat maakt mij een mogelijke verdachte.'

'Heb je haar vermoord?'

'Natuurlijk niet.'

'Dan ben je dus niet de laatste die haar levend heeft gezien. Heb je de kranten al gelezen of tv-gekeken vandaag?'

Ik heb ze bewust gemeden. 'Al een paar dagen niet. Ik heb nog geen tijd gehad.'

'Je bent overal in het nieuws, zowel nationaal als internationaal. Ze laten foto's van Sufia Elmi zien en beweren dat de Finse Zwarte Dahlia-zaak helemaal verkloot wordt. Het komt erop neer dat een of andere stomme plattelandssmeris uit Lapland misbruik van zijn macht heeft gemaakt en de moord op een lieve, onschuldige Somalische vluchtelinge – die ondanks allerlei problemen een succesvolle carrière had weten op te bouwen – heeft gebruikt om zich te wreken op zijn ex-vrouw en de man die met haar neukte toen ze nog getrouwd waren. Als je het persbericht had geschreven zoals ik je had opgedragen, dus eerlijk was geweest over je relatie met de verdachten en die klootzak zwart had gemaakt, dan was je er als een goeie kerel uit gekomen. Nu zou je je baan hierdoor wel eens kunnen verliezen. Of erger.'

Nu begrijp ik waarom Jyri de nationale politiecommandant is. Hij begrijpt hoe je moet manipuleren. Ik wist dat de media mij als slechterik zouden afschilderen, en misschien zelfs als incompetent, maar ik had niet verwacht dat ze me zouden kruisigen. 'Wat moet ik doen?'

'Doorgaan met de zaak en die oplossen.'

'De zoon van mijn vriend en mijn ex-vrouw zijn dood. Ik ben er emotioneel te zeer bij betrokken en heb het gevoel dat ik mijn beoordelingsvermogen en het juiste perspectief kwijt ben geraakt. Ik heb mijn best gedaan, maar het is me te veel geworden. Je had meteen in het begin al gelijk: ik had de zaak niet op me moeten nemen.'

'Maar je hebt dat toch gedaan. Nu moet je de gifbeker ook helemaal leegdrinken.'

'Laat iemand het overnemen die beter toegerust is.'

'Als je de zaak opgeeft nadat je in de pers al gedemoniseerd bent wegens het plegen van een ambtsmisdrijf, zou je uiteindelijk zelfs voor de moord op je ex-vrouw vervolgd kunnen worden. Dat ik bereid ben jou het onderzoek te laten voortzetten, toont aan dat je nog steeds officieel vertrouwen geniet. Als je de zaak oplost, red je daarmee je hachje.'

'Ik heb het niet gedaan, dus ze kunnen het niet bewijzen. Ze kunnen schrijven wat ze willen.'

'Ben je echt zo naïef?'

'Ik vrees van wel.'

Hij schreeuwt zo hard in de telefoon dat mijn oor er pijn van doet. 'Klootzak! Heb je enig idee hoeveel stront ik over me heen krijg vanwege die verdomde moord? Ik probeer je te helpen, maar jij weigert mijn hulp aan te nemen. Toen je deze zaak tegen mijn wil op je nam, heb ik je voorgehouden dat dat jouw verantwoordelijkheid was. Nu zul je je moeten vermannen en je werk moeten doen, verdomme nog aan toe.'

Ik weet niet wat ik moet doen. Ik probeer na te denken.

Hij praat zachter. 'Het is drie dagen voor Kerstmis. Het zou voor mij hondsmoeilijk zijn om daar een rechercheteam samen te stellen, en zelfs als me dat lukte, zou het een paar dagen duren voordat ze echt aan het werk kunnen. Je kent de statistieken. Met elke minuut die voorbijgaat vermindert de kans dat we deze moord oplossen. De kans is groot dat de zaak ons door de vingers zal glippen en nooit opgelost wordt. Accepteer je dat dat kan gebeuren?'

Hij werkt op mijn gemoed en probeert me te manipuleren, maar wat hij zegt is waar, en ik accepteer dat inderdaad niet. 'Nee.'

'Ik besef dat dit moeilijk voor je is, maar toen je me vertelde dat jij deze zaak wilde oplossen, sprak je ook over je carrière. Als jij zowel de moord op Sufia Elmi als die op je ex-vrouw oplost, zal ik mijn dankbaarheid tonen. Dan kun je elke baan krijgen die je wilt.'

Ik overweeg hoe ongelukkig Kate in Kittilä is. 'Vertel me dan hoe ik volgens jou verder moet gaan.'

'Dat is duidelijk. Alle anderen in deze zaak zijn dood. Seppo Niemi zit in de cel. Houd die Peter Eklund ook aan. Je legt ze allebei moord ten laste. Geen van beiden is sterk genoeg om zich tegen de beschuldiging van een dubbele moord teweer te blijven stellen. Een van beiden zal doorslaan.'

'En wat doen we met Eklunds vader?'

'Hij en ik golfen samen. Ik neem hem wel voor mijn rekening, en ik zal het arrestatiebevel voor je regelen en de zaak gladstrijken.'

Hij heeft voor honderd procent gelijk. 'Jyri, ik wil je bedanken voor het vertrouwen dat je in me stelt en de steun die je me hebt gegeven.'

'Bedank me maar door de zaak op te lossen.' Hij hangt op.

Kate heeft het einde van het gesprek gehoord. Ze schudt haar hoofd alsof ik een kind ben waar niet mee te praten valt. 'Het is bijna Kerstmis,' zegt ze. 'Blijf hier bij mij, waar het warm en veilig is.'

Ik schud eveneens mijn hoofd.

'Je maakt een vergissing.'

'Ik moet dit doen.'

'Ik heb het je niet verteld omdat je al zo van streek was. Ik heb op BBC World een reportage over de moord gezien. Ze schilderden je af als een corrupte politieagent die misbruik maakt van zijn macht. Ze wierpen de vraag op of je echt een held bent die voor zijn moed is onderscheiden of een agent die eerder al eens een dubieuze rol heeft gespeeld bij een moord. Je zet nu alles op het spel.'

'Hij bood me elke baan aan die ik wilde als ik deze moord oplos. Jij wilde weg uit Kittilä, en ik doe dit ook voor jou.'

'Voor mij hoef je het niet te doen. Dat wil ik niet.'

'Ik zal wel moeten.'

Kate draait haar rug naar me toe; in haar stem klinken boosheid en teleurstelling door. 'Dit loopt nog slecht af,' zegt ze.

30

In het centrum van Kittilä is het bescheiden winkelgebied voor Kerstmis vrolijk opgetuigd. Op het centrale plein staat een grote, met sneeuw beladen kerstboom, versierd met te veel knipperende lampjes. In de etalages hangen banieren met teksten als *Hyvää Joulua* – Vrolijk kerstfeest – of een variatie op dat thema, en er wordt geadverteerd met speciale vakantieaanbiedingen. Ik haat de vercommercialisering van Kerstmis. Misschien omdat we arm waren toen ik klein was en we geen dure cadeautjes kregen, misschien omdat het gewoon niet deugt.

Vorig jaar hebben Kate en ik ons eerste kerstfeest samen doorgebracht. Ik had op kerstavond een traditioneel Fins diner gemaakt: *rosolli*, een salade met augurken, bieten, uien en haring; een ham van zes kilo en drie verschillende stoofschotels met aardappels, rapen en wortelen. Ze zei dat we het nooit allemaal zouden opeten, maar in vier dagen was alles op. Ik herinner me nu dat Heikki Kate zou komen helpen, maar hij is dood, en ik weet niet eens of ze iets te eten in huis heeft. Door deze zaak ben ik een nalatige echtgenoot geworden.

Ik voel me beroerd door de kater, en alles wat ik doe is verkeerd, net als alles wat ik niet doe. Ik heb er nog niet eens over nagedacht hoe Kate zich moet voelen nu ik de moord op mijn ex-vrouw onderzoek. Gezien haar reacties heb ik de feestdagen voor haar al verpest. Ik wil het niet nog erger maken door met Kerstmis afhaalpizza te moeten eten. Gelukkig heb ik de cadeautjes voor Kate weken geleden al gekocht, maar op weg naar het werk stop ik bij de supermarkt en doe alle boodschappen voor de feestdagen. Ik ben bang dat ik het vergeet als ik het nu niet doe.

Als ik de supermarkt uit loop, kijk ik rond. Bijna elk Fins stadje heeft dezelfde acht tot tien winkelketens, en Kittilä lijkt op alle andere stadjes, alsof het met een koekjesvorm uit het deeg is gesneden. Terwijl ik in het donker in de kou naar mijn met kerstrommel opgetuigde woonplaats sta te kijken, vraag ik me af wat ik hier in vredesnaam doe, waarom ik niet thuis bij mijn vrouw zit. Finse mensen zijn volgzaam; we doen wat ons verteld wordt. Misschien ben ik even karakterloos als deze gemeenschap.

Het is nu te laat; ik heb mijn keuze gemaakt. Zoals de baas al zei: ik moet de gifbeker helemaal leegdrinken.

Voor het politiebureau zwermen gelukkig geen mediagieren rond. Ik denk dat ze het opgegeven hebben en voor de kerst naar huis zijn gegaan omdat ik toch niet met hen wilde praten. Ik parkeer in de garage en laat mijn boodschappen in de kofferbak liggen. Daar zullen ze koel genoeg blijven zonder te bevriezen.

Binnen tref ik Valtteri over zijn bureau gebogen aan, met zijn hoofd in zijn handen. ‘Wat doe jij hier in godsnaam?’ vraag ik.

Hij ziet er vreselijk uit. Het lijkt zo erg met hem gesteld te zijn dat ik vermoed dat hij niet gegeten of geslapen heeft en alleen maar heeft zitten huilen sinds hij zijn zoon drie dagen geleden dood in de kelder heeft gevonden. Hij kaatst de vraag meteen op scherpe toon terug. ‘Wat doe jij hier in godsnaam?’

We werken al zeven jaar met elkaar, maar nog nooit heb ik Valtteri een onwelvoeglijk woord horen gebruiken, ook niet in milde vorm. ‘Heb je het gehoord van Heli?’ vraag ik.

‘Ja. Antti heeft het me verteld.’

'Ik bekritiseer je niet. Ik denk alleen dat het te veel voor je is om de ene dag je zoon te begraven en de volgende dag alweer aan het werk te gaan. Je moet gewoon thuis zijn nu.'

'Om wat te doen? Op de bank een potje zitten grienen met mijn vrouw?'

Inderdaad, ja. 'Je moet een paar dagen thuisblijven bij Maria. Ze heeft je nodig.'

'Ik kan haar niet helpen en zij kan mij niet helpen. Jij zei tegen me dat ik weer aan het werk moest gaan, en dat doe ik nu.'

Ik trek een stoel bij, ga naast hem zitten en leg een hand op zijn schouder. 'Ik probeer je vriend te zijn. Heb je vandaag al in de spiegel gekeken?'

Hij schuift mijn hand weg. 'Je zou zelf eens in de spiegel moeten kijken. Je ziet eruit als een emmer stront zonder de emmer. Je hebt gisteravond gezien hoe Heli, een vrouw met wie je jaren hebt samengeleefd, door verbranding is omgekomen, en nu zit je alweer op je werk. Als ik hier niet zou mogen zijn, dan geldt dat ook voor jou. We blijven allebei hier of we gaan allebei naar huis.'

Zijn gedrag is vreemd, maar zijn redenering is logisch correct. Misschien is werken de therapie die hij nodig heeft.

'Is Antti naar huis gegaan om te slapen?' vraag ik.

'Ja, en Jussi is bij een oproep gaan kijken, een auto-ongeluk. Wij zijn hier nu de enigen.'

'Heb je Seppo al gesproken?'

'Nee.'

'Ik zal eens gaan kijken of hij wil bekennen. Als hij dat niet doet, gaan we Peter Eklund aanhouden.'

Valtteri knikt en staart weer naar zijn bureaublad.

Ik loop naar beneden en open het luik in de deur van Seppo's cel. Hij staart me aan door het gat. 'Ik neem aan dat je nu denkt dat je verdomde grappig bent,' zegt hij, 'door me midden in de nacht uit mijn huis te laten slepen en nogmaals te laten arresteren.'

'Steek je handen uit, zodat ik je de boeien kan omdoen.'

Hij kent de procedure inmiddels en laat me de handboeien om zijn polsen klikken. Hij stapt opzij als ik binnenkom. Hij draagt zijn eigen kleren en ziet er minder als een pias uit dan de laatste keer dat we elkaar in deze cel spraken. 'Waarom heb je mij dit aangedaan?' vraagt hij. 'Ik dacht dat we alles hadden afgehandeld.'

'Dat dacht ik ook, maar dat was voordat je je vrouw vermoordde.'

Seppo houdt zijn hoofd schuin, alsof hij het niet begrijpt. 'Waar heb je het over?'

Ik ben er nog steeds niet achter of hij een goed acteur is die slimmer is dan hij lijkt, of dat hij echt de volstrekte malloot is waarvoor ik hem houd. Ik probeer hem tot een bekentenis te verleiden. 'Stom om je vrouw zes dagen nadat je je vriendin hebt vermoord om het leven te brengen. En nog stommer om daar dezelfde auto voor te gebruiken. Je had evengoed een bord om je nek kunnen hangen met de tekst: 'Stuur me maar naar de gevangenis, ik ben schuldig aan een dubbele moord.'

Hij schudt zijn hoofd als een natte hond heen en weer. 'Ik snap het niet.'

'Heli is dood. De reserveband van je BMW was met benzine gevuld, om haar borst en armen gehangen en in brand gestoken. Ze zat in een plas vuil op het ijs en zag eruit als een geblakerde speelgoedpop, met geheel verteerd gezicht en haren.

Hij knippert met zijn ogen, kijkt rond, knippert nog eens, kijkt weer om zich heen, stoot met bibberende stem een kreet uit en vliegt op me af. Ik ben zo verrast dat hij zijn geboeide handen om mijn nek weet te krijgen en me tegen de grond slaat. Als ik niet zoveel groter en sterker dan hij was geweest, had ik het niet overleefd. Het lukt me om hem om te rollen en met mijn knieën zijn schouders op de betonnen vloer te drukken. Hevig tegenstribbelend probeert hij me van zich af te werpen. Hij heeft niet genoeg kracht en geeft het op. Terwijl de tranen over zijn wangen stromen blijft hij op de grond liggen, terwijl hij steeds weer 'Vuile klootzak, vuile klootzak' sist.

Ik wacht een poosje af. 'Denk je dat je jezelf weer onder controle hebt?'

Hij zegt niets. Toch laat ik hem opstaan.

Hij veegt snot aan zijn mouw. 'Hoe kon je haar zo haten dat je haar vermoord hebt?'

Het duurt even voordat ik het begrijp. 'Waarom denk je dat ik haar vermoord heb?'

'Het is dertien jaar geleden. Ik heb je toen pijn gedaan, maar waarom zou je zo lang gewacht hebben om dan opeens alles van me af te nemen? Eerst Sufia, nu Heli. Je wilt me levenslang laten opsluiten voor iets wat ik niet heb gedaan. Het is gewoon niet eerlijk.'

Hij gelooft – of hij wil me laten geloven dat hij gelooft – dat ik twee moorden heb gepleegd om wraak te nemen op hem. Ik sta perplex. 'Dat kun je niet menen.'

Hij gaat op de rand van de metalen brits zitten, slaat zijn handen voor zijn gezicht en barst weer in huilen uit. 'Doe me dit niet aan, het is verdomme niet eerlijk.'

Kan iemand echt zo'n goed acteur zijn? Ik ga naast hem zitten en geef hem een sigaret. 'Ik haat je niet en ik heb Heli niets aangedaan. En als jij het niet hebt gedaan, zal ik je onschuld bewijzen.'

Hij snuift en kijkt op. 'Beloof je dat?'

Het lijkt wel alsof ik met een kind van drie zit te praten. 'Ja, dat beloof ik.'

'Vertel me wat er met haar is gebeurd,' zegt hij.

Ik weet niet of hij me belazert, maar als ik hem observeer terwijl ik de gruwelijke details van de moord nog eens ophaal, zal dat me de kans geven het effect daarvan op hem te beoordelen. Ik vertel hem alles. Zolang ik aan het woord ben, zit hij te huilen.

'Ik weet niet waarom je denkt dat ik Heli zou willen vermoorden,' zegt hij. 'Of Sufia. Ik ben geen gewelddadig persoon. Totdat ik jou besprong, had ik nog nooit gevochten, zelfs niet als kind. Ik zou niet weten hoe ik iemand pijn moest doen, ook al wil ik het nog zo graag, zoals je net hebt gezien.'

Ik overweeg hem te verhoren en hem van seksuele intriges en homoseksuele liefdesverhoudingen te beschuldigen, van de moord op Heli om aan chantage te ontsnappen en aan een veroordeling voor de moord op Sufia te ontkomen. Hij zal dan vast weer beginnen te huilen. Ik besluit meer onderzoek te plegen voordat ik hem verder onder druk zet. 'Waarom zijn Heli en jij na zoveel jaar nog getrouwd?' vraag ik.

'Zij wilde al heel lang trouwen. Ze zei dat als ik met haar trouwde, ik er beter voor stond als ik voor de moord op Sufia terecht moest staan. Ze zei dat ik het aan haar verschuldigd was, omdat ik een verhouding had en haar vernederd had. Ik deed het vooral om haar gelukkig te maken. Ik hield van haar. Ik besefte niet hoeveel ik van haar hield tot die toestand met Sufia, toen ze me toch bleef steunen. De meeste vrouwen zouden ervandoor zijn gegaan.'

Het komt bij me op dat als hij van plan was geweest Heli te vermoorden, hij dat veel beter had kunnen doen voordat ze trouwden, in plaats van zijn kersverse echtgenote twee dagen na het huwelijk in brand te steken. 'Heb je enig idee waarom iemand Heli zou willen vermoorden?' vraag ik.

Hij schudt zijn hoofd. 'Ik denk niet dat ze ergens ook maar één vijand had. Heli kon soms een kreng zijn, maar ze was er het type niet naar om gehaat te worden. Behalve door jou. Zweer je dat je haar niet hebt vermoord?'

'Ja, dat zweer ik.'

Hij zwijgt verder en kijkt bedachtzaam voor zich uit. 'Moet ik hier blijven?'

'Voorlopig wel.'

'Hoe moet ik dan voor haar zorgen?'

'Hoe bedoel je?'

'Ik ben haar man, ik moet haar begrafenis regelen.'

'Ik zal je mobieltje laten brengen.'

Hij begint weer luid snikkend te huilen en legt zijn hoofd op mijn schouder. In al die jaren dat ik politieman ben is dit wel het belachelijkste moment dat ik ooit heb meegemaakt.

'Je hield toch van haar, Kari?'

Ik vind het niet prettig dat hij me bij mijn naam noemt. 'Lang geleden.'

'Zou je dit voor mij willen doen? Ik heb er de kracht niet voor. En als je het niet voor mij doet, doe het dan voor haar, voor al die tijd dat je van haar hebt gehouden.'

Weer begrijp ik niet waar hij het over heeft. 'Wat moet ik doen?'

'Haar begrafenis regelen.'

'Meen je dat nou echt?'

'Alsjeblieft, ik smeek het je. Zorg dat ze het allerbeste krijgt, het doet er niet toe wat het kost.'

Het kan dus allemaal nog veel belachelijker. Hij heeft me mijn vrouw afgenomen toen ze nog leefde en wil haar teruggeven nu ze dood is. 'Tuurlijk, geen probleem.'

Hij haalt zijn hoofd van mijn schouder en kijkt me geëmotioneerd aan, alsof we broers zijn die samen om het verlies van een familielid rouwen. 'Dank je,' zegt hij.

Ik laat hem alleen met zijn verdriet.

Ik ga naar mijn kantoor en bel Esko de lijkschouwer. 'Breng me op de hoogte van de autopsie.'

Hij aarzelt, misschien omdat hij overdenkt hoe hij mijn gevoelens kan sparen. Het wordt vermoeiend steeds met mensen om te gaan die me willen sparen. 'Hoeveel wil je weten?'

'Zoveel als nodig is.'

'Wat mogelijk bewijs betreft, heb ik niets gevonden waar jij iets aan hebt.'

'Was ze te zwaar verminkt om bewijs te kunnen verzamelen?'

'Nee, gezien de staat waarin ze uiterlijk leek te verkeren was haar lichaam goed bewaard gebleven. Haar interne organen waren relatief onbeschadigd.'

'Ze leek helemaal tot as vergaan. Hoe is dat dan mogelijk?'

Hij schraapt zijn keel. 'Door de intense hitte van de benzine zijn haar onderhuidse vetlagen gesmolten. Het vet is uit haar lichaam gelekt en in haar kleren gelopen, die als een soort kaarslont hebben gewerkt. Daarom is het vuur zo lang blijven smeulen nadat Antti het had gedoofd. Het is ook lastig om brandend rubber te blussen. In elk geval zijn haar organen goed bewaard gebleven.'

'Je weet dus zeker dat ze door het vuur is omgekomen en dat het geen poging was een andere moordmethode te verhullen.'

'In haar luchtpijp zat roet van de brandende band. Dat betekent dat ze nog leefde toen de moordenaar die aanstak.'

Ik had gehoopt dat ze al dood was geweest en minder had geleden. Ik zou Esko voor zijn werk moeten bedanken, maar het lukt me niet om de woorden uit te spreken. 'Haar man vroeg me de begrafenis te regelen. Wanneer geef je het lichaam vrij?'

'Er valt niets meer te onderzoeken, dus hij mag het hebben wanneer hij wil.'

Ik hang op en bel Jorma, de begrafenisondernemer. Ik zeg niet dat ik over de begrafenis van mijn ex-vrouw bel, en daarom condoleert hij me niet, waar ik hem dankbaar voor ben.

'Begrafenissen zijn moeilijk te organiseren in deze tijd van het jaar,' zegt hij, 'want zelfs grafdelvers willen met de feestdagen thuis zijn. Als haar familie dit zo snel mogelijk achter zich wil laten, kan ik de begrafenis voor morgen regelen, als ze daarmee geholpen zijn in hun verdriet. Zo niet, dan adviseer ik om een paar dagen te wachten.'

Ik zeg tegen hem dat ik het met haar man zal bespreken.

'Wist je dat de begrafenis van Sufia Elmi morgen is?' vraagt Jorma.

'Hier in Kittilä? Ik had gedacht dat haar ouders haar naar huis in Helsinki zouden willen laten komen. Waarom hebben ze zo lang gewacht?'

'Haar vader stond erop dat de begrafenis hier zou plaatsvinden, en wel in overeenstemming met de islamitische traditie. Het kostte me de nodige moeite om alle voorbereidingen goed te laten verlopen. Het lichaam moest door de familie op ceremoniële wijze gewassen worden en ik moest bepaalde lijkwaden bestellen; er waren allerlei dingen waar ik nog nooit mee te maken had gehad. Meneer Barre eiste dat alles heel precies werd uitgevoerd, en dat kostte me een paar dagen.'

Ik bedank hem en hang op.

Antti heeft de inhoud van Heli's handtas in een zak gestopt en gemerkt. Ik haal de spullen uit de bewijskluis en bekijk ze. Niet meer dan de gebruikelijke inhoud: make-up, portefeuille, gebruikte papieren zakdoek, een haarborstel en haar mobieltje. Ik haal de telefoon uit de plastic zak en scroll door het menu. Ontvangen oproepen en gekozen nummers, ontvangen en verstuurde berichten. Ik vind niets opmerkelijks.

De telefoon is een nieuwe Nokia N82, die zo'n beetje alles kan en even duur is als de maandhuur van een gemiddeld appartement. Er zit een gps in, een mp3-speler, een digitale camera, en je kunt er mee internetten. Ik bekijk de gedownloade bestanden. Het grootste deel is nutteloze troep van dieet- en fitnesswebsites, maar dan vind ik uiteindelijk de connectie die ik hoopte te vinden: de download van de misdaadwebsite in Heikki's computer over de moord op Elizabeth Short, de Zwarte Dahlia.

Misschien zou ik verrast moeten zijn, maar dat ben ik niet. Sinds ik Heikki's zelfmoordbriefje heb gevonden, heeft mijn intuïtie me voorgehouden dat Heli hem tot de moord heeft aangezet. Niet omdat ik haar wilde belasteren, maar omdat ik dacht dat zij meer dan wie ook over de vereiste middelen beschikte – haar seksualiteit en kennis van Heikki's geloofsovertuiging – om hem tot een moordenaar te maken. Ik word er somber van, omdat ik er nu van overtuigd ben dat iemand van wie ik gehouden heb een gruwelijk misdrijf heeft gepleegd.

Maar als Heli en Heikki Sufia hebben vermoord, blijft de vraag wie Heli heeft vermoord. De mogelijkheden worden steeds beperkter, en de baas had gelijk. Als ik iedereen arresteer, zal er iemand praten. Ik stuur de baas een sms waarin ik hem vraag het huis van Heli en Seppo in Helsinki te doorzoeken, waarbij vooral op misdaadlectuur gelet moet worden. Ik laat hem niet weten dat ik onderzoek doe naar Heli en niet naar Seppo, zodat hij niet het idee krijgt dat ik met een door verdriet ingegeven wilde zoekactie bezig ben. Het bewijs is opmerkelijk, maar niet doorslaggevend. Ik besluit mijn verdenkingen omtrent haar schuld voorlopig voor me te houden om te voorkomen dat ik ervan beschuldigd word dat ik spoken najaag.

Voor me ligt een stapel aantekeningen over deze zaak. Ik blader ze door, op zoek naar iets wat ik ben vergeten en wat kan verklaren waarom Seppo of Peter – of allebei – Heli zou hebben willen doden. Ik stuit op mijn aantekening om Abdi Barre na te trekken. Dat heb ik nog steeds niet gedaan.

Ik herinner me weer dingen die Abdi heeft gezegd. Hij beweerde dat hij geen Finse examens kon doen omdat hij de taal niet voldoende beheerst. Maar zijn Fins is uitstekend, en foutlozer dan dat van mij. Hij was bang dat Sufia's dood ongewroken zou blijven en vroeg of ik geloofde dat twaalf jaar gevangenis voldoende straf was voor wat zijn dochter was aangedaan. Hij waarschuwde me verder dat ik de moordenaar moest vinden. Ik vertelde hem min of meer dat Seppo schuldig was, waarna Seppo werd vrijgelaten en met Heli trouwde. Abdi had me daarna boos en verontrust opgebeld.

Ik herinner me dat in Somalië en Rwanda soms executies werden uitgevoerd door een band met benzine te vullen en het slachtoffer levend te verbranden. De methode werd in de jaren tachtig in Zuid-Afrika door het Afrikaans Nationaal Congres populair gemaakt. Deze autobandmoorden stonden bekend als *necklacing*. Ook in de eerste jaren van de Somalische burgeroorlog werd de methode in en rond Mogadishu toegepast. Abdi bezit mogelijk de kennis om een dergelijk misdrijf uit te voeren. Ik weet niets over zijn activiteiten tijdens het conflict. Mogelijk heeft hij het zien gebeuren of zelfs anderen in het verleden via deze methode in brand gestoken. Abdi heeft een motief: oog om oog, tand om tand. Hij kan van Seppo hebben weggenomen wat Seppo naar zijn idee van hem had weggenomen.

We hebben in Finland weliswaar minderheden – Lappen, zigeuners en Zweedssprekende Finnen – maar die zijn hier al heel lang gevestigd. Begin jaren negentig kwamen tussen de vijf- en tienduizend Somalische vluchtelingen het land binnen, wat onze eerste grootschalige ervaring met buitenlanders was. Velen van ons hadden nog nooit een Afrikaan gezien voordat de Somaliërs hier arriveerden.

In het begin stond de bevolking welwillend tegenover hen. De meeste Finnen waren blij dat ze de kans hadden de verdrukten te helpen. Toen kwamen we tot het besef dat de vluchtelingen een beroep moesten kunnen doen op de tamelijk riante voorzieningen van onze verzorgingsstaat. Ze kregen woningen, tv's en een inkomen, allemaal op kosten van de staat. Vaak dragen ze duurdere kleren dan de arbeidersklasse zich kan veroorloven, omdat de meeste moslims hun geld niet verdrinken zoals wij en het dus aan andere zaken kunnen besteden. De publieke verontwaardiging groeide en is nooit meer weggezakt.

Ik weet nog wat ik over de Somalische burgeroorlog heb gelezen. De Somaliërs die in die periode gevlucht zijn, waren merendeels leden van de Darod-stam die aan het geweld van de Hawiye-clan wilden ontsnappen. Naarmate Somalië verder uiteenviel, werden de Darod-inwoners van Mogadishu vaker het slachtoffer van moorddadige wraakacties. In Somalië was sprake van chaos, oorlogen tussen clans, genocide, een massale exodus. Slechts weinigen hadden een paspoort. Het zou niet veel moeite hebben gekost een valse identiteit aan te nemen en in de stroom vluchtelingen onopgemerkt te blijven. Als Abdi nooit arts was geweest, zou dat kunnen verklaren waarom hij zijn vak hier nooit heeft uitgeoefend.

Het probleem is hoe ik onderzoek naar hem moet doen. Somalië heeft al bijna twintig jaar geen overheid die die naam waard is. Het land wordt geregeerd door regionale krijgsheren en heeft geen infrastructuur. Er is niemand aan wie ik kan vragen om antecedenten of een strafblad na te trekken. Dan schiet me iets te binnen. Abdi zei dat hij aan de Sorbonne had gestudeerd. Daar zou toch een jaarboek of op zijn minst een soort studentenfoto van moeten zijn. Misschien houden ze zelfs contact met alumni en kunnen ze me vertellen wat er met Abdi na zijn afstuderen is gebeurd. Dit alles is natuurlijk afhankelijk van de vraag of de man die zich Abdi Barre noemt inderdaad identiteitsfraude heeft gepleegd. Misschien is hij echt de arts Abdi Barre. Misschien is er nooit een arts van die naam met een praktijk in Mogadishu geweest.

Ik bel Interpol en heb geluk. Ik spreek met een agent die me vertelt dat hij heeft gezien hoe ik door de wereldpers word neergesabeld. Hij voelt met me mee en wil dolgraag een rol spelen in een spannend moordonderzoek. Ik leg uit waarnaar ik op zoek ben en zeg dat ik haast heb. Hij belooft me te helpen. Ik bel de Finse paspoortendienst en vraag hun een foto van Abdi te mailen. Ik bedenk dat ik Abdi misschien zelf over zijn verleden moet ondervragen. Ik bel hem op en vraag hem of hij me toestemming wil verlenen bij de begrafenis van zijn dochter aanwezig te zijn. Ik zeg dat ik haar graag de laatste eer wil bewijzen. Dat is waar.

‘Bent u een man van het Boek, inspecteur?’ vraagt hij.

‘Wat bedoelt u met man van het Boek?’

Zijn toon suggereert dat ik een ongeletterde dwaas ben. ‘Volgens de Koran zijn dat niet-moslims die behoren tot de volken die voor de tijd van Mohammed religieuze geschriften hebben ontvangen. De Koran vormt de voltooiing van deze geschriften en is Gods ware en laatste boodschap aan de gelovigen. Maar omdat het Volk van het Boek de hoogste God van Abraham erkent, evenals de moslims, belijden ze een geopenbaard geloof, gebaseerd op de goddelijke voorschriften. Op grond daarvan wordt hun onder de islamitische wetgeving een zekere vrijheid toegestaan. Als u een man van het Boek bent, zal ik u toestaan Sufia’s begrafenis bij te wonen. Als u dat niet bent, zal ik u als onrein moeten beschouwen en kan ik u niet toestaan de laatste plechtigheid voor haar te ontheiligen.’

Eerst wilde ik het hem nog niet kwalijk nemen vanwege zijn verdriet, maar bij elk gesprek dat ik met hem gevoerd heb, zijn Abdi’s arrogantie en superieure houding me meer gaan tegenstaan. ‘U kunt mij als man van het Boek beschouwen,’ zeg ik. ‘Ik ben gedoopt lutheraan en heb de Bijbel gelezen.’

‘Heel goed, dan kunt u de dienst bijwonen.’ Hij geeft me de tijd en plaats op en hangt op zonder dank je wel, rot op of tot ziens te zeggen.

31

Ik ga naar de centrale ruimte. Valtteri zit nog steeds aan zijn bureau in het niets te staren. 'Hoe ging het met Seppo?' vraagt hij.

'Niet goed.'

Abdi is een mogelijkheid, maar wel vergezocht, dus begin ik niet over hem. Naar alle waarschijnlijkheid zal het erop uitdraaien dat Seppo of Peter of allebei terecht moeten staan en veroordeeld worden. 'Zijn er al huiszoekings- en arrestatiebevelen voor Eklund binnen?' vraag ik.

'Ja.'

Ik zou willen dat Valtteri naar huis ging. 'Laten we hem dan gaan ophalen,' zeg ik.

We stappen in een patrouillewagen. Ik rijd. Het sneeuwt flink en de wind jaagt de sneeuw in verblindende vlagen in onze richting. Mijn hoofd bonkt van de whisky en ik heb nog steeds een vieze smaak in mijn mond. Alles wordt uitvergroot door mijn kater: het gesuis van de banden die door de stuifsneeuw op de weg snijden, het geklap van de ruitenwissers. De koplampen die door het duister priemen verlichten de vallende sneeuwvlokken, en de glinstering doet pijn aan mijn ogen. Zelfs de stilte tussen Valtteri en mij lijkt versterkt te worden.

Hij zit in de passagiersstoel naast me met afgekloven vingernagels op het dashboard te trommelen. Hij knarst met zijn tanden en bijt op zijn lip. Ik betwijfel of hij zich daarvan bewust is. Als ik mezelf in de achteruitkijkspiegel zie, herken ik mezelf nauwelijks. Ik betrap me op de gedachte dat we in onze huidige toestand eigenlijk niet goed als politieagenten kunnen functioneren. Maar ik heb genoeg misdrijven onderzocht om te weten dat dit bijna voorbij is. Binnenkort kunnen Valtteri en ik een tijdje rust nemen, misschien nog voor Kerstmis. Als Kates gips eraf mag, kan ik haar meenemen op een wintervakantie naar de zon, misschien wel de Costa del Sol. En dan kunnen we deze hele toestand achter ons laten.

Steeds weer zie ik het beeld van Heli's verbrande lichaam voor me, wat me doet huiveren. Dat mijn zus en ex-vrouw op een paar meter van elkaar zijn gestorven, kan haast geen toeval zijn. Ik vraag me af wie zich nog kan herinneren dat Suvi eenendertig jaar geleden is omgekomen en wie ook Heli zo gehaat kan hebben dat hij haar niet alleen doodde maar ook in het vuur wilde vernietigen. Slechts een paar oude mannen die hebben geholpen Suvi's lichaam boven water te krijgen zullen zich nog kunnen herinneren waar ze is overleden. En mijn vader natuurlijk. Hij is nog maar een paar dagen geleden precies op die plek op het meer geweest. Hij heeft emotionele problemen en kan gewelddadig worden, maar ik heb nooit gedacht dat het hem ook maar iets kon schelen dat Heli bij me wegging. Hij bekommerde zich nooit om de ellende van anderen.

Ik herinner me hoe afwijzend Valtteri reageerde toen ik hem opdroeg uit te zoeken waar mijn vader was toen Sufia vermoord werd. De gedachte is pijnlijk, maar misschien zit ik op het verkeerde spoor door achter Seppo en Peter aan te gaan. Ik moet het vragen. 'Weet jij iets over mijn vader wat je me nog niet hebt verteld?'

Hij kijkt me wezenloos aan; uit zijn gezichtsuitdrukking kan ik niets opmaken. 'Ik woon al mijn hele leven in deze plaats en ik ben politieman. Ik weet veel over mensen.'

'Is er iets wat ik moet weten?'

Hij zucht. 'Sommige dingen kun je het best vergeten, en soms is het beter dat pijnlijke zaken niet bekend worden.'

De angst slaat me om het hart, maar ik onderdruk die. 'Is er iets met mijn vader wat ik niet weet en wat van belang is voor deze moordzaken?'

Hij schudt meewarig zijn hoofd, alsof hij met een dwaas te maken heeft. 'Nee.'

'Aanvankelijk zei je dat we niet naar familie moesten kijken, alsof je mij probeerde te beschermen.'

'Ik zei dat we geen tijd moesten verspillen aan familieonderzoek als we al wisten dat die onschuldig was.'

Ik wijs hem er niet op dat Heikki niet onschuldig was. 'Zou je het me vertellen als er iets was?'

Hij staart voor zich uit. 'Dat weet ik niet precies.'

We zwijgen beiden een tijdje.

'Geloof jij in God?' vraagt hij.

We hebben nog nooit over godsdienstige zaken gesproken. 'Ja.'

'Mijn geloof leert me dat mijn zoon Heikki door wat hij heeft gedaan – iemand vermoorden en zelfmoord plegen – tot de hel veroordeeld is, zonder enige hoop op verlossing. Geloof jij dat?'

Ik zou willen dat ik woorden kon vinden om hem te troosten, maar die heb ik niet. Ik beantwoord zijn vraag zo goed mogelijk. 'Ik denk dat onze God een God van vergeving is, en dat er altijd hoop op verlossing is. Als Heikki in zijn laatste momenten om vergeving vroeg, heeft hij die volgens mij ook gekregen.'

'Kon ik dat maar geloven,' zegt hij. 'Heikki was altijd dol op jagen. Ik dacht dat hij echt een buitenmens was. Nu denk ik dat hij het gewoon leuk vond om te doden.'

We rijden in stilte verder. Vanaf de voet van de berg kan ik zelfs door de sneeuwjacht heen de veelkleurige kerstlampjes in de glazen pui van het Eklund-winterverblijf zien. Als we op de oprit stoppen, besef ik dat Eklund dat door een professional heeft laten doen. De verlichting ziet er even geraffineerd uit als die van een warenhuis. We stappen de auto uit en ik kijk in het duister van de berg omlaag. Onder ons zie ik vaag Kittilä liggen; door de sneeuwjacht zijn de lichtjes van het stadje bijna onzichtbaar.

We lopen naar het huis en ik bel aan. Peter doet niet open. Ik draai aan de deurknop. De deur is niet op slot. Achter de enorme open haard staat een kerstboom die bijna even hoog is als die op het centrale plein in Kittilä, en nog uitbundiger versierd. In het huis klinkt luide kerstmuziek. Bing Crosby zingt *The First Noël.*

Peter komt uit een slaapkamer boven, gekleed in een roze zijden pyjama. Hij doet de deur dicht en draait die achter zich op slot. De sleutel steekt hij in zijn zak. 'Wat doen jullie hier, godverdomme? Oprotten!' Hij stottert niet, hij is dronken.

'We hebben een arrestatiebevel,' zeg ik.

Hij komt op een drafje de trap af om ons tegen te houden.

Ik hoor een gesmoorde kreet. Die lijkt uit de kamer te komen waar hij net nog was. 'Wie was dat?' vraag ik.

We lopen naar de trap toe. Peter verspert ons de doorgang in een poging ons uit de kamer te houden. Hij is van streek, de tranen staan in zijn ogen. 'Jullie mogen daar niet naar binnen, dat is papa's kamer.'

'Jij was daar net, toch?'

Weer een gedempte schreeuw.

'Geef me de sleutel,' zeg ik.

Hij weigert. Ik zet hem tegen de muur. Hij haalt de sleutel uit de zak van zijn zijden pyjama en geeft die aan me. Valtteri boeit zijn handen op zijn rug. Ik ga naar boven en draai de deur van het slot.

Er zijn twee meisjes in de kamer. Het ene is een jaar of zeventien en naakt. Ze ligt met de armen en benen wijd en is met vier handboeien die met fluweel zijn bekleed aan de bedstijlen vastgebonden. Ze heeft een rode bal in haar mond, die met nylon riemen rond haar hoofd is vastgemaakt. Het andere meisje is misschien net in haar tienerjaren. Ze draagt een spijkerbroek en sokken, maar haar bovenlichaam is ontbloot. Ze zit op de rand van het bed met haar armen strak over haar prille borstjes en wiegt heen en weer. Ze staart met holle ogen naar een onzichtbaar punt voor haar.

Ik kijk rond en vorm me een beeld van wat er gebeurd is. Peters vader heeft 'papa's kamer' uitgerust met een digitale videocamera op statief, die met een computer en een groot beeldscherm aan de muur is verbonden, zodat hij zichzelf kan zien neuken en tegelijkertijd een opname kan maken. Ik zie de sleutels van de handboeien op een dressoir liggen, naast een verzameling dildo's, vibrators en glijmiddelen. Ik haal de bal uit de mond van het meisje en maak haar boeien los. Ze gaat rechtop zitten en begint te huilen, in het Russisch tegen me brabbelend. Ze is zo van streek dat ze er niet eens aan denkt zich te bedekken.

Ik zeg dat ze langzamer moet praten. Ze spreekt een beetje Fins, ik spreek een beetje Russisch. Ik probeer het verhaal in elkaar te passen. Ze is uit Kuoloyarvi, een dorp vlak over de grens, hierheen gekomen om de prostitutie in te gaan en geld aan de toeristen te verdienen. Het is een bekend verhaal. Veel Russische hoeren komen naar Levi om wat geld te verdienen en gaan dan weer terug naar huis. Ze kunnen met een weekje prostitutie in Finland evenveel verdienen als in een jaar met een gewone baan in Rusland. Ze zorgt voor haar zusje en heeft haar meegenomen, zegt ze, omdat er niemand anders was om voor haar te zorgen.

Peter hangt rond bij het busstation, waar hij hen oppikt. Hij lijkt een aardige vent die er goed uitziet, met mooie kleren en een mooie auto. Ze zegt dat ze nog niet weet waar haar zusje moet logeren. Geen probleem, zegt hij, zij kan iets eten en films kijken terwijl wij bezig zijn. Hij brengt hen hierheen, laat het meisje de koelkast zien en zet haar voor de tv.

Hij gaat met grote zus hierheen, naar papa's slaapkamer. Hij wil haar vastbinden en een video maken. Hij biedt extra centjes. Hij glimlacht nog steeds en doet het voorkomen alsof het allemaal heel leuk is. Ze denkt dat het wel in orde is. Hij maakt haar aan het bed vast en stopt een bal in haar mond. Hij neukt haar in haar kont, wat niet afgesproken was. Hij gebruikt geen condoom. Dan sleept hij haar zusje de kamer binnen, trekt haar shirt uit en dwingt haar hem te pijpen terwijl grote zus toekijkt. Grote zus jammert en snikt, haalt haar wangen open met haar vingernagels. Ze gilt dat hij niet eens zijn pik heeft gewassen voordat hij die in de mond van haar kleine zusje stak.

Ik zit op de rand van het bed naast grote zus. Valtteri staat in de deuropening te luisteren, met Peter achter hem.

Ik loop de gang in, schud mijn hoofd en kijk Peter aan. 'Jongen, je zit zwaar in de problemen.'

De paniek slaat bij hem toe. Ik zie het in zijn ogen. Hij draait zich om en rent weg. Ik weet niet waar hij geboeid en gekleed in een roze pyjama heen denkt te gaan. Ik denk dat hij zo dronken is dat hij het zelf ook niet weet.

Valtteri doet een stap naar voren en grijpt hem bij de kraag van zijn pyjamajas. Hij trekt Peter naar zich toe en stompt hem op zijn achterhoofd. Peter slaat tegen de balkonleuning aan en blijft wankelend op de rand staan. Hij dreigt over de leuning heen op de vloer te vallen, zeven meter lager. Valtteri maakt geen aanstalten om hem te helpen.

Ik vang Peter op en trek hem naar ons toe, weg van de leuning. Valtteri dient hem een vernietigende vuistslag in zijn gezicht toe. Het geluid van verbrijzelend kraakbeen is misselijkmakend. Zijn neus breekt en slaat plat tegen zijn gezicht aan. Hij slaakt een harde, hoge gil. Valtteri slaat hem nogmaals op zijn hoofd. Peter valt op zijn knieën.

Dit scenario had ik me nooit kunnen indenken. Ik weet niet wat ik moet zeggen. 'Valtteri?'

'Ik kan geweld tegen onschuldige vrouwen niet verdragen,' zegt hij.

Achter mij beweegt iets. Het kleine meisje komt met ontbloot bovenlichaam de slaapkamer uit en loopt de gang in. Ze schopt Peter tussen zijn benen. Hij slaakt een gil. Ze brengt haar been naar achteren om nog eens te schoppen. Ik probeer niet om haar tegen te houden, het lukt me gewoon niet. Ze schopt hem in zijn gezicht, zodat de al gebroken neus nog verder verbrijzelt. Krijsend van de pijn zakt hij met zijn geboeide handen op de rug op de grond in elkaar.

Hij is een perfect doelwit. Ze schopt hem nogmaals in zijn kruis met haar gekouste voet. Hij kotst, trekt zijn knieën tot aan zijn maag op en probeert zijn ballen tegen verdere aanslagen te beschermen. Hij gilt nog steeds als een kind. Ze loopt terug naar de slaapkamer, gaat naast haar zus op bed zitten en begint weer naar het onzichtbare punt te staren.

Peters neus heeft medische verzorging nodig, maar ik voel me nog niet geroepen die voor hem te gaan halen. Hij was een knappe jongen, misschien wel te knap; zo mooi dat hij bijna verwijfd was. Valtteri en haar zusje hebben dat probleem opgelost, maar papa zal zonder meer een plastisch chirurg kennen die alles weer recht kan zetten. Ik laat hem in de gang op de grond liggen. Uit zijn mondhoek loopt kwijl. Het bloed loopt uit zijn neus en vormt plassen op de grond rond zijn hoofd. Hij ligt in de foetuspositie te brullen.

Prostitutie is in Finland niet strafbaar, en van de diensten van een prostituee gebruikmaken ook niet. Prostitutie is alleen strafrechtelijk relevant als het om georganiseerde mensenhandel en slavernij gaat. Grote zus is zeker zestien, de leeftijd waarop seks in dit land is toegestaan, en ze prostitueert zich uit eigen vrije wil. Haar kleine zusje is echter nog lang niet seksueel volwassen. Peter heeft een minderjarige aangerand en misbruikt.

Volgens de wet dien je uitgezet te worden als je het land bent binnengekomen voor prostitutie. Maar niet vandaag. Ik zal er eerst voor zorgen dat de meisjes medische en psychiatrische hulp krijgen en hun verklaringen opnemen, maar ze zullen niet terugkeren om berecht te worden. Papa zal een goede advocaat voor Peter regelen en het is heel goed mogelijk dat Peter uiteindelijk niet bestraft wordt voor verkrachting en mishandeling.

Ik vraag om medische assistentie en terwijl ik daarop wacht, doorzoek ik het huis. Ik vind cocaïne en rohypnol, de daterapedrug, en pillen die volgens mij ghb of xtc zijn. Ik speur in papa's computer. Een deel van de videobestanden is versleuteld, een ander deel niet. Ik neem aan dat papa zo verstandig was geweest zijn video's te coderen, maar dat Peter het wachtwoord had ontdekt en de apparatuur heeft gebruikt. Blijkbaar was hij niet zo snugger om zelf beveiligingsmaatregelen te nemen.

Ik tref opnamen aan waarin hij seks heeft met een heel stel mensen, deels mannen, deels vrouwen, deels volwassenen, deels kinderen. In een map met de naam GEBROKEN ENGELEN vind ik gedownloade kinderporno, Japanse video's vol gewelddadige seks met misbruikte en beschadigde kinderen. Peter is al eerder veroordeeld wegens zedendelicten, en het bezit van kinderporno wordt hier zwaar bestraft. Het komt erop neer dat Peter er gloeiend bij is en dat papa hem niet kan helpen zonder zichzelf te beschuldigen.

Er arriveren twee ambulances. De zusjes en Peter vertrekken apart van elkaar. Door de sneeuwjacht rijden Valtteri en ik zwijgend achter hen aan. In het ziekenhuis tref ik een verpleegster die vloeiend Russisch spreekt. Terwijl zij vertaalt, neem ik de verklaringen van de meisjes op. We gaan in de wachtkamer zitten, waar ik een dutje doe totdat een arts zegt dat we Peter daar moeten achterlaten omdat hij een gescheurde testikel heeft. Zowel de testikel als zijn neus moet geopereerd worden. Hij zal een week niet kunnen lopen. Ik stel voor dat hij Peter op het aidsvirus test, omdat hij onbeschermde anale seks heeft gehad met prostituees uit Rusland, waar de ziekte welig tiert.

Ik maak me er niet druk om dat ik Peter onbewaakt achterlaat. Hij kan voorlopig niet lopen en ik heb ook nog zijn paspoort. Hij kan nergens heen. We rijden terug naar het bureau. 'Hij verzette zich tegen zijn arrestatie,' zeg ik, 'en het was jouw plicht hem tegen te houden, maar je reactie was niet proportioneel, en je zou hem ook nog over de leuning hebben laten vallen. Je hebt hem bijna gedood. En het was niet nodig om hem zo hard te slaan.'

Hij staart voor zich uit en herhaalt wat ik een paar dagen geleden tegen hem heb gezegd. 'Als je de behoefte hebt dit te rapporteren, dan zal ik je dat niet verwijten.'

Ik weet niet goed of hij me bespot. 'Ik denk dat we nu quitte staan,' zeg ik, 'maar weet je zeker dat je je werk wel goed kunt doen?'

'Ik zou hem niet hebben laten vallen.'

Ik dring niet verder aan.

32

Terug in het bureau loop ik naar het cellencomplex en open het luikje in Seppo's celdeur. Hij zit op de rand van zijn brits te huilen, en het lijkt erop dat hij dat al doet sinds ik uren geleden bij hem ben vertrokken.

'Je hebt twee opties,' zeg ik. 'Je kunt Heli morgen laten begraven of tot na Kerstmis wachten.'

Hij kijkt me door zijn gezwollen, bijna gesloten oogleden aan. 'Wat moet ik doen, denk je?'

Mijn geduld met hem is op. 'Godsklere zeg, ze was jouw vrouw. Wat jij met haar doet moet je zelf weten.'

Hij begint te jammeren. 'Ik kan niet denken, doe jij maar wat jou het beste lijkt.'

Misschien moeten we de begrafenis gewoon zo snel mogelijk regelen, dan hoef ik er ook niet meer met hem over te discussiëren. 'Laten we het morgen doen.'

Hij begint weer luid te snikken en roept tussen zijn tranen door: 'Mijn vrouw is dood en ik kan niet eens naar haar begrafenis omdat ik in de cel zit.'

Ik heb daar al over nagedacht. 'Je kunt wel naar de begrafenis, ik neem je mee.'

Hij is even stil en veegt zijn ogen uit. 'Dank je,' zegt hij. Hij gaat op de grond op zijn knieën zitten, vouwt zijn handen en begint te smeken: 'Ik ben onschuldig, help me alsjeblieft.

Ik ben onschuldig, help me alsjeblieft.' Hij blijft de woorden steeds maar weer herhalen.

Ik let verder niet op hem, sluit het luikje in zijn deur en loop naar mijn kantoor. Ik bel Jorma en zeg dat hij voorbereidingen voor Heli's begrafenis kan treffen en bekijk mijn e-mail. Ik heb geluk. Interpol heeft me een studentenpasfoto van de Sorbonne gestuurd. Die is zesentwintig jaar oud, maar de man op de foto lijkt niet erg op de man in Finland die beweert Abdi Barre te zijn. Het laatste wat de Sorbonne van hem gehoord heeft was dat Abdi Barre als arts in het Karaan-ziekenhuis werkte, ten noorden van Mogadishu. Dat was niet zozeer een echt ziekenhuis als wel een groep villa's die als centrum voor spoedoperaties bij oorlogsverwondingen werden gebruikt. Van dokter Barre is in 1990 voor het laatst iets vernomen.

Aangezien er geen bureau in Somalië is waartoe ik me kan wenden, vraag ik me af wie dokter Barre zou kunnen opsporen. Als hij omgekomen is, is zijn dood mogelijk ergens geregistreerd. Een arts doden die gewonde burgers behandelt zou een oorlogsmisdaad kunnen zijn. Finland is lid van de Europese Unie, en de internationale samenwerking tussen de EU-politiekorpsen verloopt goed. De EU heeft echter geen jurisdictie over oorlogsmisdadigers. Die verantwoordelijkheid behoort toe aan het Internationaal Strafhof in Den Haag.

Als ik het Strafhof bel, word ik van het kastje naar de muur gestuurd. Na een poosje krijg ik een functionaris aan de telefoon die me uitlegt dat er al jaren gesproken wordt over oorlogstribunalen aangaande genocide in Somalië, maar dat er nog niets concreets is gebeurd. Er is nog niet eens een officiële lijst van verdachten samengesteld, laat staan een lijst van slachtoffers. Ik vraag waarom dat niet is gebeurd. Daar heeft hij geen antwoord op.

Toen de Serviërs in de Balkan genocide pleegden, nam het Internationaal Strafhof hun vervolging als oorlogsmisdadigers serieus, en de opsporing gaat nog steeds door. De boodschap is duidelijk: Europeanen achten hun eigen leven van grote waarde, maar dat van Afrikanen van weinig of geen waarde. Ik vraag of er een bureau is dat mogelijk een lijst van slachtoffers samengesteld heeft. Hij zegt dat de Commissie voor de Mensenrechten het geweld in Mogadishu in die periode in kaart heeft gebracht en stelt voor daarmee contact op te nemen.

Ik bel de Commissie en spreek met een behulpzame, betrokken vrouw. Ik geef haar het jaar en de naam van het ziekenhuis, waarna zij in het archief kijkt. Er is geen slachtofferlijst, maar uitgezonden artsen van Artsen Zonder Grenzen hebben daar medische noodhulp verleend. Ze heeft een lijst van de artsen die er zijn geweest en kan me hun contactgegevens mailen. Twee minuten later heb ik die binnen, en ik zie dat een van de artsen een Finse is. Ik bel haar op.

Ja, ze herinnert zich Abdi Barre; die is op heel tragische wijze omgekomen. In de eerste weken dat er zware gevechten plaatsvonden brachten groepen gewapende soldaten hun gewonden meestal naar het ziekenhuis. Ze gaven opdracht bepaalde gewonden voorrang te geven en dwongen artsen met geweren op hun hoofd gericht om te opereren. De eigen lijfwachten van de president, de Rode Baretten, die berucht waren vanwege hun martelpraktijken, onderwierpen dokter Barre aan een dergelijke behandeling. Toen zijn patiënt op de operatietafel overleed, namen ze hem mee naar buiten, vulden een autoband met benzine, legden die om zijn armen en borst en staken hem in brand.

Ik bedenk dat een Rode Baret mogelijk zijn paspoort heeft afgenomen voordat ze hem doodden en dat heeft gebruikt om het land uit te komen. De foto van de man die Abdi Barre beweert te zijn is binnengekomen van de paspoortendienst. Ik mail die naar haar terwijl we verder praten en vraag of ze de persoon op de foto kan identificeren. Het spijt haar, maar het was zo'n schokkende gebeurtenis in zo'n chaos en verwarring dat ze een van de moordenaars nog niet kon identificeren als die voor haar stond. Ik bedank haar voor haar hulp.

De puzzelstukjes beginnen in elkaar te passen. Het probleem is dat ik niet weet hoe ik ooit het bewijs kan leveren. Ik besluit dat het mooi geweest is voor vandaag en ga naar huis.

Ik loop de woonkamer in met tassen vol boodschappen. Kate zit op de bank op haar laptop te typen. Ik buig me naar haar toe voor een zoen, maar ze reageert niet. 'Ik heb de sauna aangezet,' zegt ze. 'Ik dacht dat dat je goed zou doen.'

'Bedankt, daar was ik wel aan toe.'

Voor mij is niets zo ontspannend als een sauna. Zoals de meeste Finnen vroeger ben ik in een sauna geboren. Mijn moeder moest plotseling bevallen. Mijn vader was niet thuis, en ze hadden toen geen telefoon, zodat een buurvrouw als vroedvrouw moest optreden. Misschien is naar de sauna gaan voor mij hetzelfde als in de baarmoeder terugkeren. Als God het wil, zal ik er ook in een sterven.

'Ik heb alles voor het kerstdiner,' zeg ik.

Ze heeft nog steeds niet opgekeken. 'Wie gaat dat klaarmaken en opeten?'

Ik wil het weer goedmaken, dus negeer haar sarcasme. 'Wat ben je aan het doen?' vraag ik.

'Mijn achterstallige e-mail lezen. Als jij met Kerstmis aan het werk bent, kan ik dat net zo goed doen.'

Ze is kwaad, en ik kan het haar niet kwalijk nemen. 'Ik ben niet van plan de kerstdagen te gaan werken.'

Ze blijft doortypen. 'O nee?'

'Deze zaak is bijna opgelost. Morgen kan alles klaar zijn.'

Ze sluit haar laptop en verplaatst haar gebroken been met de nodige inspanning van de bank naar een kruk. Ze klopt op de plek naast haar. 'Ga zitten en vertel me wat er gebeurd is.'

Ik vertel haar over vandaag, over Seppo en wat ik over Abdi

te weten ben gekomen, over de arrestatie van Eklund en wat Valtteri over mijn vader zei.

'Het komt er dus op neer,' zegt ze, 'dat je concludeert dat Heli Seppo in Helsinki, dus nog voordat ze naar Kittilä kwamen, aan de telefoon hoorde opscheppen dat hij Sufia neukte, zijn nikkerhoer met de mooie ogen. Hij vertelt over haar merkwaardige vagina. Heli komt te weten dat hij naar Levi komt om bij haar te zijn. Ze maakt zich zorgen dat hij verliefd is op Sufia. Als hij Heli verlaat, zal ze alles verliezen. Ze volgt hem om dit in de kiem te smoren. Klopt dat tot nu toe?'

'Ja.'

'De gedachte komt bij haar op dat ze Seppo een lesje moet leren. Ze verhult haar ware reden om hierheen te komen met een verhaal dat ze haar religieuze wortels wil herontdekken. Ze is gek op misdaadverhalen. Seppo's opmerkingen over de merkwaardige vagina van Sufia inspireren Heli ertoe de moord op Elizabeth Short na te volgen. Ze ontmoet Heikki en dan dient de gelegenheid zich als vanzelf aan. Ze gebruikt zijn geloofsovertuiging tegen hem en houdt hem voor dat nikkers en hoeren zondaars zijn. Ze pijpt hem, zegt dat dat geen geslachtsgemeenschap is en dus geen zonde. Ze kent Seppo en zijn grote verhalen. Hij schept tegen iedereen die het wil horen op over zijn prachtige nikkerhoer. Zit ik nog steeds op het juiste spoor?'

Ik ben helemaal niet blij met de kant die dit gesprek op gaat. 'Ja.'

'Ze krijgt Heikki zover dat hij de woorden in Sufia's buik kerft – hard bewijs – zodat ze Seppo zo nodig kan chanteren om met haar te trouwen. Dat is haar verzekering, mocht hij op een ander mooi meisje verliefd worden. Ze zorgt er ook voor dat de jongen Sufia's ogen uitlepelt, wat een manier is om Seppo te straffen, omdat hij die ogen zo mooi vond. Na afloop weet ze Heikki tot zelfmoord te bewegen door hem af te wijzen en hem tot het besef te dwingen dat hij een moord heeft gepleegd en daarvoor tot in alle eeuwigheid verdoemd zal zijn. Op die manier is al het bewijs tegen haar verdwenen. Het is een knap uitgevoerde moord. Ze had er alleen niet op gerekend dat zijzelf uit wraak vermoord zou worden.'

'Dat is het wel zo ongeveer,' zeg ik.

'En dan blijkt de vader van het slachtoffer, die voorwendt arts te zijn, in werkelijkheid een voormalige folteraar te zijn, een geestelijk gestoorde man,' zegt ze. 'Hij heeft je ex-vrouw ontvoerd en haar in brand gestoken als vergelding voor het verlies van zijn dochter.'

'Dat denk ik ook.'

'Maar als het zo niet is gebeurd, dan kan het ook je vader geweest zijn, omdat je collega, die radeloos van verdriet is, cryptische dingen over hem heeft gezegd, en je vader is de enige die zich nog kan herinneren waar je zus is gestorven.'

'Ik denk daar liever niet aan, maar ik moet alles in overweging nemen.'

'Maar als het je vader niet geweest is, kunnen de moorden ook het gevolg zijn geweest van een of ander seksueel complot waar diverse mensen bij betrokken waren. Waarom die moorden dan gepleegd zijn weten we niet.'

Ik begrijp niet waarom ze dit doet. 'Dit is niet eerlijk. Je doet alsof ik achterlijk ben.'

'En toch ben je heel dicht bij de oplossing van deze zaak en ga je hier samen met mij van het kerstdiner genieten.'

Ze heeft me in een hoek gedreven, en ik voel me daar allerminst prettig bij. 'Ik weet dat je boos bent, maar je hoeft me niet te beledigen.'

'Wie is je volgende verdachte? Je moeder? Waar was ze op het moment van de moord? Misschien heeft zij dit duivelse plan bedacht en jaren gewacht totdat ze de kans kreeg om wraak te nemen op de mensen die haar zoon zo gekwetst hadden. Ik kan het ook geweest zijn. Omdat ik jaloers was op je ex-vrouw heb ik Heikki verleid en hebben we Sufia samen vermoord om onze uiteindelijke intentie te verhullen. Ik heb hem tot zelfmoord gedreven om alle sporen van mijn misdrijf uit te wissen en Heli in brand gestoken. Misschien is het Pirkko Virtanen wel geweest en was de moord met dat mes op haar man de laatste in een reeks moorden die ze heeft gepleegd.'

Ik ben niet alleen beledigd, ik ben woest, maar dat wil ik niet laten zien, omdat het mijn eigen schuld is. Ik heb laten gebeuren dat onze relatie gevaar loopt door deze zaak. Zij is terecht boos en ik kan geen redelijk antwoord bedenken. 'Je hebt niet het recht om zo tegen me te praten,' zeg ik.

'Laten we eens kijken wat jij hier hebt. Een theorie over een nageaapte moord. En waarom? Omdat je ex-vrouw niet in het Engels kan spellen en twee vrouwen zestig jaar na elkaar allebei genitale misvormingen hadden. Ik heb op internet over de moord op Elizabeth Short gelezen. Ja, er zijn een paar overeenkomsten in de twee zaken, maar de verschillen zijn veel en veel groter. En dan heb je Abdi Barre, een rouwende vader met een kwaadaardig karakter die een paar onaangename uitspraken heeft gedaan. Niets wijst erop dat hij een moordenaar is die zich al bijna twintig jaar lang in dit land schuilhoudt. Dat je zus en je ex-vrouw vrijwel op dezelfde locatie zijn gestorven, was naar alle waarschijnlijkheid toeval. Er zijn wel vreemdere dingen gebeurd.'

Ik doe mijn uiterste best om niet tegen haar te schreeuwen. Ik heb dat nog nooit gedaan en wil dat ook nu koste wat kost vermijden. 'Goed dan, aangezien je opeens een geniale rechercheur schijnt te zijn geworden, mag jij mij de toedracht van de moorden uitleggen.'

'Je hebt eerder gezegd dat het erop neerkomt de meest elegante oplossing te vinden. Ik zal je vertellen wat er volgens mij is gebeurd. Sufia had het sperma van twee mannen in haar mond. Er was geen sekscomplot. Ze had twee minnaars. Ze was een hoer die ze binnen een paar uur allebei pijpte. In Heikki's zelfmoordbriefje stond dat hij of zij hem ertoe had gebracht.

Hij bedoelde Seppo. Ze vermoordden Sufia met zijn tweeën – uit liefde, voor geld of wat dan ook – en toen vermoordde Seppo Heli om een reden die we niet kennen. Misschien is hij gewoon totaal gestoord. Daaraan lijk jij nog helemaal niet te hebben gedacht.'

'Er blijven voor mij te veel zaken onopgehelderd in jouw redenering,' zeg ik. 'Ik ben op zoek naar de waarheid.'

'Dan zal ik je die geven. Je bent een emotioneel wrak. Je ziet er verschrikkelijk uit. Gisteravond heb ik de sterkste man die ik ooit heb gekend zien instorten omdat hij de dood van zijn zus nooit heeft kunnen verwerken, en waarschijnlijk nooit heeft kunnen verkroppen dat zijn ex-vrouw hem heeft verlaten. In plaats van om haar te rouwen, demoniseer je haar nog liever dan toe te geven dat je van haar hield en dat zij je heeft gekwetst. Je richt jezelf te gronde.'

Ze pakt mijn hand en legt die op haar buik. 'De waarheid zit hierbinnen. Je hebt twee kinderen die in mij groeien en je zult een goede, wijze vader voor ze zijn.' Ze legt mijn andere hand tegen haar wang. 'En hier heb je een vrouw die van je houdt. Je moet aan je herstel gaan werken en deze moorden aan een andere rechercheur overgeven, en je moet hier blijven zodat ik voor je kan zorgen.'

Ik houd zielsveel van Kate. Soms zou ik wel in haar willen kruipen en een deel van haar willen zijn, in haar aderen stromen en in haar bloed opgaan. Kon ik dat maar tegen haar zeggen.

Mijn mobiele telefoon gaat. Het is de nationale politiecommandant. Hij vertelt me dat ze Seppo's woning in Helsinki hebben doorzocht. In een computer zijn een aantal van internet gedownloade bestanden over ooit gepleegde misdrijven gevonden. Ze hebben in zijn huis ook de roman *De zwarte dahlia* van James Ellroy gevonden, die gebaseerd is op de moord op Elizabeth Short, en eveneens een video van de film die op het boek gebaseerd is. Ik vertel Kate wat hij gezegd heeft.

'Dus je stopt er niet mee?' vraagt ze.
Ik antwoord niet.
'Je kunt het niet, hè?'
Ik schud mijn hoofd.
Ze zucht en houdt mijn hand vast. We blijven een paar minuten lang zwijgend zitten.
'Als het voorbij is,' zegt ze, 'zal ik hier zijn en je helpen je leven weer op de rails te krijgen.'
Ik besef dat ik al weet hoe dit eindigt. Ik weet dat het onverantwoordelijk is en dat ik het niet zou moeten doen, maar ik weet al even zeker dat ik het toch ga doen. Ik ga naar de sauna om alleen te zijn en om te voorkomen dat ik Kate ga vertellen wat ik van plan ben.

33

De volgende ochtend trek ik een trui en wollen sokken aan en stap de achterveranda op om een sigaret te roken. Het is vannacht zo ijzig koud geworden dat het pijn doet in mijn gezicht, alsof iemand er een handvol scheermesjes tegenaan heeft gegooid. Ik word bijna gedwongen weer naar binnen te gaan. De thermometer staat op min veertig, net als een week geleden, toen Sufia werd vermoord, maar nu gaat de bittere koude gepaard met een felle wind die het buiten bijna niet meer te harden maakt. Tegen de tijd dat ik mijn sigaret heb opgerookt, zijn mijn oren gevoelloos.

Ik moet vandaag naar twee begrafenissen. Ik trek een zwart kostuum en een lange dikke wollen jas aan. Mijn muts is van zwaar vossenbont gemaakt. Ik trek de oorflappen omlaag en maak mezelf op voor een ellendige, ijskoude dag.

Op het politiebureau breng ik Seppo van zijn cel naar mijn kantoor en bel Valtteri om zich bij ons te voegen. Seppo ziet er slecht uit, maar hij huilt of smeekt niet, en dit gebrek aan emoties verrast me. Ik vermoed dat hij zoveel heeft meegemaakt dat hij vanbinnen helemaal verdoofd is. Ik schenk voor ons allemaal koffie in en we gaan om mijn bureau zitten. Seppo en ik steken een sigaret op.

‘Seppo,’ zeg ik, ‘tenzij er iets verandert, zul je worden veroordeeld voor een dubbele moord.’

Zijn uitdrukking blijft nietszeggend. ‘Ik weet het.’

'Zowel je vriendin als je vrouw wordt vandaag begraven, Sufia om elf uur vanochtend, Heli om vier uur vanmiddag.'

Hij knikt.

'Ik weet niet of je hen vermoord hebt of niet. Wil je een bekentenis afleggen en de zaken voor jezelf een stuk gemakkelijker maken? Als je dat doet, zul je een lagere gevangenisstraf krijgen en heb je nog een paar goede jaren over als je weer buiten staat.'

Hij neemt een slok koffie. Zijn stem verandert niet terwijl hij antwoordt. We hadden het evengoed over de invulling van de lunch kunnen hebben. 'Ik heb ze niet vermoord.'

'Wie dan wel?'

'Dat weet ik niet.'

'Als het waar is wat je me vertelt, wil ik je helpen, niet omdat het me kan schelen wat er met jou gebeurt, maar omdat ik wil dat het recht zijn loop heeft. Begrijp je dat?'

'Ja.'

'Ik heb een idee. Het is riskant, maar als je akkoord gaat, proberen we het.'

Hij neemt een trek van zijn sigaret. 'Wat dan?'

Ik leg uit wat ik over Abdi Barre te weten ben gekomen. 'Sufia's vader denkt dat jij haar vermoord hebt,' zeg ik. 'Ik geloof dat hij Heli uit wraak heeft vermoord, om jou te straffen. Als hij de kans krijgt, zal hij jou volgens mij ook proberen te vermoorden.'

Hij trekt zijn wenkbrauwen op, een eerste teken van emotie. 'En laat je het zover komen dat hij probeert mij te vermoorden?'

'Ik zal hem vertellen dat ik niet kan bewijzen dat jij Sufia hebt vermoord, ook al weet ik dat jij dat hebt gedaan, en dat jij vrijuit zult gaan als hij jou – de man die zijn dochter eerst bezoedelde en later op gruwelijke wijze vermoordde – niet ombrengt. Dan zul je nooit gestraft worden voor wat je hebt gedaan. Ik zal tegen hem zeggen dat ik weet dat hij niet degene is die hij beweert te zijn, en dat hij Heli heeft vermoord. Ik zal zeggen dat ik blij ben dat hij dat heeft gedaan, omdat het waar is wat de kranten zeggen: ik haatte haar, en ik haat jou om wat je mij hebt aangedaan. Ik zal zeggen dat je dood moet en dat hij jou moet vermoorden. En ik zal hem de kans geven om dat te doen. Ik zal tegen hem zeggen dat we het kunnen doen voorkomen alsof je zelfmoord hebt gepleegd.'

Ik richt me tot Valtteri. 'Dit alles is erop gericht een bekentenis uit te lokken, en daarbij heb ik jouw hulp nodig. Ik neem Seppo mee naar het meer waar Heli is gedood, en zeg tegen Abdi dat hij ons daar moet opzoeken. Jij moet je daar in je wintercamouflagepak van het leger schuilhouden, iets verderop in het bos. Ik heb een microfoontje bij me. Jij neemt opnameapparatuur en een videocamera mee. En een geweer, voor het geval er iets misgaat. Ik zorg dat ik de bekentenis krijg, jij neemt die op en dan arresteren we Abdi.'

Zijn blik is verward en onzeker.

'Het spijt me,' zeg ik, 'maar ik denk dat zowel jij als ik weet dat Heikki en Heli Sufia hebben vermoord. We weten alleen niet of Seppo Heli heeft vermoord. Als Abdi de tweede moord bekent en uit verder onderzoek van het forensisch bewijs blijkt dat Seppo vrijuit gaat bij de eerste moord, wat volgens mij zeker het geval zal zijn, dan is Seppo een vrij man. Het recht heeft dan zijn loop gekregen.'

Ik ga achteroverzitten en kijk hen aan. 'Wat denken jullie?'

'Heb je echt zo'n hekel aan me?' vraagt Seppo.

'Ik geef geen flikker om jou.'

'Wat weerhoudt jou er dan van om mij mee te nemen en niets te doen om te voorkomen dat hij mij vermoordt?'

Ik haal mijn schouders op. 'Niets zou gemakkelijker zijn. Ik zou gewoon kunnen zeggen dat je ontsnapt bent terwijl ik je bij de begrafenis van je vrouw begeleidde, en dat ik niet weet wat er daarna met jou is gebeurd. Je kunt het op een rechtszaak laten aankomen of de gok met mij nemen. Voor mij is het gemakkelijker als je gewoon voor een dubbele moord terechtstaat. In elk geval ben ik er vandaag klaar mee.'

'Wat gebeurt er als Sufia's vader niet toehapt?'

'Dan ga jij naar de gevangenis.'

Seppo kijkt me een tijdlang aan. Misschien denkt hij nog steeds dat ik Sufia en Heli heb vermoord en hem nu ook ga vermoorden. 'Oké,' zegt hij.

'Als het lukt en het uitkomt hoe we het gedaan hebben,' zegt Valtteri, 'zullen we berispt worden omdat we onverantwoordelijk hebben gehandeld. We kunnen onze baan zelfs kwijtraken.'

'Dat klopt.'

'Maar we kunnen de zaak ook vandaag oplossen,' gaat hij verder, 'en alles voorgoed achter ons laten.'

'Precies,' zeg ik.

Voor het eerst sinds de dood van zijn zoon zie ik Valtteri glimlachen. 'Dat bevalt me wel.'

Om elf uur vertrek ik naar de begraafplaats. Daar tref ik Sufia's moeder Hudow alleen in een hoekje aan. Ze staat in de kou en het duister naast een open graf met een bescheiden grafsteen te huiveren. Ik ben hier opgegroeid, maar zelfs voor mij zijn dit gruwelijke weersomstandigheden. Ik kan me niet voorstellen hoe pijnlijk het voor haar moet zijn. Ik betuig mijn medeleven met het verlies van haar dochter.

'Ik ben blij u komen,' zegt ze. 'Dank u.'

'Waar is iedereen?' vraag ik.

Ze slikt een snik weg. 'Abdi komen. Hij uitleggen.'

Het is te koud voor levende wezens, zowel mensen als andere. Op het geloei van de wind en de krakende sneeuw onder onze voeten na is het stil op de begraafplaats. Geen vogel zingt, geen dier beweegt. Mijn ogen tranen en de druppels bevriezen voordat ze van mijn wangen kunnen rollen. Ik veeg het ijs met mijn gehandschoende vingers weg. De snijdende wind kwelt ons. Ik voel pijnsteken in mijn gezicht, dat vervolgens gevoelloos wordt. De wind is in dit deel van het land zelden zo sterk. Het voelt als een slecht voorteken. Een bevroren boomtak breekt af. Ik schrik van het lawaai.

De lijkwagen stopt. Abdi stapt uit en gebaart dat ik naar hem toe moet komen. Hij geeft me geen hand maar maakt een lichte buiging. 'Bedankt dat u gekomen bent,' zegt hij. 'Degene die een *janazah*, een islamitisch begrafenisgebed, tot het einde bijwoont zal een *qirat* verdienen, en wie tot aan de teraardebestelling blijft zal twee qirats verdienen.' Hij glimlacht vermoeid. 'Een qirat betekent een beloning die zo groot is als een berg.'

'Bedankt dat u mij toestaat hierbij te zijn. Mijn diepste medeleven.'

'Niemand sterft tenzij Allah het toestaat,' zegt Abdi. 'We moeten om Gods genade voor de overledenen bidden, in de hoop dat ze vrede en geluk in het hiernamaals vinden. We moeten geduld proberen te oefenen en mogen niet vergeten dat Allah ons het leven geeft en het van ons wegneemt. Op een tijdstip dat Hij bepaalt. Het is niet aan ons om aan Zijn wijsheid te twijfelen.'

Jorma stapt uit aan de chauffeurskant en opent de achterklep van de lijkwagen. Ik ben hoogst verbaasd omdat er geen kist te zien is. Sufia's lichaam is met grote precisie in een doek gewikkeld die even wit is als de sneeuw die de begraafplaats bedekt.

'Er waren tal van problemen bij de voorbereidingen voor Sufia's afscheid,' zegt Abdi. 'Als moslima mag ze geen aarde met ongelovigen delen. Ik heb een perceel in de hoek van de begraafplaats gekocht, evenals de percelen eromheen, zodat haar laatste rustplaats afgescheiden en zuiver blijft. Het graf moet haaks op Mekka gericht liggen, langs een as die van noordoost naar zuidwest loopt. Het was zeer moeilijk om het belang hiervan aan de grafdelvers over te brengen.'

'Jorma vertelde me dat er complicaties waren,' zeg ik.

Hij zucht. 'Meer dan ik me had kunnen indenken. Het was moeilijk om de juiste begrafeniskledij te vinden. Haar lichaam mag niet worden gebalsemd of in een kist worden gelegd, maar dat is in strijd met de Finse wet. Ik moest speciale toestemming verkrijgen om van de kist af te mogen zien en haar in een graf met een betonnen omhulsel te leggen. Vrouwen mogen de overledenen niet naar de plek van de teraardebestelling begeleiden. Mijn arme vrouw moest dus hier in de ijzige kou op deze bevroren begraafplaats blijven wachten.'

Ik ben verrast en ontroerd door zijn openhartigheid. Ik had dit nooit van hem verwacht. 'Zijn er geen andere rouwenden of geestelijken?' vraag ik.

'Er is geen moskee in deze plaats, geen moslimgemeenschap. We hebben hier geen vrienden. Omdat ik haar vader ben, mag ik als imam optreden en de gebeden uitspreken. Het zal niet moeilijk voor u zijn. Ze zijn gelijk aan de vijf dagelijkse gebeden, maar de meeste worden niet hardop gezegd. Buigen of knielen is niet vereist. Wilt u mij nu assisteren om haar te ruste te leggen?'

Hij bedoelt of ik hem wil helpen het lichaam te dragen. Voorzichtig tillen we haar uit de lijkwagen.

'We moeten haar op haar rechterzij in de aarde leggen,' zegt hij. 'Ik zou de sluier van haar gezicht moeten wegnemen, maar vanwege haar uiterlijke toestand heb ik ervoor gekozen het bedekt te laten. Ik geloof niet dat dit Allah zal mishagen.'

We dragen Sufia op onze schouders door de sneeuw. Het is niet gemakkelijk en we schrijden langzaam voort. Terwijl Hudow toekijkt, leggen we Sufia in de betonnen bak. Abdi legt Sufia's lichaam zorgvuldig in de goede richting en kijkt naar Hudow op. Ze knikt en laat zo zwijgend weten dat Sufia's laatste rustplaats haar goedkeuring kan wegdragen.

Het graf is met een graafmachine gedolven, en de aarde ligt op een nette hoop. Abdi pakt drie kluiten aarde, die hij tevoren gebroken moet hebben, omdat de aarde stijf bevroren is en hij dat op geen enkele andere manier gedaan kan hebben, en laat die in het graf vallen. Hudow doet hetzelfde. Hij biedt mij ook drie kluiten aan, die ik op Sufia's in doeken gewikkelde lichaam werp. Hij spreekt een kort gebed in het Arabisch uit; hij vertaalt het voor me en vraagt me het na te zeggen. 'We hebben u uit de aarde geschapen en geven u aan de aarde terug, en uit de aarde zullen we u een tweede keer opwekken.'

Ik zeg het gebed, en hij volgt met nog enkele andere gebeden. Het duurt niet lang. 'Nu moeten we voor de vergeving van de doden bidden,' zegt hij.

We doen dat in stilte. Ik ben zo ontroerd door deze dienst dat ik erover denk mijn plan hem tot een bekentenis te verleiden te laten varen. Ik houd mezelf voor dat de moord op Heli zo'n gruweldaad was dat die hoe dan ook bestraft moet worden.

Als het voorbij is, neemt hij me apart. 'We moeten niet lang blijven dralen,' zegt hij, 'want Hudow heeft het heel moeilijk. De Profeet heeft gezegd dat drie dingen iemand na zijn dood ten goede blijven komen. Liefdadigheid tijdens het leven, kennis die aan anderen is overgedragen en een deugdzaam kind dat voor een overleden ouder bidt. Na onze dood zullen Hudow en ik niet van de gebeden van een deugdzaam kind kunnen profiteren. U kunt het niet weten, maar mijn dochter was een geweldige, warme persoonlijkheid. Ze heeft ons veel vreugde gebracht en verdiende niet wat haar op deze kwade plek is overkomen. Ik geloof dat Allah haar met open armen zal ontvangen. Maar in deze wereld dient er rekenschap afgelegd te worden. Hoe vordert u met uw onderzoek?'

'Ik heb gefaald,' zeg ik. 'Seppo Niemi heeft uw dochter vermoord, maar ik kan het niet bewijzen, en daarom gaat hij vrijuit. Het spijt me.'

Hij zwaait heen en weer alsof ik hem heb geslagen. 'Dat kan niet waar zijn. Ik zal dit niet toestaan.'

'Er is een andere optie,' zeg ik.

Ik zie woede in zijn gezicht. 'En die is?'

'Ik zal u de gelegenheid bieden om wraak te nemen.'

De woede maakt plaats voor nieuwsgierigheid. 'Waarom zou u dat doen?'

'Hebt u de kranten gelezen? Weet u wat Seppo mij heeft aangedaan, hoe mijn ex-vrouw me heeft verraden en Seppo mij tot een bedrogen echtgenoot heeft gemaakt?'

Hij knikt.

'U kunt uit naam van ons beiden wraak nemen en al het onrecht dat ons is aangedaan weer goedmaken.'

Hij kijkt me indringend aan. 'Juist, ja.'

'Ik weet bepaalde dingen. U bent niet dokter Abdi Barre. Die is in 1990 voor het Karaan-ziekenhuis met een brandende autoband om zijn borst vermoord. Ik denk dat u hem hebt vermoord, zijn paspoort hebt gestolen en dat hebt gebruikt om met uw vrouw en dochter uit Somalië te ontsnappen. Ik geloof verder dat u mijn ex-vrouw hebt vermoord om Seppo te straffen. "Oog om oog", zoals u het verwoordde. Ik veroordeel u daarom niet, want ik ben blij dat ze dood is.'

Zijn gezicht verraadt niets. 'U gelooft vast en zeker dat u heel slim bent,' zegt hij.

'Ik zal Seppo vanmiddag meenemen naar Heli's begrafenis. Daarna ga ik met hem naar het meer, naar dezelfde plek waar u Heli hebt gedood. Ik zal hem daar bij u achterlaten. Geef me even de tijd om naar de stad terug te rijden en een alibi te regelen, en dood hem dan. Zorg ervoor dat het zelfmoord lijkt. Dat is de enige manier waarop we ervoor kunnen zorgen dat het recht zijn loop krijgt.'

Hij steekt zijn gehandschoende hand op en drukt zijn lange vinger op zijn getuite lippen, terwijl hij nadenkt. 'Waarom hebt u mijn gangen nagetrokken?'

Ik haal mijn schouders op. 'Dat zit in mijn aard. We spreken af om zes uur vanavond.'

'U denkt vast en zeker dat ik niet goed wijs ben,' zegt hij. 'Vergeef me dat ik u moet zeggen dat u in deze kwestie niet mijn volledige vertrouwen geniet. Ik moet dit afwijzen.'

'Ik denk niet dat u veel keuze heeft. Als u weigert, zal ik u arresteren voor de moord op Heli. U zult dan een lange gevangenisstraf moeten uitzitten, en na afloop zult u naar Somalië worden gedeporteerd.'

'Juist, ja.'

'Zijn we het eens?'

Hij geeft geen antwoord.

'Ik zal er zijn,' zeg ik. 'Doe wat u wilt.' Ik begin weg te lopen.

Hij roept me na. 'Inspecteur, het is jammer dat u niet zo volhardend bent geweest in het onderzoek naar de moord op mijn dochter als in uw onderzoek naar mij. Dan zou ons allemaal veel bespaard zijn gebleven.'

'Dat spijt me dan. Ik heb mijn best gedaan.'

Ik draai me om en kijk niet meer naar hem. Mijn slechte knie is verstijfd door de kou. Hinkend loop ik door de krakende sneeuw over de winderige begraafplaats en rijd weg.

Ik ga naar Seppo's huis en zoek naar kleren die voor een begrafenis geschikt zijn. Ik kies een donkergrijs pak voor hem uit en neem ook een lange wollen jas mee zodat hij geen bevriezingsverschijnselen krijgt tijdens de laatste plechtigheden op de begraafplaats. Terug op het bureau laat ik hem onze sauna en doucheruimte gebruiken zodat hij zich kan wassen en scheren.

Ik praat met Valtteri. Hij zit te telefoneren met kerkpersoneel om ervoor te zorgen dat Heli een passend afscheid krijgt. Hij heeft alles in gereedheid gebracht: zijn witte wintercamouflagepak, een videocamera, opnameapparatuur en een AK-47 met vizier. Ik laat Seppo zonder handboeien in de centrale ruimte zitten. Het lijkt al te wreed om hem nog langer in de cel te laten zitten terwijl hij wacht tot hij zijn vrouw kan begraven. Ik ga een poosje alleen in mijn kantoor zitten en rook sigaretten.

Als het tijd is, rijden Seppo en ik in mijn auto naar de kerk van Kittilä. Het is een ellendige dag, koud, donker, en akelig. Hij zit naast me op de passagiersstoel en slaagt erin zijn kalmte te bewaren. Hij probeert een gesprek te beginnen en wil over Heli jeremiëren. Ik laat hem in niet mis te verstane bewoordingen weten dat ik geen zin heb om te kletsen.

Zoals in veel Finse stadjes is onze kerk een eenvoudig houten gebouw. De opkomst is vrij groot, er zijn misschien wel zestig mensen. Sommigen kenden Heli toen ze nog klein was; anderen komen omdat ze zich verplicht voelen, omdat er een lid van de kerkgemeenschap overleden is. Haar familie is er. Haar moeder en vader groeten Seppo nauwelijks, maar omhelzen mij alsof ik nog altijd hun schoonzoon ben. Jorma heeft goed werk verricht. Haar kist is wit met glanzende koperen handvatten. Aan niets valt te zien dat de voorbereidingen op het laatste moment hebben plaatsgevonden.

Dominee Nuorgam, een laestadiaan, gaat voor tijdens de dienst. Nadat hij de vaste rituelen heeft doorlopen, begint hij met de preek. Die begint vriendelijk genoeg. Hij beklaagt zich over het verlies van een dochter van de Kerk, die een tijdlang een verloren schaap was, maar die, Christus zij geprezen, haar geloof voor haar verscheiden heeft teruggevonden. Dan mondt de preek uit in een tirade, die weliswaar met kalme stem wordt uitgesproken, maar toch een tirade is over de erfzonde en de martelingen in de hel. Hij eindigt met de hoop dat Heli niet te veel van dergelijke martelingen zal moeten doorstaan.

Er wordt me gevraagd de kist te dragen. Dat weiger ik. We lopen de bevroren begraafplaats op. Het is mijn tweede wandeling vandaag over het terrein. Heli's graf ligt ongeveer vijfenzeventig meter van dat van Sufia vandaan. De wind is gaan liggen, een kleine zegen. Heli wordt in de grond neergelaten, er worden nog enkele gebeden uitgesproken en dan is het voorbij. Seppo heeft even gehuild, maar zich over het algemeen goed gehouden. Er volgt geen wake.

We lopen naar mijn auto terug en rijden de weg op. 'Ik neem je nu mee naar het meer,' zeg ik, 'naar de plek waar Heli is omgebracht.'

'Komt Sufia's vader?'

'Dat weet ik niet.'

'Wat zei hij?'

'Niet veel.'

We rijden een paar minuten lang zwijgend door. 'Ik neem aan dat je het niet gelooft, vanwege de dingen die ik heb gedaan,' zegt Seppo, 'maar ik hield meer van Heli dan je je kunt voorstellen. Ik weet niet hoe ik zonder haar verder moet.'

Ik houd mijn blik op de weg, maar uit mijn ooghoek zie ik dat er een traan over Seppo's wang glijdt. 'Ik weet zeker dat je een manier zult vinden.'

'Je bent een sterke man,' zegt hij. 'Als je zoveel jaar samen bent geweest, moet je van Heli hebben gehouden, zelfs na alles wat er aan het eind tussen jullie is voorgevallen, maar niemand zal hebben kunnen bevroeden hoe moeilijk je het had tijdens de begrafenis.'

Dit is de tweede keer in twee dagen dat ik te horen krijg dat ik nog van Heli hield, en dat is verdomd irritant. 'Gisteren was je er nog van overtuigd dat ik haar genoeg haatte om haar te vermoorden, en nu denk je dat ik nog van haar hield. Hoe zit het nou?'

Het stuk onbenul legt troostend een hand op mijn schouder. 'Allebei.'

Ik duw zijn hand weg. 'Dat zie je verkeerd. Ik had geen hekel aan Heli. Het kostte tijd en de nodige zelfdiscipline, maar ik heb haar iets gruwelijkers aangedaan. Ik ben haar vergeten. Ik heb haar uit mijn gedachten gewist alsof ze nooit heeft bestaan. Ik heb alle foto's die ik van haar had weggegooid. Als ik iets bezat wat ze volgens mij kon hebben aangeraakt, zorgde ik dat het verdween. Als ik haar op straat had gezien, zou ik haar verschijning hebben ontkend. Ik zou langs haar heen hebben gekeken alsof ze er niet was. Als ze gebrek had geleden en bij mij was komen bedelen, had ik haar nog geen cent gegeven om iets te eten te kopen. Als haar longen in brand hadden gestaan, zou ik nog niet door haar keel hebben gepist om het vuur te doven. Als dit onderzoek er niet was geweest, had ik nooit, maar dan ook nooit meer tegen haar gesproken. Snap je het nu?'

Hij denkt erover na. 'Ik had liever gehad dat je haar had gehaat,' zegt hij.

Daarna zegt hij niets meer.

34

Als we bij het meer komen, stop ik langs de kant van de weg. Het is bewolkt en de sneeuw weerkaatst maar heel weinig licht. Op de plek waar Heli is gestorven brandt een klein vuur op het ijs. Ik bevestig een microfoontje aan de binnenkant van mijn muts van vossenbont, laad een patroon in mijn Glock en laat die in mijn jaszak glijden. Ik doe Seppo handboeien om teneinde de schijn te wekken dat hij hier niet uit eigen beweging is.

'Ik ben bang,' zegt hij.

Ik stel hem niet gerust.

We ploegen door de sneeuw omlaag naar de oever. Het meer ziet er hetzelfde uit als op de dag dat Suvi verdronk. De wind heeft het oppervlak zo glad en schoon als een leisteenplaat gepolijst. Door het diffuse licht lijkt het een donkere parelkleur te hebben. Ik kijk in de richting van het bos. Ik zie alleen een donkere schaduw, maar het is een geruststelling om te weten dat Valtteri daar op de uitkijk zit en meeluistert.

We lopen over het meer. Abdi heeft hout gesprokkeld en een kampvuurtje gemaakt. Hij zit op een autoband zijn handen te warmen met een blik benzine naast zich. Een paar meter van hem vandaan, op de plek waar Heli is verbrand, is het ijs nog altijd zwartgeblakerd.

We zijn nu vlak bij hem; ik duw Seppo op zijn knieën.

Ik kijk naar de autoband en het blik benzine. 'U hebt wel een heel smerige zelfmoord beraamd.'

Abdi heft zijn hand op en richt een pistool op mijn gezicht. Dit verloopt niet volgens plan.

'Waar hebt u dat pistool vandaan?' vraag ik.

'Ik ben zakenman en heb altijd veel contant geld bij me. Ik heb een wapenvergunning.'

We staren elkaar aan. Ik weet niet waarom ik niet bang ben.

'Bepaalde aannames van u waren juist, andere verkeerd. Nee, ik ben niet dokter Abdi Barre, mijn naam is Ibrahim Hassan Daud. Ik heb dokter Barre niet vermoord; ik mocht hem zelfs graag. Ik heb echter wel zijn paspoort afgenomen. Hij had er tenslotte niets meer aan. Uw onderzoek naar mijn identiteit heeft bepaalde problemen opgeworpen.'

'Wie u bent interesseert me niet,' zeg ik. 'Dat heeft geen invloed op wat er hier gebeurt.'

'Zeker wel. Hoewel ik dokter Barre niet heb gedood, heb ik wel anderen gedood. Ik schepte daar geen genoegen in, maar het was nu eenmaal oorlog, en ik betwijfel of u dat kunt begrijpen. Je doet wat je moet doen om te kunnen overleven. Ik schep geen genoegen in wat ik nu doe, maar ook nu doe ik wat ik moet doen. U hebt ons beiden in een uiterst ongemakkelijke positie gebracht. Als ik naar Somalië zou worden gedeporteerd, zou ik standrechtelijk worden geëxecuteerd. Hudow heeft haar enige kind al verloren, en ze zou hier alleen achterblijven zonder dat ze voor zichzelf zou kunnen zorgen. Dat kan ik niet toestaan.'

Ik probeer ervoor te zorgen dat hij blijft praten om hem een bekentenis te ontlokken. 'Wie zou u executeren?'

'Ik was officier in de veiligheidsdienst van de nu overleden oud-president van Somalië, Siad Barre. De arts en hij hadden niets met elkaar te maken; Barre is een veelvoorkomende Somalische achternaam. Evenals u was ik ooit politieagent. Vanwege mijn werkzaamheden in die hoedanigheid zouden velen mijn dood met plezier begroeten.'

'Wat u in het verleden hebt gedaan doet er voor mij niet toe,' zeg ik. 'Ik heb er geen belang bij dat u gedeporteerd wordt.'

'Zoals ik u eerder vandaag al liet weten, dient u mij te vergeven dat ik niet genoeg vertrouwen in u stel om het lot van mij en mijn vrouw in uw handen te leggen. Uw prestaties tot nu toe zijn volstrekt onaanvaardbaar geweest. Geef mij uw wapen.'

Ik verroer me niet.

'Ik zal niet aarzelen u te doden, inspecteur, en onze tijd is beperkt.'

Ik leg mijn Glock op het ijs.

Hij kijkt naar Seppo. 'Jij bent een moordenaar, die de onschuld heeft onteerd. Ik zal je niet vergeten en zo meteen met je afrekenen.'

Seppo begint te snotteren en bezweert dat hij onschuldig is.

'Kop dicht,' snauwt Ibrahim Hassan Daud of Abdi of hoe hij ook mag heten, 'anders reken ik meteen met je af.'

Seppo houdt zich koest.

'U zult het wel koud hebben, inspecteur. Komt u toch bij het vuur zitten.'

Ik gehoorzaam. Nu slaat de angst me om het hart, maar ik denk aan Valtteri in het bos met het geweer, op misschien vijftig meter afstand. Een gemakkelijk doelwit.

Terwijl Abdi het pistool met zijn ene hand op mij gericht houdt, zet hij de autoband rechtop en begint er met de andere hand benzine in te gieten.

Ik ben nu zo bang dat ik beef, me afvragend waarom Valtteri nog niets heeft gedaan, als hij daar tenminste zit in het bos. Kate had gelijk, en ik had het helemaal verkeerd, en zoals ze al zei loopt dit op een catastrofe uit. 'Waarom doet u dit?' vraag ik.

'Dit is de enige oplossing voor mijn dilemma. Het zal erop lijken dat Seppo Niemi u heeft vermoord, zoals hij ook zijn vrouw heeft vermoord, en dan zelfmoord heeft gepleegd. Mijn vrouw en ik zullen veilig zijn, terwijl mijn dochter gewroken is.'

'Ik heb ook een vrouw, en ze is zwanger van een tweeling. Zij hebben mij even hard nodig als Hudow u nodig heeft.'

Hij zucht. 'Het spijt me voor uw gezin. Maar u moet uzelf de schuld geven. U hebt uzelf en hen zelf in deze situatie gebracht.'

Ik probeer op te staan om er in elk geval voor te zorgen dat hij me doodschiet in plaats van me in brand te steken, maar mijn slechte knie zit op slot en het lukt me niet om op te staan.

'U hebt het ook bij het verkeerde eind als u gelooft dat ik uw ex-vrouw heb vermoord,' zegt hij. 'Zoals ik u bij onze eerste ontmoeting vertelde, verwachtte ik dat u in mijn plaats zou waarborgen dat Sufia recht zou worden gedaan. Nu zult u de gevolgen van uw incompetentie onder ogen moeten zien.'

'Als u Heli niet hebt vermoord,' vraag ik, 'hoe wist u dan dat ze hier is omgekomen?'

'Uw plaatselijke krant heeft de naam van het meer gepubliceerd. Ik kon de exacte locatie vinden omdat het ijs door vuur zwart was geworden. Als de pas gevallen sneeuw niet door de wind was weggeblazen, had ik deze plek misschien niet gevonden.'

Hij heeft geen reden om te liegen. Ik zit er helemaal naast. Ik ben doodsbang en verbijsterd. Ik zal hier sterven zonder ooit de waarheid ontdekt te hebben. Ik zal voor niets sterven. Door mijn oneindige domheid zal Kate in haar eentje twee kinderen moeten grootbrengen. De kinderen zullen zonder vader opgroeien. Het heeft me bijna veertig jaar gekost om met Kate het geluk te vinden, en nu zal mijn leven vroegtijdig beëindigd worden en zal ik alles kwijtraken, alleen omdat ik een dwaas ben. Ik blijf op het ijs zitten en wacht mijn executie af. Hij tilt de band op om die om mijn nek te hangen.

Er knalt een geweer. De kogel suist langs mijn hoofd en treft Ibrahim in zijn schouder. Hij valt met een ruk opzij, precies op het kampvuur, nog altijd met de band in zijn handen. De benzine vliegt in de fik en hij staat meteen in lichterlaaie. Hij probeert op te staan, maar valt zwalkend neer, een gillende, kronkelende vuurbal op het ijs. Het duurt niet lang. Hij blijft nu stilliggen en verbrandt. Het gaat allemaal zo snel dat ik niet eens kan proberen hem te helpen.

Valtteri rent uit het bos het meer op. In zijn wintercamouflagepak lijkt hij op een witte schim die uit het duister opdoemt. Binnen een paar seconden is hij bij me. 'O, Kari,' zegt hij, 'zeg me alsjeblieft dat je ongedeerd bent.'

Hij helpt me met opstaan en terwijl ik nog nabeef omhelst hij me. Dan begint hij te huilen. Ik verzeker hem dat ik in orde ben en zeg dat hij moet kalmeren.

Hij laat me los en knikt. Een paar meter verderop zit Seppo nog altijd op zijn knieën. Valtteri loopt naar hem toe, trekt zijn pistool en zet de loop tegen Seppo's voorhoofd.

Dit verwart me, en ik weet niet wat ik moet doen. 'Valtteri,' zeg ik, 'doe dat niet, alsjeblieft. Praat tegen me.'

Seppo verroert zich niet. Hij beweegt zijn mond alsof hij naar woorden zoekt, maar die niet kan vinden.

'Ik moet hem doden,' zegt Valtteri. 'Zoals je al zei, komt hier vandaag een eind aan.'

Terwijl hij het pistool op Seppo's voorhoofd gedrukt houdt, gaat hij op één knie zitten om hem in zijn ogen te kijken. 'Door jouw toedoen zijn er twee vrouwen dood. Door jouw toedoen heeft mijn zoon een moord en zelfmoord gepleegd en moet hij nu in de hel branden. Jij bent aan zijn dood even schuldig als wanneer je hem zelf had opgehangen.'

Seppo stamelt. 'Ik heb niemand vermoord. Ik kende je zoon nauwelijks. Schiet me alsjeblieft niet dood, ik heb nergens schuld aan.'

Ik probeer Valtteri tot rede te bewegen door te praten. 'Dit is niet de juiste manier, en dat weet je. Geef me je pistool, voordat je iets onherroepelijks doet.'

Hij schreeuwt tegen me. 'Dit is wél de juiste manier! Die stomme klootzak heeft niemand vermoord, maar ze zijn allemaal dood vanwege zijn wellustige, egoïstische stupiditeiten. Dit is allemaal begonnen door zijn verhouding met Sufia Elmi, door zijn zondige gedrag. Zijn zonden hebben slechts dood en ellende voortgebracht.'

'Valtteri, het is waar wat je zegt, maar een reeks gebeurtenissen veroorzaken is niet hetzelfde als schuldig zijn aan moord.'

Ik stap naar hem toe en steek mijn hand uit. 'Geef dat ding aan mij.'

Hij kijkt weifelend en richt het pistool met een uitzinnige blik op mij, vermoedelijk om me op afstand te houden.

Ik praat door. 'Geef me dat...'

Het pistool gaat af. Mijn hoofd slaat achteruit. Ik voel een helse pijn in mijn gezicht en breng mijn hand naar mijn rechterwang. Er is iets helemaal mis. Als ik mijn hand wegtrek, zie ik dat die onder het bloed zit. Ik voel voorzichtig met mijn tong. Er zitten harde stukjes in mijn mond. Ik spuw restjes kies uit.

Ik kan praten, maar het gaat moeizaam. 'Valtteri, wat heb je gedaan?'

Hij kijkt naar me en begint wanhopig te gillen en te huilen. Hij zegt dat het hem spijt en dat hij Heikki verkeerd heeft opgevoed, dat hij mij nu heeft verwond en dat alles zijn schuld is. Hij gaat maar door, en ik wil hem troosten, maar ik ben duizelig en mijn hele hoofd begint te bonken van de pijn. Ik voel nog eens met mijn tong en kom tot het besef dat hij per ongeluk heeft geschoten toen ik mijn mond opende om iets te zeggen. De kogel is dwars door mijn mond gegaan, heeft mijn achterste kiezen eruit geschoten en is door mijn rechterwang verdwenen. Ik geloof dat ik moet kotsen.

Valtteri blijft maar doorpraten. Hij brabbelt iets onbegrijpelijks en zegt dat het hem spijt, terwijl hij met het pistool in het rond zwaait. Hij is zo van streek dat ik vrees dat hij nog eens per ongeluk op me zal schieten. Seppo staat op en begint zich tegen Valtteri te verontschuldigen voor zijn aandeel in de gebeurtenissen. Ik slaag erin hem een beuk in zijn gezicht te geven zodat hij zijn mond houdt. Hij wankelt en valt op het ijs.

Opeens laat Valtteri het pistool langs zijn zij zakken. Zijn blik wordt treurig en hij kalmeert. 'Ik heb het gedaan,' zegt hij.

Door de kogelwond is er endorfine vrijgekomen en mijn lichaam wordt tijdelijk door natuurlijke pijnstillers beschermd, maar het zal niet lang duren voordat de pijn niet meer te harden zal zijn. Ik moet Valtteri onder controle krijgen voordat het zover is. 'Hoe bedoel je?'

'Ik heb Heli gedood.'

Dat is meer dan ik kan verwerken. 'Wat?'

'Nadat Heli en Heikki Sufia hadden vermoord, kwam hij 's avonds naar me toe en zei tegen me wat ze hadden gedaan. Het was precies zoals jij dacht. Heli had hem verleid en hij was verliefd op haar geworden. Ze had hem verteld dat het meisje een zondares was, en niet eens een mens, en dat ze moest sterven. Ze zei dat het Gods wil was, een vorm van zendelingenwerk, en zei tegen hem wat hij moest doen. Hij zei dat ze er voortdurend over sprak, en hij meende dat het niet moeilijker zou zijn dan een hert ontweien. Heli keek vanuit de auto toe terwijl hij Sufia vermoordde. Hij zei dat het net leek alsof het niet echt gebeurde terwijl hij bezig was, een soort droom. Toen hij haar buik opensneed, kwam ze bij bewustzijn en begon ze te gillen. Dat maakte hem zo bang dat hij haar keel doorsneed. Toen leek hij weer wakker te worden. Toen hij eenmaal had begrepen dat hij zonder enige reden een medemens had gedood, begon hij te huilen. Hij zei tegen Heli dat ze een misdrijf hadden gepleegd, ze lachte hem uit en zei dat ze hem nooit meer wilde zien.'

Valtteri begint te snikken. 'Heikki bleef maar huilen en smeekte me hem te vergeven. Hij wilde bekennen, zodat ik hem kon arresteren. Ik stond hem dat niet toe en zei dat ik hem zou beschermen. Hij was een goede jongen, die een vergissing had begaan. Hij beloofde het nooit meer te doen.'

'In godsnaam, Valtteri.'

'Het is jouw schuld. Jij bent de rechercheur. Jij kon alles rechtbreien en Seppo's onschuld bewijzen. De moord hoefde niet opgelost te worden. Niemand zou daar nadeel van ondervinden en Heikki kon net doen alsof het nooit was gebeurd. Maar dat wilde je niet. En toen verhing Heikki zich. Hij stierf door toedoen van dat wijf, door Heli, en zij zou de dans ontspringen. Zij zou gewoon verder kunnen met haar leven en rijk en gelukkig zijn. Dat kon ik niet laten gebeuren. Zou jij dat gekund hebben? Mijn zoon brandt in de hel, en zij moest eveneens in de hel branden. Heikki moest vóór zijn dood uit schuldbesef al helse martelingen ondergaan. Ik wilde dat zij het hellevuur op aarde al zou proeven, voordat ze daar tot in alle eeuwigheid zou vertoeven, en daarom heb ik haar levend verbrand. Dat was gerechtigheid, zoals de Bijbel die leert. "Als ze zich ontheiligt door hoererij, zal ze met vuur verbrand worden."'

De woorden die Heikki in zijn computer had genoteerd. Nu ik het grootste deel van de waarheid ken, wil ik die ook volledig kennen. 'Waar had je het idee vandaan om een brandende autoband te gebruiken?'

'Daarover had ik jaren geleden in een tijdschrift gelezen. De doodseskaders van Aristide gebruikten die methode in Haïti, en die werd ook vaak toegepast in Zuid-Afrika, Rwanda en Somalië. Er stonden foto's bij het artikel die me aan de hel deden denken. Omdat Sufia een Somalische was, herinnerde ik me het verhaal. Het leek een passende, rechtvaardige straf, als een wrake Gods. Ik deed het niet om Sufia's vader de schuld in de schoenen te schuiven. Ik had nooit gedacht dat je die link zou leggen.'

'En waarom dit meer? Waarom heb je deze plek uitgekozen?'

'Ik wist wat er met je zus was gebeurd en deed dat om jou pijn te doen, omdat je de zaak niet op zijn beloop wilde laten, zoals je had moeten doen. Het spijt me.'

'Geeft niet. Waar zijn Sufia's kleren en het moordwapen?'

'Heikki heeft haar kleren aan mij gegeven. Ik heb ze verbrand, net als de kleren die hij droeg.'

Hij haalt een mes uit zijn zak en geeft dat aan mij. Het is een opvouwbaar survivalmes met een afgerond, gekarteld lemmet.

'Ik heb hem dit mes voor zijn twaalfde verjaardag gegeven,' zegt hij. 'Hij heeft daarmee de afschuwelijke wreedheden begaan die jij bij dat meisje hebt gezien. Ik dacht dat mijn zak wel de laatste plek zou zijn waar je het moordwapen zou zoeken.'

Hij had gelijk.

'Ik heb het steeds hier bewaard, zodat ik voortdurend aan mijn falen als vader en mijn zondige hoogmoed werd herinnerd. Ik kon het niet verdragen dat mijn zoon naar de gevangenis zou gaan. Die schande zou het hele gezin hebben getroffen. Als ik Heikki had toegestaan te bekennen en hij in de gevangenis voor zijn zonde had geboet, zou hij nog in leven zijn geweest. Hij kon de schuld niet verdragen en pleegde zelfmoord om mij, omdat ik hem dat niet wilde toestaan. Ik heb hem vermoord.'

'Dat is niet waar. Hij heeft zelfmoord gepleegd.'

'We hebben hem allemaal vermoord.' Hij kijkt naar Seppo. 'Die zwijgende klootzak daar. Ik. Jij. Heli, dat rotwijf. We gaan allemaal naar de hel.' Hij wijst naar het nog altijd brandende lichaam van Abdi. 'Het scheelde niet veel of ik had jou door hem laten vermoorden. Om mijn eigen hachje te redden, omdat ik zwak ben. En nu ga ik me bij mijn zoon voegen.'

Hij zet het pistool tegen zijn slaap. 'Het spijt me.'

'Alsjeblieft, Valtteri, niet doen.'

Hij zegt het gebed op dat ieder laestadiaans kind voor het slapengaan opzegt. *'Jeesuksen nimessä ja veressä kaikki synnit anteeksi.'* In Jezus' naam, vergeef ons al onze zonden.

Ik probeer hem tegen te houden en zijn hand vast te grijpen, maar mijn knie werkt niet mee, en ik ben te zwak en te traag.

Valtteri haalt de trekker over. Zijn bloed en hersenen spetteren op het ijs. Het schot weerklinkt over het meer. Hij kijkt me met dode ogen een seconde lang aan en valt dan neer.

Ik zak naast hem op mijn handen en knieën op het ijs. Ik trek zijn wollen muts af en laat mijn vingers door zijn bloederige grijze haar glijden. Ik hoor mezelf kreunen en zeggen: 'O, god, o, god, Valtteri. Sta op, sta op.'

Ik besef dat ik in een shock raak door mijn wond. Ik kijk rond. Abdi brandt nog steeds. Ook al is mijn reukzin door de kou sterk verminderd, de stank van benzine en verschroeid vlees is nog altijd walgelijk. Ik heb hem bedreigd en hem hierheen gebracht, en nu is hij voor niets gestorven. Valtteri ligt dood naast me. Zijn bloed bevlekt het parelgrijze ijs en lijkt in het schemerlicht zwart. Seppo zit op zijn hurken naar mij te staren, nog altijd met zijn geboeide handen voor zich.

'Kom hier,' zeg ik. Hij kruipt naar me toe. Het lijkt erop dat hij zelf ook in een shock raakt. Ik geef hem de sleutels van de handboeien en mijn auto. 'Bevrijd jezelf en open mijn kofferbak. Er ligt een EHBO-doos in. Daar zit morfine in, en die moet je mij geven.'

Terwijl hij wegloopt, bel ik Antti, vertel hem waar ik ben en dat ik neergeschoten ben en dat er twee lijken liggen. Ik zeg dat ik medische hulp nodig heb. Hij probeert vragen te stellen, maar ik verbreek de verbinding en laat de telefoon op het ijs vallen.

Seppo brengt me de EHBO-doos en ik dien mezelf een injectie toe. 'Het spijt me, dit is allemaal nooit mijn bedoeling geweest.'

'Valtteri had gelijk,' zeg ik. 'Dit is allemaal begonnen door jouw verhouding met Sufia. Jij hebt haar gebruikt en hebt ons al deze ellende gebracht met je egoïsme en infantiliteit. Als hij je gedood had, zou er mogelijk geen recht zijn gedaan, maar veel scheelt het niet. Als jij niet zo'n waardeloze zak was geweest, waren al deze mensen nog in leven geweest.'

Dan zie ik Seppo niet meer. Ik zie Suvi. Het ijs is een meter dik, maar ik kijk erdoorheen alsof het een raam is en ik zie haar onder me zwemmen. Ze leeft hier al die jaren al onder het oppervlak, wachtend tot ik haar heb gevonden.

Dan voel ik Kate achter me. Ze slaat haar armen om me heen. Ik voel hoe ze haar dikke, zwangere buik tegen mijn rug drukt. Suvi is niet meer onder het ijs, ze is hier bij mij. Ik houd haar hand vast en we schaatsen in het duister over het meer. We stoppen en mijn vader en moeder sluiten zich bij ons aan. Ze zijn weer jong en gelukkig. Mijn vader is niet dronken en ze hebben een van hun betere dagen.

Abdi staat op, slaat de vlammen uit en smeult niet meer. Hij staat fier rechtop in een politie-uniform, met medailles op zijn borst. Hij heeft zijn arm om zijn dochter heen geslagen. Sufia, betoverend als altijd en gekleed in een cocktailjurk, kijkt naar haar vader op en glimlacht. Ik zie dat Heli er is. Ze is dertien en lacht zoals ze lachte toen ze nog een jong meisje was, en ik weet dat ook met haar alles goed is. Ik voel me warm en veilig. Valtteri kijkt naar me op en knipoogt. Ik ga op het ijs liggen, zijn lichaam als kussen gebruikend, en val in slaap.

35

'Ik heb mijn belofte gehouden. Ik ben thuis op kerstavond.'

Kate schudt haar hoofd en lacht wat. 'Ja, inderdaad. En ik zal de mijne houden en je helpen je leven weer op de rails te krijgen.'

Als door een wonder is de kogel door mijn mond gevlogen zonder mijn kaak te breken. Hij heeft de achterste twee kiezen rechtsboven verbrijzeld en is door mijn wang naar buiten gevlogen zonder verdere schade aan te richten. Ik heb de dokter gevraagd hoe erg het litteken zal zijn.

'Je zult er als een stoere vent uitzien.'

'Iedereen zegt al dat ik er als een stoere vent uitzie.'

Hij moest lachen. 'Tja, dan zul je er nu uitzien als een stoere vent die in zijn gezicht is geschoten.'

'Dat is mooi,' zei ik, 'precies wat ik nodig heb.'

Kate heeft mijn vader gebeld. Toen ze uitlegde wat er gebeurd was, bood mijn moeder aan naar ons toe te komen om met het kerstdiner te helpen. Mijn vader zei dat hij zou komen als ik de sauna aanzette. Kerstmis is geen Kerstmis zonder sauna, zei hij. Het is lief dat mijn moeder kookt. Ze doet het voor Kate. Ik kan geen vast voedsel eten en zal een paar weken op soep moeten leven.

Ik begin een vuur te maken voor de sauna. Het verband om mijn gezicht mag er niet af. Dat is voor mij bijna net zo'n teleurstelling als dat ik niet van het kerstdiner kan eten. De telefoon gaat. Ondanks de zware pijnstillers bezorgen mijn gezicht en kapotte kiezen me een helse pijn. Het is de nationale politiecommandant. En ik wil weten of ik ontslagen ben, dus ik neem toch maar op.

'Hoe gaat het met je gezicht?' vraagt hij.

'Pijnlijk.'

'Net goed, het doet ons al heel lang pijn.' Hij lacht om zijn eigen grap. 'Je bent een klootzak,' zegt hij.

'Ik weet het.'

'Ik weet niet of ik je moet laten vervolgen of je promotie moet geven.'

'Ik weet het ook niet.'

'Toen je collega's de omgeving afzochten, hebben ze de videocamera en het opnameapparaat gevonden. Alles is gedocumenteerd.'

Ik wist niet dat Valtteri de apparatuur had laten lopen en zo zijn eigen zelfmoord heeft vastgelegd. 'Het was een tragedie. Konden we alles maar vergeten.'

'Dat is onmogelijk. Ik breng het avondnieuws op de hoogte. Om jouw hachje te redden.'

Ik zeg niks.

'Een man een man, een woord een woord,' zegt hij. 'Je hebt beide moorden opgelost. Welke baan wil je?'

'Meen je dat?'

'Wat denk je zelf?'

Ik zeg dat hij even moet wachten en wil Kate vragen wat zij wil, maar dan bedenk ik me. Ze heeft de afgelopen tijd al genoeg onder druk gestaan. Het kan tot na de kerst wachten.

'Kun je me wat tijd geven om na te denken?'

'Ik geef je een week. Je bent een klootzak, maar ik denk dat ik je opnieuw voor moed moet onderscheiden, om er een positieve draai aan te geven. Nou ja, ik kan in elk geval mijn gezicht weer eens op tv laten zien.' Hij hangt op.

Ik vertel Kate wat hij heeft gezegd.

'Je had gelijk over de zaak,' zegt ze. 'Misschien heb je ook wel gelijk dat we hier moeten blijven. Alhoewel Helsinki best aangenaam klinkt. Laten we er een tijdje over nadenken.'

Ik had niet gelijk in alles, en zou willen dat ik voor het overige ongelijk had gehad.

Mijn vader en moeder zijn er. Mijn moeder omhelst me en kijkt alsof ze elk moment kan gaan huilen. 'Alles goed met je, zoon?' vraagt mijn vader.

'Ja.'

Hij geeft me twee ingepakte cadeautjes. Het ene is duidelijk een fles. 'Maak open.'

Het is een fles Koskenkorva-wodka. In het andere pakje zitten twee plastic rietjes.

'Die zijn symbolisch,' zegt hij. 'We gaan die fles samen leegdrinken.'

'Ik mag niet drinken met die pijnstillers.'

Mijn moeder spreekt geen Engels, maar mijn vader kan zich redelijk redden. Hij kijkt naar Kate. 'Vind je het erg als je man met zijn vader dronken wordt?'

'Een beetje,' zegt ze. Ze kijkt me aan; ik haal mijn schouders op. Ze geeft mijn vader een kerstknuffel. 'Maar ga gerust je gang.'

Hij kijkt blij, schroeft de dop open, neemt een teug en geeft de fles aan mij. Ik neem een slokje.

De deurbel gaat weer. Tot mijn verrassing staat Seppo op de veranda. 'Gelukkig kerstfeest,' zegt hij.

Hij is echt de laatste die ik nu wil zien. 'Wat kom jij doen?'

Hij kijkt schaapachtig. 'Als ik had gedaan wat jij me had opgedragen en voorgoed was vertrokken, was Heli nog in leven geweest. Nu vertrek ik voorgoed en wil ik dit aan je geven.' Hij geeft me een bruine envelop.

'Wat is het?' vraag ik.

'Het eigendomsbewijs van mijn winterverblijf. Ik wil het niet meer hebben. Ik dacht dat ik het zo een beetje goed kon maken.'

Er zijn vijf mensen dood, maar hij denkt dat hij gewoon goodwill kan kopen en alles weer in het reine kan brengen door een duur cadeau. Ik geef de envelop terug. 'Ik wil dat huis niet.'

Hij neemt de envelop niet aan. 'Het is achthonderdduizend euro waard.'

Ik grijp zijn hand en druk de envelop erin. 'Ik wil dat huis nog steeds niet. Ga weg.'

Hij kijkt als een bedroefd klein kind. 'Sorry dat ik je heb lastiggevallen.'

Opeens weet ik het. 'Wacht,' zeg ik. 'Geef toch maar.'

Hij geeft de envelop terug. 'Vanwaar deze verandering van gedachten?'

'Valtteri heeft een weduwe en een stel kinderen nagelaten, en Sufia's moeder is nu alleen. Ik weet niet zeker of ze voor zichzelf kan zorgen. Als ik je winterdatsja verkoop, kunnen ze daar allemaal een hele tijd van leven.'

'Mooi,' zegt hij, 'ik ben blij toe.'

Ik sluit de deur en voor het eerst besef ik hoeveel beter we allemaal af waren toen Heli mij voor hem verruilde. Ze kreeg wat ze wilde: een stomme rijke vent die ze kon manipuleren. Hij had een vrouw die bij hem bleef, ook al was hij een dronkenlap die achter de vrouwen aan zat, en daar komt bij dat ik denk dat hij echt van haar hield. Heli bleek niet de vrouw die ze naar mijn idee was toen ik met haar trouwde. Misschien kende niemand haar echt, net als bij Sufia. Ik mocht verdergaan met mijn leven en iemand zoeken die ik gelukkig kon maken, iemand die mij gelukkig maakt.

Mijn vader vraagt me wie er aan de deur was. Ik zeg tegen hem dat er niemand was.

Mijn moeder neemt Kate mee naar de keuken om haar de kunst van het bereiden van rosolli te leren. Geamuseerd kijk ik toe hoe ze er ondanks het gebrek aan een gemeenschappelijke taal toch in slagen met elkaar te communiceren, meestal met handgebaren. Mensen lijken altijd weer een manier te vinden.

Mijn vader en ik zitten voor de tv en geven elkaar de fles door. Door de combinatie van pijnstillers en alcohol durf ik eindelijk de tot dusverre onuitgesproken vraag te stellen. 'Pap, denk je ooit nog aan Suvi?'

Hij buigt zich naar voren, met zijn armen op zijn knieën, en tuurt naar de grond. Het duurt lang voordat hij kan antwoorden, maar als hij dat doet, kijkt hij me aan. 'Elke dag van mijn leven.'

'Moeten we erover praten?'

'Sommige dingen kun je nooit meer goedmaken. Er valt niets te zeggen.'

Een paar minuten lang blijven we zwijgend zitten. 'Is de sauna bijna klaar?' vraagt hij.

'Bijna.'

Er verstrijkt nog meer tijd. 'Dat was een mooie ham die je hebt gekocht,' zegt hij.

'Ja,' zeg ik, 'een mooie ham.'

Kate komt uit de keuken binnen. 'Hoe gaat het met jullie tweetjes?'

Mijn vader houdt de wodkafles omhoog. 'Kon niet beter. Weet je, Kate, morgen komt de zon weer op. Niet meer dan een paar minuten, maar kaamos is bijna voorbij.'

Kate komt achter me staan, buigt zich over de bank heen en slaat haar armen om me heen. 'Hyvää Joulua,' vrolijk kerstfeest, zegt ze.

Vrolijk voor wie? Sufia Elmi, een vluchtelinge die tegen alle verwachtingen in succesvol werd in een xenofoob land, maar zich vanbinnen zo ellendig voelde dat ze zich liet misbruiken door mannen die niets om haar gaven? Mijn intuïtie klopte. Met haar charme en schoonheid wekte ze haat op, en daarom werd ze als een beest afgeslacht. Ik weet niet waaraan haar vader zich schuldig had gemaakt, maar hij had zijn verleden achter zich gelaten, was naar ons land gekomen en had hier een nieuw bestaan opgebouwd. Ik heb zijn verleden weer opgerakeld en hij is door mij gestorven, voor niets.

Mijn ex-vrouw, een vrouw van wie ik ooit hield en met wie ik de rest van mijn leven dacht te zullen doorbrengen, bleek een psychopate en moordenares te zijn. Ze manipuleerde een jongen die zo'n afgeschermd leven had geleid dat hij bijna weerloos was. Ze zette hem tot moord en zelfmoord aan en vernietigde hem naar mijn idee zonder daar meer wroeging over te hebben dan wanneer ze een vlieg had doodgeslagen. Misschien kreeg Heli wel wat ze verdiende toen ze op het ijs verbrandde. Ik weet het niet.

Valtteri was een goeie vent die geloofde dat zijn geloof hem en zijn gezin zou beschermen. Toen God in gebreke bleef, probeerde hij het zelf te doen, en om zijn zoon te beschermen verheimelijkte hij een moord. Beroofd van zijn geloof en ervan overtuigd dat hij had gefaald voelde hij zich gedwongen Heli te vermoorden, een gruweldaad die zijn bevattingsvermogen een week daarvoor nog te boven was gegaan. Zijn weduwe en zeven overgebleven kinderen brengen de kerstdagen nu in rouw over zijn en Heikki's dood door, zonder twijfel verbijsterd door de gebeurtenissen en kapot van verdriet en ongeloof. Voor Abdi's vrouw Hudow zal hetzelfde gelden.

Ik heb mijn vrouw verwaarloosd, mijn huwelijk op het spel gezet en mijn kinderen bijna zonder vader achtergelaten, en dat allemaal omdat ik meende dat het recht zijn loop moest hebben. In plaats van recht kreeg ik de waarheid, en dat was een armzalig substituut. Nu weet ik niet meer waarnaar ik op zoek was. Ik heb het gevoel dat ik heb gefaald, zowel voor mezelf als voor alle anderen. Ik heb niemand gered. En toch zal ik onderscheiden worden wegens moed, een held worden genoemd en de promotie krijgen die ik verkies. Misschien is er geen gerechtigheid.

Maar er zijn volop andere dingen. Ik kijk rond en zie alles

wat ik heb om dankbaar voor te zijn. Ik ben omringd door familie. Mijn vrouw houdt van mij, ze heeft haar armen om me heen geslagen. Onze baby's groeien in haar buik.

Ik kijk naar haar op. Het doet pijn, maar ik weet een glimlach tevoorschijn te brengen. 'Vrolijk kerstfeest, Kate.'

Dankwoord

Door hun steun, opmerkingen en kritiek hebben velen een bijdrage geleverd aan dit boek, en ik ben hun allemaal oprecht dankbaar. Vier deskundigen echter hebben in de loop der jaren aan mijn ontwikkeling als auteur bijgedragen door vele honderden uren van hun tijd en hun energie aan mij te besteden: twee literaire critici van de universiteit van Helsinki, dr. Nely Keinänen en dr. Phillips Brooks; de getalenteerde auteur Joel Kuntonen; en de briljante lezer Juha Tupasela.

Dank jullie wel. Jullie gulheid ontroert me en maakt me nederig, en dit boek is aan jullie opgedragen.

Voor mijn vrouw Annukka, zoals altijd.

Lees ook van Karakter Uitgevers B.V.

James Thompson

TRANEN VAN LUCIFER

Een brute moord. Finlands diepste geheim.
Een inspecteur die tot het uiterste gedreven wordt.

In *Tranen van Lucifer* krijgt Kari Vaara van zijn leidinggevende de opdracht om onderzoek te doen naar een negentigjarige nationale held wegens vermeende oorlogsmisdaden die hij tijdens de Tweede Wereldoorlog gepleegd zou hebben. Arvid Lathinen is de enige overlevende van de onlangs ontdekte Stalag 309-eenheid, die mogelijk communisten en joden zou hebben geliquideerd in samenwerking met de Duitse Gestapo.

Tegelijkertijd raakt Kari, en dat lijkt in eerste instantie onbedoeld, betrokken bij de moordzaak van Iisa Filippov, de losbandige vrouw van een Russische zakenman. Het heeft er alle schijn van dat haar minnaar de moord in zijn schoenen geschoven krijgt, zeker wanneer Ivan Filippov arrogant en achteloos met zijn beschuldigende vinger naar hem wijst. Filippov zelf wordt duidelijk een hand boven het hoofd gehouden en het spoor van die hand leidt Kari naar de corrupte top van de macht. Al snel komen heden en verleden met elkaar in botsing op een manier die niemand voor mogelijk had gehouden...

'Thompsons tweede is nog beter dan zijn eerste, een must voor fans van Arnaldur Indriðason, Stieg Larsson en Jo Nesbø.' – *Booklist*

VERSCHIJNT: APRIL 2013

ISBN 978 90 452 0220 4

Ook verkrijgbaar als e-book
ISBN 978 90 452 0360 7

Lees ook van Karakter Uitgevers B.V.

Quentin Bates

SCHRALE TROOST

Moord, corruptie en de financiële meltdown op IJsland

Detective Gunnhildur Gísladóttir, beter bekend als Gunna, is nog maar recentelijk van haar functie in het landelijke dorpje Hvalvík gepromoveerd naar Reykjavík, waar ze aan het hoofd staat van de afdeling Moordzaken. Reykjavík is net getroffen door een serie gewelddadige moorden, allemaal gepleegd door één man, Lange Ommi.

Tegelijkertijd zit Gunna op de moordzaak van een vrouw, een sexy fitness-instructrice die op gruwelijke wijze in haar eigen appartement om het leven is gebracht. In de loop van dit onderzoek haalt Gunna een aantal feiten naar boven die niet voor iedereen even welkom zijn, met name niet voor hooggeplaatste, invloedrijke personen die persoonlijk met het slachtoffer in contact stonden. In de hoogste machtsregionen van IJsland zijn blijkbaar figuren actief die niet terugdeinzen voor moord…

'Precies de goede mix tussen politiewerk en Gunna's privéleven. Gunna staat voor mij op hetzelfde niveau als Patricia Cornwells Scarpetta.' – *Goodreads.com*

ISBN 978 90 452 0157 3

Ook verkrijgbaar als e-book
ISBN 978 90 452 0167 2

Het eerste deel in deze serie is *Bevroren tegoeden*:
ISBN 978 90 452 0035 4

Ook verkrijgbaar als e-book
ISBN 978 90 452 0205 1